MINGUO TONGSU XIAOSHUO
DIANCANG WENKU

民国通俗小说典藏文库·程瞻庐卷

茶寮小史·鸳鸯小印

程瞻庐◎著

中国文史出版社

"滑稽之雄" 程瞻庐

萧　遥

　　民国初年的文坛上，小说的创作呈现出欣欣向荣之气象，一时间，不同题材、不同风格、不同旨趣的作品层出不穷、洋洋大观。正统的文学史教材里，往往将旧派小说即章回体小说置于次之又次的地位，一笔带过而已，然而在当时的社会，这类小说的受众群体是相当广大的，其畅销程度远远超过了如今被奉为正朔的新文学。

　　旧派小说被排挤，有其自身的原因，也有时势的原因。一方面是因为旧派小说家大多依靠市场存身，为迎合世俗口味，作品中不可避免地会出现低俗下品的情节，加之这一作家群体水平参差、良莠不齐，时日愈久，而"内容愈杂，流品愈下，仅就文字而言，到后来也是庸俗浅陋，没有早先的'哀感顽艳''情文并茂'了。这也是旧派小说历史过程中必然产生的现象，预示着它的日趋没落，不能自拔"（范烟桥《民国旧派小说史略·概说》）；另一方面，"五四"新思潮挟风雷之势而起，要求以新的文学风貌来迎接新的文明，扬新必要抑旧，特别是旧风尚依然有相当数量的拥趸，为着警醒世人，必须予旧派以猛烈的打击，矫枉的同时未免过正。

　　事实上，有相当一部分旧派小说家是自尊自重，并且要求进步的，他们借着章回体小说的壳子，同样创作出号召民主共和、自由平等的作品。特别是以写世情世风、人间百态为主旨的社会小说，更是用或写实或讽喻的手法，活画出清末民初新旧思想激烈冲突下的一幕幕社会悲喜剧。其中的一位代表人物就是程瞻庐。

程瞻庐，名文棪，字观钦，又字瞻庐，号望云居士。苏州人。出生于1879年，即光绪五年，1943年因病去世，享寿六十四岁。如以1911年辛亥革命胜利、民国政府成立为界，其三十二岁之前身在晚清，之后三十二年身在民国，新旧两个时代刚好各占一半。关于程瞻庐的生平，于今所见资料甚稀，仅能从周瘦鹃、郑逸梅、严芙孙、赵苕狂等好友为其所作之小传或序言中窥见一二。程瞻庐生于光绪初年，其时仍以科举八股取士，程幼时即厌弃八股，喜读古文，旧学功底深厚。二十岁左右，程瞻庐考入官学。不久，清政府废除八股文，改考策论。比起僵化刻板的八股，策论更注重考生议论时政、建言献策的能力，程氏"每应书院试，辄前列"，"年二十四，入苏省高等学校，屡试第一，遂拔充该校中文学长"（赵苕狂《程瞻庐君传》），可见其与时俱进之能。毕业之后，曾执教于多所学校，兼课甚多。程瞻庐脾气随和，性格优容，国学功底深厚，又能为白话小说，加之他住在苏州十全街，因此大家赠他一个雅号曰"十全老人"。"十全老人"诸般皆善，唯不堪案牍阅卷之劳形，"每周删改之中文课卷，叠案可尺许"。恰值此时，其小说作品刊行于世，广受好评。先有《孝女蔡蕙弹词》刊于《小说月报》，其后又作《茶寮小史》正续编，迅速奠定了他在文坛的地位。说到《孝女蔡蕙弹词》，还有一则趣事。当年《小说月报》倡导新体弹词，程遂将《孝女蔡蕙弹词》寄去，主编恽铁樵粗读之后，便予以刊发，并寄去稿费。等到刊物出来，恽重读之后，"觉得情文并茂，大有箴风易俗的功用，认为前付的稿酬太菲薄了，于是亲写一信向瞻庐道歉，并补送稿酬数十元"（郑逸梅《民国旧派文艺期刊丛话》）。此事传为佳话，亦可见程氏文笔在当时是很受赞赏的。赵苕狂为其所作小传中也曾提及："恽铁樵君主任《小说月报》时，不轻赞许，独心折君所著之《孝女蔡蕙弹词》，谓为不朽之作。"有此谋生手段，程瞻庐遂弃教职，专职著文。应当说，程瞻庐为师还是很合格的，不然当其辞职之时，也不会有"校长挽留，诸生至有涕泣以尼其行者"之情状。此后他陆续在《红玫瑰》等杂志连载多部长篇小说，并发表短篇小说及小品随笔数百篇。值得一提的是，程瞻庐亦如张恨水、向恺然（平江不肖生）等一样，是被《红杂志》《红玫瑰》等刊物包下文章的。所谓包下文章，就是凡程瞻庐所写文章，均在该杂志发表，而杂志则为其提供丰厚的稿酬，足见当时程氏文章之风靡程度，以及杂志对程瞻庐的信任和推崇。须知包圆作品是有一定风险的，倘若作家不能保证质量，劣作频出，对于杂志的销量和声誉是有相当影响的。但是程瞻庐对得起这份信任，时人称其有"疾才"，不仅速度快、文笔佳，而且"字体端正，稿成，逐句加以朱圈，偶误，必细心挖补，故君稿非常清晰，终篇无涂改处也"（严芙孙《程瞻庐小传》），可见其创作态度。民国著名"补白大王"郑逸梅曾拟《花品》撰《稗品》，分别予四十八位小说家以二字考语，曰"或证其著作，或言其为人"，如"娇婉"之于周瘦鹃、"侠烈"之于向恺然、"名贵"之于袁克文等，对程瞻庐则以"洁净"二字相赠。

程瞻庐的写作风格，总体而言，为"幽默滑稽"四字，时人以"幽默笑匠""滑稽之雄"号之。周瘦鹃曾为其《众醉独醒》作序曰："吾友程子瞻庐，今之淳于、东方也。其所为文，多突梯滑稽之作，虽一极平凡事，而得君灵笔为之抒写，便觉诙谐入妙，读者每笑极至于泪泄，殆与卓别灵、罗克同其神话焉。"幽默与滑稽看似同义，其实是有差别的。有人曾这样解释："所谓幽默，乃是内容大于形式；所谓滑稽，则是形式大于内容。"形式大于内容，一般是指以反常规的夸张的行为、语言、做事方式，令人们当即意识到故事和人物的荒诞可笑，瞬间爆发出笑声；内容大于形式，则是将褒贬夹带于正常的叙事逻辑中，通过细节的描述对某一人物或现象进行戏谑或反讽，令人细品之后，心中了然，会心一笑，余味悠长。这两点，都要做到已属不易，都能做好更是难上加难，而程瞻庐恰好是其中的翘楚。

例如程瞻庐有一套仿《镜花缘》风格的小说作品，包括《滑头国》《健忘国》《小器国》等，写的是兄弟三人外出游历，一路之上的所见所闻。"滑头国"中无人不奸，无人不狡，店铺中挂了"童叟无欺"的牌匾，却是狠狠宰客，客人诘问之下，店家居然毫不讳言，并表示是客人读反了牌匾，其实是"欺无叟童"，无论老人儿童，一律欺之骗之。"健忘国"中人人记性极差，姓甚名谁、家乡何处、家中几口，等等等等，通通不记得，因此要将所有的信息记录下来，甚至包括妻子的身材相貌、穿着打扮乃至情夫是谁，都贴在身上，招摇过市，毫无顾忌。由于这几部作品规模较小，结构上虽不显其高明，其主旨也一目了然，在于讽刺当时社会见利忘义、不顾廉耻的种种怪现象，但其中情节的怪诞、语言的机变，足以令人捧腹。

茶寮，是程瞻庐作品中经常出现的一个重要场所，也是程瞻庐创作灵感的重要来源。"君得暇，啜茗于肆，闻茶博士之野谈，辄笔之于簿，君之细心又如此。"（严芙孙《程瞻庐小传》）颇有几分蒲松龄著《聊斋》的风范。茶寮酒肆是各色人等聚集之地，也是各类消息八卦的集散地。程瞻庐日常喜好到茶寮听书，并借机观风望俗，将世间百态、人情冷暖作为素材，一一写入小说。他的《茶寮小史》开篇第一句就是："小小一个茶寮，倒是人海的照妖镜、社会的写真箱。"书中借茶博士之口，将一众悭吝卑琐、有辱斯文的读书人刻画得穷形尽相。"提起那个老头儿，真恨得人牙痒痒的。他去年在这里喝了六十碗茶，临算账时，他只给我小洋四角。我说：'差得甚远，每碗茶三十文，六十碗茶该钱一千八百文。'他把脸儿一沉，说道：'我只喝你十六碗茶，哪里有六十碗茶？'我揭账簿给他看，他说：'你把十六两字写颠倒了，却来硬要人家茶钱。'我与他理论，他竟摆出乡绅架子，把我狗血喷人般地一顿毒骂。……他昨天提起嗓子，喊算茶账，纯是装腔作势，叫作缺嘴咬虱虱——有名无实。他把手插入袋内，假作摸钱钞的模样，直待人家全会了钞，他才把手伸出。要是人家不会钞，他便永远不会也不肯把手伸出，要他破费一文半文，比割他的头颅还要加倍痛苦。"程瞻庐脾气好，作文虽然尽多讽刺，但是语气并不峻切，而是不急不躁，不温不火，令人莞尔，不忍弃掷。

程瞻庐的另一代表作《唐祝文周四杰传》，以民间传说的"江南四大才子"为主角，至今仍为人津津乐道，据说很多影视作品也是以此书为底本进行改编的。四大才子虽然在历史上各有坎坷，周文宾甚至是杜撰出的人物，但传说中他们各自的风流韵事显然更是老百姓们喜闻乐见的。程瞻庐的这部小说摒弃了以往话本中明显不合逻辑的粗鄙段落，用自己特有的"绘声绘形""呼之欲出"的笔墨，将四大才子风流超逸又各具面貌的形象跃然纸上。唐伯虎的倜傥，祝枝山的老辣，文徵明的俊雅，周文宾的潇洒，栩栩如生，如在眼前。民国时期的《珊瑚》杂志曾刊登过一位读者的评论："长篇小说，总不离喜怒哀乐、悲欢离合，唯有程瞻庐的《唐祝文周四杰传》，却是一部纯粹的喜剧的小说。……瞻庐的小说，原是长于滑稽，这部纯粹的喜剧的小说，当然是他的拿手。全书一百回，处处都充满着幽默的笑料。"

程瞻庐的一生横跨清末与民国两个时期，亲身经历了辛亥革命这一重大历史变迁。新旧思潮的激烈冲突在他身上作用得非常明显。他自幼接受的是旧文化教育，一方面恪守传统道德，另一方面也见证了八股等糟粕对国家和知识分子的戕害，他的思想中有对变革的渴望和肯定。同时，晚清之后大力倡导的"西化"又令他恐慌并困惑，民国政府成立之后，各种蜂拥而起的新思潮、新现象令包括他在内的许多旧知识分子不由自主地抗拒，因此他的思想是十分矛盾的。以女子解放这一思潮为例，程瞻庐不赞成"女子无才便是德"这一说法，他认同男女都应该读书，都应该接受良好的教育，并且学有所成，报效国家；但是他并不支持女子接受西式教育，甚至对出洋的男子也颇有微词。他的作品中时常有对没有文化的老妈子的讽刺，对阻止女子读书的腐儒的不满，但也常见对留洋归来"怪模怪样"的男女的讽刺。他认同婚姻自由，反对包办，对于旧时姑表联姻等陋俗更是强烈不满，但同时又对过于自由浪漫的恋爱大加批判。他并不赞成妻子为去世的丈夫殉节，但又对真去殉节的女子啧啧赞叹。他鼓励女子放足，却又反对女子剪发……凡此种种，可见在那个特殊的过渡时期，从晚清走入民国的旧式知识分子的复杂心态。

总而言之，程瞻庐的小说在当时既有其进步性，也有一定的局限性；既体现了知识分子面对外忧内患的忧虑和担当，也表现出旧文人的保守和怯懦。这是由时代决定的，并不只是他个人的原因。从文学的角度，他的小说思路开阔，情节生动，可读性非常强，在"鸳鸯蝴蝶派"言情题材为主的作品中别具一格，在当时赢得了众多读者的青睐，在今天也依然有可供参考和借鉴的意义。

目　录

茶寮小史

茶寮小史续集

鸳鸯小印

废　妾

滑　头　国

健　忘　国

茶寮小史

第一回

说冷话挥拳用武
丢报纸扫地斯文

　　小小一个茶寮，倒是人海的照妖镜、社会的写真箱。茶博士揩台抹凳，都已完毕，闲坐炉边，袖着两臂，自言自语，发泄他满肚皮的牢骚。他的说话且慢发表，但凡作小说的，都有一个常套，提笔便道，话说什么省什么县，发生一桩什么事情。现在小子竖起笔来，便没头没脑地乱写，既没有说明什么省，也没有说明什么县，人家评论起来，说得好便是脱去町畦、标新立异，说得不好，便是信笔乱涂、全无着落。实则小子却另有一番用意，只因书中所叙的事，无论什么省什么县，都可以常常遇见的，小子若说定了地点，倒像着了痕迹，横竖空中楼阁，尽是子虚，不妨逞我胸臆，随便谈谈。所有书中的人名都是假设的符号，例如代数式中的哀克司槐哀，只算个未知之数。列位看官的雅署，倘与书中人名偶合，幸勿心存芥蒂，悻悻现于颜色。费无忌，长孙无忌，尔无忌，我亦无忌；蔺相如，司马相如，名相如，实不相如。

　　小子既已交代清楚，再说那茶博士喃喃自语道："呀！当当当地不是打了三记钟吗？常来的老茶客，都到哪里去了？寿眉房里怎么静悄悄的，连半个影儿都没有？"

　　旁有卖报童子正在那里折叠报纸，听着笑道："听你说话，我可想着一支山歌来了，我来唱给你听：'一爿茶肆冷清清，两个堂倌活死人，三把铅壶洞洞滚，四方桌子铺灰尘。'还有五六七八九十，我可记不清楚了。如今半个茶客都无，不是冷清清吗？你袖着手无事可做，恰似新鲜的活死人。三把铅壶，果在那里洞洞煎滚。四方桌幸而没有一些灰尘，要不是呢，件件桩桩，都可上得谱了。"

茶博士心中正纳闷得什么似的，听了童子一派取笑的话，立时恼羞成怒，嗖地立起身来，一拳打去。亏得童子脚快，没有打中。茶博士无可泄愤，便把他叠好的报纸顺手一挥，抛散满地，口里喃喃骂道："小鬼头，你敢取笑老子，且试试老子的拳头滋味，管叫你全副脊筋变成拍碎的绿豆饼。"

童子见茶博士动了真气，便也不肯相让，一口气赶到炉边，要想去推翻他的铅壶，却被茶博士当胸拖住，喝道："小鬼头，你当真要同老子作梗……"

话没说完，隐隐听得几声痰嗽、一阵履响。茶博士便改变论调道："好小子，同你玩玩，当什么真？茶客来了，见着成什么样儿？"

童子无奈，弯着腰，噘起着嘴，自去收拾报纸。那时，肆中早走进两位茶客，一位是老者，苍黑面庞，撒着几绺短髭，年纪在五旬左右，长袍方袖，顾视清高。一位是少年，戴着吒力克眼镜，衣履翩翩，却也一表非俗。两人走入内厢，沿窗坐定。老者见报纸撒了一地，便向少年说道："轶千，这真叫作斯文扫地呢！"

轶千笑了一笑，尚没回答，茶博士见是老茶客，怎敢怠慢，端着两壶寿眉茶，摆在桌上，撮着笑脸，向老者道："张先生，今天来得迟了。"

老者点了点头道："今天小学校里开会，这里的老茶客都去瞧热闹，我们瞧得不耐烦，才到这里来坐坐。"

茶博士道："开的什么会？"

老者道："唤作鹦鹉会。"

茶博士道："这名目很稀奇咧，什么运动会、提灯会，我都瞧过，单有鹦鹉会，不但没有瞧得，并且没有听得。张先生，你可讲给我听听?"

老者拈着短髭良久良久，只是含笑不语。茶博士不得头绪，便搭讪着走去了。正是：

鹦鹉能言，不离飞鸟。口虽便便，心岂了了。

欲知后事，且阅下文。

第二回

鹦鹉会针砭学子
蝙蝠派唾骂名流

老者拈着短髭笑问轶千道:"这'鹦鹉会'三字题得好吗?"

轶千道:"题目很新鲜,但不晓老伯的命意所在。"

老者道:"这有什么难解?你看这辈当众演讲的小学生,乳气还没有脱,跳上讲坛,便闹什么历史演讲、地理演讲,开口唐宋元明,闭口亚非欧美,纯是机械作用,何尝自出心裁?演讲的末二句,都说这是小生一得之愚,要请在座诸君原谅。我听了此语,浑身肌肉顿起了十万个瘔瘢。我同居家中的小孩,今年不满十龄,平日问他孔夫子是何处人、孟夫子是何名字,他只睁圆了两只小眼向人呆看,今天居然出头露角,跳上讲坛,讲什么东亚历史之大意,滔滔汩汩,同前熟书般地一字不遗。这都是些崇尚虚荣的教员预先打着底稿,把教鹦鹉的方法教授儿童,只求烂熟,不求讲解,临开会时,便夸奖是学校里的成绩,实则教员要卖弄才学,何不自己跳上讲坛,当众演讲,到也直截痛快,犯不着掩耳盗铃,把小学生充作留声机器。倘把这般伎俩欺骗学生亲族,亲族岂尽懵懂?欺骗会场来宾,来宾岂尽昏聩?可怜天真烂漫的儿童,先输入了这种欺骗行为,国民前途可胜浩叹。昔人说,好好一个孩子给人家教坏了,这便是'欺骗'二字的流毒,况且教员预备的演讲底稿,其中漏洞甚多,疵瘰百出,我也不屑一桩桩地批驳他。当时听得不耐烦,便不等散会,拉着你

6

一同离开会场。轶千，你是明白人，试想这般学校，可不是鹦鹉学校？这般教育，可不是鹦鹉教育？这般毕业会，可不是鹦鹉毕业会呢？"

老者讲得起劲，轶千听得出神，不住地用手在腿上拍着，仿佛一字一击节的模样。老者愈加得意，又道："新旧教育的异点，全在'诚伪'两个字，人人都说旧教育不适于用，然而据我看来，家塾中的子弟究比学校中的青年少些习气，所以吾的幼儿，誓不再进鹦鹉学校里去读书，敦请一位西席先生在家教授。别的学问吾不敢夸赞，这诚实不欺的功夫，子弟们却已先入为主，终身享用不尽。我并非顽固到底，定说新教育不如旧教育，但度短衡长起来，终觉旧教育少些流弊，轶千以为何如？"

轶千道："老伯此论，可谓悬之国门，不能增损一字，教育无分新旧，全在诚实不欺。老伯的不欺功夫，小侄是素来钦佩的，可惜老伯不去办学，要是老伯去办学，这些作伪欺人的流弊，怕不一扫而尽吗？"

老者叹道："作伪欺人已成了社会习惯，一薛居州，其如宋王何？"

正在太息的当儿，猛听得一阵革履响，早闯进了三个少年，都是崇实小学校的教员，一是教国文的，一是教音乐的，一是教体操的。走到内厢，个个气喘吁吁，向凳上直坠地坐下，脱去帽儿当作纸扇，不住地乱扇起来。

老者低语轶千道："他们来了，我可要去了。"

说着，便在怀里摸茶钱。轶千哪里要他破钞，早把茶钱付清。老者道了一声多谢，匆匆而去。这国文教员却与轶千认识，便道："王轶千君，今天曾到敝校参观吗？"

轶千道："来是来的，只为张子彝先生坐得不耐烦，拉了兄弟同到此地来喝茶。"

体操教员插口道："张子彝这老怪物，近来的脾气愈弄愈古怪了，动不动便吹毛求疵，专与新学界作对。他生在二十世纪，他的思想简直是十七八世纪的思想。幸亏他尚识趣，开步走了，他若不走，须挨我一顿毒骂。"

轶千道："子彝先生是个曾经沧海的人物，他并非反对新学界，不过有激之谈，未免言之太甚。"

国文教员叹了一口气道："他若是顽固党倒也罢了，唯有似顽固非顽固，似开通非开通，忽而新忽而旧，活像一种蝙蝠派。社会里有了蝙蝠派，教育怎能进步呢？"

轶千暗想：方才子彝说什么鹦鹉会，他们今又说什么蝙蝠派，可谓五雀六燕，铢两悉称。因向国文教员询问"蝙蝠派"三字意义。国文教员不慌不忙说出一番话来，正是：

　　　　出奴入主，非素是丹。一南一北，各趋极端。

欲知后事，且阅下文。

第三回

谈教育痛诋公敌
论成绩大吹法螺

这小小茶寮，却容纳了两种人物：一种是老成派，像张子彝一流人物；一种是新进派，像小学教员中学生徒一流人物。两种人物性质各别，喝茶的时间也是不同，除了星期日外，大约每天午后三四点钟都是老成派在这里喝茶，四点钟后，老成派渐渐散去，新进派又来上市。

上回书中的王轶千，他却周旋于二派之间，既不反对老成派，也不反对新进派。现在听得"蝙蝠派"三字，只当国文教员有意取笑他，便道："卜知文君，像区区一般人，可算得蝙蝠派吗？"

知文道："轶千君说哪里话来？你是抱定宗旨的，不能说是蝙蝠派。兄弟说的蝙蝠派，是专指张子彝一流人物而言。"

轶千道："难道子彝先生上了许多年纪，还不曾抱定宗旨？"

知文道："他有什么宗旨呢？兄弟是深知其为人的，他在十年以前也曾到处演说，提倡学校，仿佛是一位极热心的人物，后来当了几年学务科长，荷包里渐渐有了些油水，却便变换面目，专同那辈顽固人物往来，对于学校，任意讥评，肆力破坏。他若是个一物不知的顽固党，倒也罢了，最可恨的就是轶千君说的'曾经沧海'四个字，越是曾经沧海，他的说话越易动人听闻，别人只当他是经验之谈，以讹传讹，对于学校的信用，自然一天不如一天。兄弟敢下

9

几句断语，越是这种忽新忽旧的蝙蝠派，越是教育界的公敌。"

体操教习在旁，提着喊口令的嗓子道："卜先生的议论异常痛快，我替一班教育家立正致敬。像这班的蝙蝠派，若不淘汰净尽，教育前途永远没有进步。张子彝还不足道，就兄弟所知的，往往有主持学务的长官、鼓吹教育的巨子，表面上何尝不说开通风气、输入文明，实则自己家里的子女还请了西席老夫子，用着旧法教授，你想可气不可气？便算不请西席老夫子，也无非把子女送入外人办的教育学校去肄业，叫那教育前途如何可以发达？还有不可思议的一种人，从前出过东西洋，受过博士学士的学位，论起理来，应该把本国的教育竭力提倡一番，才算尽他的责任。叵耐他对于本国教育异常冷淡，求他出些金钱补助本国学校，难如上天，情愿出了许多学费把自己的幼稚子女送到外洋去留学。难道偌大的中国，连一所完全的小学校都没有？他自己先瞧不起本国学校，叫那教育前途如何可以发达？"

轶千道："虽是这般说，只要本国的学校办得井井有条、成绩卓著，人家就要反对，也叫难于措辞。古人云：空穴来风。又云：朽木生蛀。诸位试返身一想，社会上对于学校的信用，渐渐不如昔日，其中毕竟有个理由，止谤莫如自修，修身教科书原有这句格言，诸位能身体力行，那反对家自然无从置喙了。"

知文听了此语，有些刺耳，便道："轶千君，你的论调却又似是而非，像我们办的崇实学校，终算井井有条、成绩卓著的了。别的休提，即就今天开会的成绩而论，十龄以内的儿童都能发抒自己的心得，登坛演讲，滔滔不穷，只怕东西洋的小学成绩也未必超出敝校之上。方才开会时，轶千君是耳闻目见的，须不是我们撒谎，为什么一班反对的仍不免飞短流长、吹毛求疵？"

说到这里，茶博士提了铅壶前来冲茶，听得知文说什么开会不开会，便道："卜先生，今天开的鹦鹉会，想是十分热闹，你们学堂里怎的有这许多鹦鹉？不知是绿毛的呢，白毛的呢？"

10

知文听了此语，宛比丈二的和尚，一时摸不着头脑，呆呆地只把茶博士瞧着。轶千却是暗暗好笑，便道："你只管冲茶，鹅食盆内，谁要你鸭来插嘴？"

　　茶博士便没瞅没睬地去了。正是：

　　　　百忙之中，说一冷话。言者无罪，闻者足戒。

　　欲知后事，且阅下文。

第四回

达目的不离于口
题诨名匪夷所思

　　轶千同知文讨论教育，音乐教员听得不耐烦，竟唱起《采王瓜》的小调来，体操教员提着脚尖儿在地上一踢一踏地以代节拍。知文便向卖报童子要了一份报，把背后的戏目细瞧。轶千摸着表一瞧，见已五点钟了，便向众人点了一点头，扬长而去。

　　音乐教员待轶千去后，向知文说道："轶千不是教育界中人，懂不得教育原理，你只管同那门外汉议论什么教育，这不是对牛弹琴吗？"

　　知文道："时候不早，他们等得够了，还是快走为妙。"

　　说着，便唤茶博士记了茶账，一哄而出。茶博士收拾茶壶，忙个不了。

　　卖报童子道："姓卜的欠了两个月报资，分文未付，今日又被他取了一份报去，不晓得他何日达目的才能把我的报资付清咧？"

　　茶博士道："怎么叫作达目的？"

　　童子道："你不懂得吗？姓卜的与人谈话，开口达目的，闭口达目的，有人讨酒账，他说达了目的再说，有人讨菜账，他也说达了目的再说。当时不懂得什么叫作目的，后来可明白了，他们学堂里的月俸不叫作薪水，也不叫作工钱，单单叫作目的。'达目的'三字，就是领月俸的意思。上月姓卜的达了目的，东边讨酒账，西边

12

索赔债，他纸包里的目的拢总不过十二块大洋，一经分派，目的精光，轮不到我卖报的身上。我向他索讨，他许我本月达了目的，一并付清，我眼巴巴只望他早一天达了目的，我的报钱便早一天有了着落。他的目的便是我的性命，他的目的不达，我的性命难保了。"

茶博士道："想昏你的心呢，姓卜的拖欠我的茶钱，统共三十六碗，合钱一千零八十文，还有垫付饼摊面馆的钱，大约也不下二三千文。他若达了目的，先要算清我的账目，哪里轮得着还你？你要想报钱，真在铁铲上做梦咧。"

童子听着，愁眉不展，挟着报纸，怏怏地出门而去。其时天色傍晚，茶寮里面虽有三三两两的人前来喝茶，但都坐在外堂，寿眉房里早已空无一人。这爿茶寮的生涯本来不甚发达，未到黄昏，早已打烊闭户，来朝是星期日，茶寮生涯较为生色，早晨八点钟，寿眉房里一只圆台早被中学校里的学生团团围住。这些学生的名字，小子也不及细述，好在他们都有诨名绰号，互相呼唤当作表字一般。大凡中学校里的风气，题诨名编绰号当作一件重要的学问，上自校长，下至杂役，没有一个不有新式的诨名、异样的绰号，什么阿木林咧、阿土生咧、矮脚虎咧、阿三咧，五花八门，无奇不有。这些诨名绰号，不过就各人的形容举止，随时编造，以资笑谑的。阿木林定是呆鸟，阿土生定是土头土脑，矮脚虎定是侏儒，阿三定是长人，望文生训，算不得什么稀奇。最奇的诨名绰号，是用猜哑谜的方法，造意很为曲折，若非个中人，断难明白真相。小子记得有两个中学校里的生徒，一个诨名顺风粪船，一个绰号井泉童子，凡属同伴中人，莫不以此相呼。二人竟直受不辞，真叫作呼我为马者应之为马，呼我为牛者应之为牛。小子不明其中道理，暗暗向他同伴询问，一经他同伴说明理由，才晓得题诨名编绰号的却也是一种专门学问，不可小觑。

列位看官，这"顺风粪船"四字，怎么讲究？原来这位学生每逢作文的时候，不假思索，一挥而就，交卷让他最早，成绩算他最劣，一张考试榜十次有十一次由他捐着，同伴唤他作顺风粪船，是形容他的文章又速又臭的意思。若说"井泉童子"四字，也是一个哑谜，井泉童子者，水里小人也。"水里"二字，又同"势利"二字声音相仿，大约这位学生重富欺贫，素性势利，同伴赠他这个徽号，明明说他是一个势利小人。

话休烦絮。这天茶座之中，井泉童子恰恰在场，高声说道："今天是星期日，又是清明节，可惜现在没有赛会了，要不是呢，看着燕燕莺莺、姊姊妹妹又要享受许多艳福。"

矮脚虎道："前几天内，臭嘴老鸦在校中散布谣言，说什么今年的赛会异样出色，一到清明日，便要万人空巷，举国若狂。这几句谣言说得校中的探艳团擦掌摩拳，跃跃欲试，立下动员令，开紧急会议。后来探听不实，才把动员令打消了。"

阿土生道："我们的学校愈闹愈不像了，这般行为，岂是青年学子所做的事？"

那时，井泉童子向卖报的购了一份小报，才看得两三行，突向桌上猛力一拍，嚷道："不得了，不得了！"

众人听着，个个向他呆看。正是：

青年憙事，议论纵横。涅而不缁，有阿土生。

欲知后事，且阅下文。

第五回

五更调滥充杰著
尖文豪肇锡嘉名

众人问井泉童子何事大惊小怪，井泉童子道："这编辑人真冬烘了头脑，怎么顺风粪船的杰著也都登载在上面呢？"

众人听着，都伸长了颈，争先看这报纸。井泉童子道："这一支《清明五更调》，不是顺风粪船编的吗？前天他背给我听时，说此种应时小品，投到报馆里去，不到三天，一定可以刊登出来。我说要是编辑人瞎了眼睛才肯登出你的大稿，你何苦白用心思，献什么丑？我劝你还是藏拙的好。他受了我的奚落，噘着嘴唇，一言不发。如今这支《五更调》果然登载出来，他见了我，又要摆出一副大文豪的面孔，叫人怎样摆布他呢？"

矮脚虎道："横竖你是势利惯的，他若摆出大文豪面孔，你便下气怡声，竭力恭维他几句。这只顺风粪船经你一番恭维，一定扯满了篷，没命地向前开驶，一旦触了礁石，怕不要连人带船尽行沉没吗？"

说着，引得众人哄堂大笑。阿三道："在小报馆里投稿，只好算一个小文豪，在大报馆里投稿，才算得大文豪。吾有一位表兄，是很热心的投稿家，大约通商大埠的著名大报馆没有一家不刊载他的文字。他初投稿时文名也平常，后来用尽许多方法，才把主笔先生的脾气摸熟，投一篇登一篇，不上三四年，这'大文豪'三个字却轻轻地加到他身上，无论什么出版物，不有他的大著，便有他的序言。那广告上面用大字刊着他的别号，什么文学巨子咧、小说名家咧、著作林之明星咧、文艺场之泰斗咧，重重叠叠的高帽儿顶在头上，宛如戴着十七八只炭篓，真个名驰四海、誉播九州。"

这几句话说得井泉童子十分羡慕，便道："像令表兄这般大才，便该有此盛名，用一份心血，自有一份代价。'大文豪'三字纯把心血换来，实在令人倾倒。"

阿三道："真大文豪，果然是用心血换来，西贝大文豪是用不着心血的。你想，家表兄能有几许心血？当真要把一滴一滴的心血去换取那'大文豪'三字荣誉，只怕大文豪没有到手，心血早已滴尽了。原来家表兄自有猎取大文豪的秘诀，他与我无话不谈，曾把这秘诀讲给我听，只是不许我泄露出来，损了他大文豪的荣誉。"

那时座中诸人听得心痒欲搔，定要阿三说出这个秘诀。阿三情不可却，便道："横竖今天臭嘴老鸦不在座，诸位都是慎言君子，我才肯把这秘诀讲给大家知晓。只是千万别告诉他人，深恐此语传到家表兄耳中，断送我一个尖文豪前程。"

众人听着不解，忙问道："怎么叫作断送你一个尖文豪前程？"

阿三道："列位有所不知，我同家表兄是有特别的关系，我明年毕业以后，家表兄允许带领我出道，在那著作林中厮混。小文豪我不屑做，大文豪我不敢望，大约不大不小做个尖文豪，靠着家表兄的大力，是可捏得稳瓶的。诸位听了这个秘诀，须要把嘴扎得瓶口似的，要不是呢，我这尖文豪前程便捏不得稳瓶了。"

众人道："你唠唠叨叨了半天，这秘诀仍未说出，请你放心着，我们绝不搬唇弄舌，断送你尖文豪的前程。"

阿三道："那么我只得把秘诀宣布了。但是说来话长呢，家表兄天大的情分，竟把这个空前绝后的大文豪秘诀传授与我。组织大文豪的元素，三分是手汗，七分是面皮；造就大文豪的器械，三分是糨糊，七分是剪刀。诸位不嫌烦絮，我就按了上文所说的次序分作四段，一桩桩讲给诸位知晓。怎么叫作三分是手汗呢……"

话未说完，只听得外面壳通壳通的几声，闯进一个短衣男子，右手执着竹筒，不住地上下颠簸，左手挽着竹篮，竹篮上面矗着一束稻秆，稻秆上面插着一串串的山楂南枣。原来是一个卖糖球儿的小贩。

那时，众人一窝蜂地把小贩拥住了，一篇大文豪的秘传心诀就此剪断。正是：

  鲫鱼名士，兔园书生。此标彼榜，豪气纵横。

欲知后事，且阅下文。

第六回

中学生呼卢喝雉
穷措大嚼字咬文

原来茶寮里面常有一种赌博性质的小贩，借卖糖球儿为名，用着三十二根竹签，刻就三十二张牌名，盛在竹筒里面，任人拔取，以博输赢。因为中学校里的学生最喜弄这玩意儿，一逢星期日，这拔签的生涯自然比往日利市三倍。

这天，卖糖球儿的闯进茶寮，众人不待阿三说完，一齐离了座次，把卖糖球儿的团团围住，你拔一副天方八，我拔一副地主九，七张八嘴，人声嘈杂，竟把方才想做大文豪、小文豪、尖文豪的心思一股脑儿都移到竹筒里面。可见青年崇拜文豪的心理，万万敌不过崇拜赌博的心理。

单有阿土生却先行告别道："我可不弄这玩意儿，还不如归去温习温习功课。"

众人道："你走也好，本来这玩意儿不是你土头土脑的弄得惯的。"

阿土生去后，众人呼卢喝雉，个个兴高采烈。冷不备旁边坐着两位私塾先生把他们喧闹情形一一瞧在眼里，只是皱眉摇头，大有鄙薄之意。

话分先后，书却平行。当那中学生议论文豪的时候，这两位私塾先生早已在旁座泡茶坐定。小子没有两张嘴，叙了一边，自然要丢了一边，现在趁他们拔签的当儿，小子且先把两位先生的来历交代明白。

一位先生姓许，表字彬甫，就是张子彝家中延请的西席。子彝做了几年学务科长，学校里的流弊自然洞若观火，一时矫枉过正，竟把向年提倡新教育的宗旨一齐改变，一个簇新的人物重复守旧起来。晓得彬甫是个瘟皮秀才、冬烘学究，撑肠拄腹，都是破烂经书，嚼字咬文，无非陈腐帖括，学问虽是平常，然而比着胸无点墨的教员，已觉稍胜一筹，所以把他延聘在家，教授幼子。好在彬甫失馆多年，急于谋一位置，并不计论束脩多寡，且又是个谦谦君子，对于居停主人，唯唯诺诺，百顺千依，所以宾主感情颇觉不恶。

一位先生姓巫，表字兰人，本习商业，后因赋闲已久，没奈何设个私塾，训蒙度日。每月红纸包里的束脩虽属无多，好在巫先生是个多才多艺的人物，教书以外，捐捐地皮，看看风水，人家摇会，他去做司证，人家礼斗，他去做宣卷。他虽是个冬烘学究，然而有此种种生财之道，一月的入款，差不多也有三四十元，比着金丝镜白篷鞋的学校教员所入竟不相上下。彬甫见了，未免十分羡慕，因思同做塾师，怎么兰人的入款比我竟加倍蓰，我是个秀才先生，他是个火刀先生，论起学问，他不如我，论起财运，我不如他，我不妨低首下心向他随时请教，也可得着些生财秘诀。主意已定，便时时同兰人往来，异常莫逆。

这天，恰值清明令节，子曰店中循例停止营业，彬甫、兰人两个闲着无事，便同到茶寮里去坐坐。方才泡茶坐定，只听得隔座五六个青年满口文豪，闹得不亦乐乎。兰人不晓得他们讲些什么，只是坐着打盹，彬甫听着这般议论，觉得有些作恶，喉咙一阵奇痒，险些把昨夜吃的苜蓿阑干饭一股脑儿都呕了出来。隔了一会儿，这许多青年赌得起劲，天罡地煞，一阵乱嚷，竟把打盹的兰人从睡梦中惊醒，不由得皱着双眉，只向彬甫努嘴。彬甫微叹一声，便脱口成文地念道："斯人之徒，不有博弈者乎？小子鸣鼓而攻之，可也。"

一味点头拨脑，口中念念有词。亏得许多青年一心放在三十二根竹签上，彬甫念的书句一字不曾入耳。后来，学生袋里的钱钞赌得空空如也，那三十二根竹签立时寂然不响。未及片刻，大家搭讪着走了。

彬甫道："这辈恶少去后，茶寮里面觉得清净了许多，我们好畅谈衷曲了。"

兰人道："他们唠唠叨叨讲些什么？大文豪唎、小文豪唎、尖文豪唎，这些稀奇名目，既不像江湖上的切口，又不像市井间的谣谈，我听了长久，简直一些不懂，心中昏沉沉的，不觉竟睡着了。彬甫，你总懂得他们的意思。"

彬甫道："有甚难懂？他们口出大言，多见其不知量也。我夫子尼山设教，千秋俎豆，尚说得一句文莫吾犹人也，不曾自称文豪，他的高弟言子游先生是东南文学的开山鼻祖，《论语》上只说得文学子游，不曾说文豪子游。尔小子乳臭而未干，毛羽而未满，不过在那报纸上作几篇油腔滑调的歌曲，竟大着胆，老着脸，开口文豪，闭口文豪，丘垤而思比泰山，行潦而思比河海，飞鸟而思比凤凰，走兽而思比麒麟，是可忍也，孰不可忍也。我便要效法圣人，实行那以杖叩其胫的一句话了。"

说着，便把手中携着的一根长旱烟袋向着台角上梆梆地乱敲起来，引得兰人哈哈大笑。正是：

效法宣圣，代行职权。惜乎老孔，不抽旱烟。

欲知后事，且阅下文。

第七回

出风头后生可畏
磨刀背文字无灵

兰人道："彬甫，你真疯了，他们早已溜之云乎，你敲台角做甚？倘把烟袋敲折了，又要破费你红纸包里的财物。我且问你，报馆里要这些油腔滑调的歌曲做甚？"

彬甫放了长烟袋，倒杯茶，喝了一口，慢腾腾地说道："老哥有所不知，目今的世界，真变作油滑世界了，黄钟毁弃，瓦釜雷鸣。报馆里揣摩风气，迎合社会，备着现金，征求种种游戏文章，博人一笑。实则'文章'二字，关系何等重要？《论语》上说，夫子之文章，可得而闻也，没有说夫子之游戏，可得而闻也。若把文章当作游戏，便不成为文章了。自从报馆里开了这条先例，就有一辈无聊文士、落拓书生，你也投稿，我也投稿，挖空心思，浪费笔墨，无非想掏摸几个钱钞，作为茶酒之需。这些文字虽然荒谬可笑，还知引用几句书卷，尚未脱读书人的本色。不料这辈没有毕业的学校青年，居然见猎心喜，也要效颦起来，你作一篇《滩簧赋》，我作一篇《五更调》，别字连篇，瞎三话四，不怕肉麻，偏要技痒。倘然侥幸登出，比着中了举人进士刊布乡会朱卷还要风头出足，顿时大模大样，眼睛移到额角上，遇着我等前辈老先生，连正眼都不瞧一瞧。你想可气不可气呢？"

兰人道："这也难怪你生气，但你靠着红纸包里东西度日，毕竟

21

不甚济事，吾想报馆里既有这条生财捷径，你也不妨作几篇油滑的歌曲，送到报馆里，掏摸几个钱，也是好的。"

彬甫摇头道："不行不行，兄弟十年窗下的功夫，专代圣贤立言，何等重大，现虽科举停了多年，然而时局不定，或者还有恢复的希望。若将油滑文字污了笔端，将来开科取士，身入场中，一定作不出文章。难道也好把油滑文字写在卷上吗？"

兰人笑道："彬甫，你太迂了，目今的世界，做一日和尚撞一日钟，图着眼前便已足够，夜长梦多，怎能想到将来？我只自恨提不起笔，要是提得起笔，管他油滑不油滑，终要作几篇油滑文字，掏摸几个钱用。须知金钱世界，弄得到金钱就是第一要着，休说油滑文字作作不妨，便是白的说成黑的，方的说成圆的，无论什么肮脏文字、龌龊文字、污秽文字，只要许我金钱，我都可以作得。彬甫你试想想，文字虽极肮脏、极龌龊、极污秽，但是赚来的银洋雪白般地可爱，一些不肮脏、不龌龊、不污秽呢。"

彬甫道："你的说话，何尝不是，但其中却有一个道理。"

兰人忙问什么道理。彬甫道："不瞒老哥说，你所讲的，我何曾不早想到？报纸上登着一篇八股，便把兄弟喜欢得什么似的，暗想别的文字不是惯家，八股文字却是惯家。报馆里既然提倡八股，可见恢复科举便在眼前，我何妨小试其技，既可博取些酬资，又可温理温理旧业，以备他日下乡场的地步，这不是一举而两得，有益而无损吗？想到这里，便把报纸上登的八股文细细地揣摩一遍。谁知这篇八股文有其名而无其实，有其表而无其里，通篇所说的纯是一派油滑说话，全不领清题旨，也不管什么犯上犯下。兄弟想这般不堪的八股文，报馆里也肯登出，兄弟的八股文却是清真雅正，守着路闰先生的规范，报馆里面一定欢迎的了。因此在箱篮里面寻出从前侥幸入泮的一篇八股文，重行誊出，加了圈点，另行写了一封恭维主笔的书信，一齐送到报馆里去，以为即日可以登出。哪知候了数天，如石沉大海一般，今天所登是什么新闻篇，明天所登的是什么新滩簧，后天所登的是什么时事五更调，唯有兄弟的一篇清真雅正的八股文始终没有登出。兄弟等得不耐烦，一连去了三封快信，那编辑人才把兄弟的八股文寄还，信上说'尊著尚欠油滑，碍难登载'这两句批评，直把兄弟气个半死。不瞒老哥说，兄弟这篇八股文曾经王大宗师高高取中第二十三名入泮，批语极华，有'绝无油腔滑调绕其笔端'一语，不料从前因不油不滑合了大宗师的法眼，今日因欠油欠滑受了大主笔的勒帛。难道大主笔的法眼，比着大宗师还要厉害？难道从前可以博得一个秀才，今日倒不能博得几角酬资？兄弟心中不平，从此再没有片纸只字送到报馆里去。"

彬甫说到这里，只见外面急匆匆地走进一人，来唤兰人出门。正是：

文字变迁，归于油滑。休矣先生，一笔抹杀。

欲知后事，且阅下文。

第八回

写字据银钱入橐
刻诗稿笙磬同音

那人穿了短袄，系了青布襕裙，一见兰人，便道："巫先生，你的生意来了。"

兰人喜道："可是唤我看坟地吗？"

那人摇摇头。兰人道："那么定是唤我去宣卷了。"

那人又摇摇头。兰人道："难道又是摇什么会，唤我去做司证吗？"

那人又摇摇头。兰人道："这又不是，那又不是，我可猜不出了。你不如老实说了吧。"

那人道："巫先生请走过一步才好讲话。"

那时，兰人离了座次，走到墙隅。那人把嘴紧凑了兰人耳朵，唧唧哝哝地说了许多话。

兰人皱眉道："不行不行，区区既读孔圣之书，必达周公之礼，这种伤阴骘灭天理的字据，怎好代人书写？"

那人笑道："阴骘不伤，衣衫当得精光；天理不灭，肚皮饿得干瘪。俗语道得好，清打清，穷断脊梁筋。巫先生，你何苦呢？"

说着，又凑过头去，唧唧哝哝一会儿，顺手在襕裙袋里挖出两三块银洋。兰人笑逐颜开，受了银洋，铿铿锵锵地纳入腰橐，同彬甫点了一点头，随着那人匆匆地出门而去。

24

彬甫虽不知兰人为着何事，然而察言观色，已瞧科了八九分，心中不免十分艳羡。呆呆地抽了几袋旱烟，又向纸吹桶内抽了十几根纸吹塞在套裤里面，会了茶钞，携了长旱烟袋，慢慢地回去不提。

茶博士收拾茶杯，揩抹桌椅，上午的茶客各自回去吃饭。待到饭后两点钟，寿眉房内来了三位茶客，一位是张子彝，一位是王轶千，还有一位花白胡子是子彝的畏友，姓许号汉儒，本是贡生出身，前清时代做过几任知县，政体改革以后，退居故里，无意出山，尝同子彝诗酒往来，甚为亲密。

这天，子彝拉他到茶寮叙话，恰与轶千相遇，三人合坐一桌。子彝近来新刻一部诗稿，前半是他自己的著作，后半是他夫人碧珠女士以及长子少彝的诗草，发刻之先，曾经汉儒替他删定，所以一进茶寮，即便谈起诗来。什么派，什么体，夹七夹八，谈个不休。轶千因他们都是前辈先生，只有唯唯诺诺，不敢插一句话。后来渐渐谈到子弟身上，汉儒道："长公子的佳作一往清利，语语从性情中流出，真不愧家学渊源，箕裘克绍。"

子彝道："大小儿自幼即喜吟咏，兄弟因他性之所近，常把作诗的秘诀悉心传授，亏他天分尚优，举一可以反三，小小年纪，居然能胡乱吟哦几首。此次拙集付刻，兄弟心上本不愿把小儿的诗草附入，因他年纪尚轻，不是刊布著作的时候。后来给朋友们见了，都说小子有造，后生可畏，像这般钩心斗角的著作，倘不付诸剞劂，岂不把令郎的一番苦心尽行埋没？兄弟因他们说得不错，才把大小儿的诗草附刻在拙荆诗草的后面。下里巴人之曲，不为大雅诋诃，已是万幸。今天承老哥逾分奖励，真个受宠若惊了。"

汉儒道："令郎诗笔，果然非凡，尊阃清才，尤称拔俗，语语琳琅，字字珠玉，同着尊著合刊一集，可谓琴瑟合奏，笙磬同音。"

这几句话说得子彝精神愉快，骨节轻松，拈着几茎短髭说出一番话来。正是：

虚声纯盗，以诗为媒。哀哉梨枣，受此奇灾。

欲知后事，且阅下文。

第九回

女相如僧寺对弈
小才子胎里吟诗

子彝道："说也稀奇，拙荆所著的《夕阳红湿楼诗草》，很与兄弟诗笔相似，别人不知道的，都疑兄弟代拙荆捉刀。实则兄弟素讲不欺之学，怎肯弄这虚花自欺欺人？况且拙荆诗才还在兄弟之上，兄弟苦吟的时候，一字推敲，停笔思索，时时向拙荆那里就正。经她片言指导，立地点铁成金，全篇生色，所以兄弟的著作得力于拙荆者居多，石榴裙下拜先生，自愿北面就弟子之列。论理呢，兄弟的著作应该附刊在《夕阳红湿楼诗草》后面，但是妇唱夫随，终觉不成说话，没奈何，只得把拙作刻在前面了。扪心自问，实在有些汗颜呢。"

汉儒道："秦嘉徐淑，二美并臻，闺房艳福，被足下一人占尽，真叫人又是羡、又是妒、又是佩服。"

这几句话不打紧，早把子彝乐得全体酥麻，同泥菩萨落在汤罐中一般，忙道："拙荆今天有《清明即事》四绝句，兄弟出来的时候，她尚没有脱稿，现在想已吟就了。好在此地离舍间不远，待兄弟赶紧回去，向拙荆索取此稿，拜求老哥指正。"

汉儒道："言重言重，既有新著，理当盥诵。今日是清明令节，不可无清明佳咏，足下速向尊阃索取此稿，以快先睹。"

子彝忙起身道："去去即来，幸请少待。"

说罢，便匆匆出门而去。子彝去后，轶千提起茶壶，在汉儒面前满满地敬了一杯茶，便道："子彝先生的福分真不浅，眉山秀气，萃于一门，可以算得词林佳话。"

汉儒笑了一笑，从怀里取出一只亦料鼻烟壶，倒些在桌子角上，一抹一抹地抹进鼻孔。隔了一会儿，才道："他在那里捣鬼，你信他的话则甚？"

轶千惊讶道："子彝先生是诚实不欺的长者，怎么捣起鬼来？"

汉儒喝了一口茶，又把襟扣上挂的象牙小梳取在手中，徐徐梳理他的胡髯，一壁梳，一壁说道："子彝诚实不诚实，我却不敢轻下断语，但就刊刻诗稿一事而论，子彝可不诚实了。这一部诗稿都是他自己的东西，偏要强分一部分与妻，强分一部分与子。幸亏我选定同他弥缝缺憾，要不是呢，一经刊布出来，只怕多少文人学士都要笑得冠缨索绝，不能掩口。"

轶千忙问："有何笑话？"

汉儒道："大凡欺人之事，其中终有许多疑窦，许多缺点，一经明眼人瞧出，无不表里洞彻，如见肺肝。子彝的夫人休说颂椒咏絮不是她梦想所及，便是叫她抄一篇伙食账，花椒生姜，怕不写成花菽生江。他的大公郎恰才懂得平仄，对几个春风秋月苍松翠柏的两字对儿，或者不至贻笑，若要刊布诗稿，充作诗人，只怕六指头掐卦，轮他不着。子彝近来处境稍裕，无求于人，便想到名山事业，传之千秋。他的诗稿子却不少，大半都是菜籽诗，大有打油气味，他要一齐付刊，恐怕瑜不掩瑕，倘若从严删削，是把自己心血掷诸虚牝，毕竟有些抛舍不得。后来方才想出这个主意，强把自己的诗稿分为三等，最好的刻着自己名字，稍次的刻着他夫人名字，平常的刻着他儿子名字。他知道世人评诗的眼光，对于妇人小子的著作往往放宽一步，不甚苛求，所以施此狡狯，弄此虚化，一来免把自己的著作丢弃了，二来他夫人及儿子的诗名就此可以传布于世，这真是一举两得的计划。发刊的时候把诗稿送我过目，揭开看时，真

28

把我笑得肠根都痛。他的夫人诗草中有一个稀奇题目，叫作《宿天宁寺与月印长老对弈》，他的儿子诗草中也有一个稀奇题目，叫作《闻都中拳变有感》，你想他夫人怎好与和尚对弈？便算与和尚对弈，怎好形诸笔墨，刊诸诗稿？虽说从前松雪夫人管仲姬也曾与方丈翰墨往来，但是不过谈些禅理，到底不曾住过宿、对过弈，偏偏子彝夫人有此一个题目，这不是第一桩笑话吗？他儿子今年不过二十多岁，庚子拳乱是二十余年前故事，掐指算来，他儿子尚在胎里，怎么便有先天的诗草？虽然白香山七月能识之无，然而不曾在胎里吟过诗，胎里吟诗，要算他儿子第一遭了。这不是第二桩笑话吗？"

轶千正含着一口茶，听得这里，忍俊不禁，把一口茶都喷在一件簇新的花缎袍子上面，淋淋漓漓，湿了一大块。正是：

画虎类犬，刻鹄成凫。一经点破，笑瞎狸奴。

欲知后事，且阅下文。

第十回

《菩萨蛮》有声有色
花鼓戏疑假疑真

茶博士见了，忙取一块新手巾替轶千把袍上水渍挤干。汉儒趁这当儿，又嗅了一会儿鼻烟，便道："轶千，你听了这话，便笑得这般模样，假如这两个诗题真个刊布出来，不知要笑倒几多文人学士。亏得我是存心忠厚，君子成人之美，不成人之恶。他诗稿中有此两个漏洞，不得不替他弥补，磨得墨浓，搽得笔饱，便把这两首惹笑的诗从头至尾一齐抹去，他一部诗稿子就删去了两大污点。"

轶千道："老伯果然成人之美，这两首诗倘不删去，一定要惹人家笑话。但是子彝先生的长公子，现在女学校里充当教员，想来笔下还可过去。"

汉儒道："说起这话，我可又想起一桩笑话了。"

轶千忙喝了几口茶道："我可不把茶含在口中了，免得又喷湿了袍。"

汉儒笑说道："子彝的儿子天分却还不低，若肯用心读书，未必不能造就。叵耐近日西贝名士往往有一种牢不可破的习气，自己未必便成名士，却还痴心妄想，要他儿子早早出头露角，也成一个名士。古人道得好，既得陇，又望蜀。这两句是形容贪心不足的人物，但近日西贝名士的贪心还比古人厉害，未曾得陇，却先望蜀来。子彝正坐此病，所以赶紧替他儿子刊刻诗稿，插着名士的虚幌，别的学问不教他，单单把些诗词歌赋充作家庭功课。后来又荐他儿子到女学校里充当国文教员，他自己反对学校，说得学校不值一钱，请了西席老夫子在家教授幼子，可谓旧到极点，偏偏要叫他长子去充当教员，可谓自相矛盾。但是他的意思，无非要他儿子早些出道，承袭这西贝名士的荣位，他儿子能教书不能教书，便不放在他心上。轶千，你试猜猜，少彝第一天到女校里去上课，用些是什么课本？取些是什么教材？"

轶千道："无非几册最新教科书罢了。"

汉儒道："少彝所用的教科书，现在尚没有出版，他腹中除了念熟的几首诗词以外，其他都不省得。他踏上讲坛，没有什么可以讲给学生听，便取粉笔在黑板上写着一首读熟的《菩萨蛮》道：'牡丹带露真珠颗，佳人折向庭前过。含笑问檀郎，花强妾貌强？檀郎故相恼，只道花枝好。一面发娇嗔，碎挼花打人。'写毕，便打足精神，竭力描摹起来，讲得有声有色，体会入微。他一壁讲，一壁演，随手取一根教鞭当作美人所折的花枝，俯着颈，踮着脚尖儿，装作折花美人莲步轻移的模样，尖着喉咙道：'檀郎檀郎，你看花一般的人，人一般的花，两样比较，毕竟谁强？'檀郎怎样对答，佳人怎样发怒，怎样将花打人，俱用表情的方法，一般一般地演出。忽而男声，忽而女声，忽而笑容满面，忽而妒态可掬。亏他现身说法，演来毕肖，引得全班女生哄堂大笑，都说：'先生不是来讲书的，简直在讲坛上演唱什么花鼓戏了。然而花鼓戏是要生旦合演，先生演的是独角戏，花鼓戏是要涂脂抹粉，先生尚没化妆，疑假疑真，还不能算拿手好戏咧！'因此学生们替先生上了一个徽号，唤作花鼓教员。"

说到这里，又引得轶千笑不可抑，只把肚子乱揉。在这当儿，子彝早携了诗稿，兴致勃勃地从外面走入。正是：

懿词一阕，权代教科。两行红粉，掩口胡庐。

欲知后事，且阅下文。

第十一回

为止笑狠命捩大腿
因哦诗凑口吃馒头

二人见子彝走入，怕他生疑，立把笑容敛着。子彝兴致勃勃，全然不觉，向着二人道："累你们枯坐在此，等候了好一会儿，怪寂寞的。"

一壁说，一壁捧着诗笺，恭恭敬敬地授给汉儒道："闺人吟草，格律甚卑，要求方家指正。"

汉儒忙说："岂敢岂敢！"

便在腰边悬挂的鲨鱼皮眼镜袋里摸出一副玳瑁边眼镜，徐徐地架上鼻梁。子彝也打旁坐了，凑过头去，与汉儒同读这诗稿。轶千想着方才的说话，愈想愈觉好笑，笑声出口，子彝定要疑惑，只得下一种强制功夫，硬做不笑。只是笑声已逼近喉咙，哪里收束得住，一时心中慌了，只得下死劲地在自己腿上狠命捩了一把，皮肉吃了痛苦，才把这笑声忍住了。

那时汉儒把诗笺瞧了一瞧，说道："这书法很像……"

话未说完，子彝便接口道："好叫老哥得知，兄弟返舍的时候，拙荆作的《清明即事》四绝句早已脱稿，放在镜台旁边。兄弟不问情由，取了便走，却被拙荆一把拖住，一定不许携带出门。兄弟晓得拙荆藏拙心重，不比我们男子汉的笔墨，可以任人观看的，因苦

33

苦央告了一番，拙荆才许兄弟录了副本，把她的原稿索还。兄弟临行的时候，拙荆还嫌着兄弟多事，竟效女婴申申之詈，真所谓'偷寄镜台诗册子，浅嗔薄怒骂檀郎'了。"

轶千听得"檀郎"二字，又想着少彝演花鼓的情景，禁不住笑声出口，只得又在腿上掭了一把。那时，汉儒把这四首绝句曼声细吟，吟一句，赞一句，把头颅连打几个圈儿。子彝见着，乐得什么似的，恰巧外面饼摊上的徒弟捧着两盘热烘烘的馒头前来唤卖。子彝便叫他摆下，恭恭敬敬地向汉儒说了一个"请"字。汉儒也不推辞，一壁咀嚼馒头，一壁吟哦诗句，一个一个又一个，一句一句又一句，四首绝句吟完，这两盘馒头早已吃得空空如也。轶千虽在对面坐着，始终没有染指，茶博士绞上手巾，汉儒抹了一抹嘴，卸下眼镜，纳入鲨皮袋内，把诗稿折成方块，放在怀里，忙起身道："今天尚有别事，明天午后再到此间茶叙，尊阃佳著，容带回去盥手细诵。"

说着，便提起嗓子，唤茶博士来算茶钱。轶千手快，早把茶点心钱一并付清。汉儒说了一声"破钞"，先行告别。

汉儒去后，子彝告轶千道："许汉儒先生是当今第一诗家，不但学问好，并且是个诚实不欺的长者。他的评诗眼光非常厉害，他人的诗稿请他过目，要他称赞一句，比着铁树开花还要不易，是千难万难的事。倘果然合了他的眼光，却又爱才如命，赞不去口。他今天见了拙荆的著作，竟这般地倾倒起来，算得破天荒的奇事。他是个心直口快的人，好则说好，坏则说坏，从不曾当着面竭力称扬，背着人却批评得半文不值。"

轶千口里虽然唯唯诺诺，心里却暗自好笑。又喝了两开茶，二人各自回家，直到傍晚，崇实学校里的教员打罢扑克，一窝蜂地闯入茶寮，茶杯到手，便旁若无人把赌经当作茗谈资料，混闹了许久。临去时候，不过卖报童子的手里又赊去几份报，茶博士的账簿上又

34

添了一行欠账罢了。正是：

两日茶寮，笑谈百出。新旧不同，虚夸则一。

欲知后事，且阅下文。

第十二回

茶博士直心快口
管城子画角描头

一宵无话，到了明朝，却是倾盆大雨从早晨到向午时分，雨点没有停止。寿眉房中不见半个人影儿，茶博士纵想玉壶买春，老茶客怎肯赏雨茅屋？

好容易盼到下午，雨脚稍稍停止。轶千披着雨衣，仍到茶寮，来践汉儒昨天之约。枯坐了良久，汉儒竟没有到来，一个人闷得什么似的。茶博士无事做，向轶千搭讪着道："王先生，今天这雨降得很大，老茶客都不上门了，难得你还在这里喝茶。"

轶千道："昨天许老先生与我有约，虽是下雨，我却不能不来。"

茶博士道："就是那个花白胡须的老头儿吗？"

轶千点点头。茶博士道："提起那个老头儿，真恨得人牙痒痒的。他去年在这里喝了六十碗茶，临算账时，他只给我小洋四角。我说：'差得甚远，每碗茶三十文，六十碗茶该钱一千八百文。'他把脸儿一沉，说道：'我只喝你十六碗茶，哪里有六十碗茶？'我揭账簿给他看，他说：'你把十六两字写颠倒了，却来硬要人家茶钱。'我与他理论，他竟摆出乡绅架子，把我狗血喷人般地一顿毒骂，我没奈何，只得自认晦气，打落门牙和血吞，以后无论如何，再不把茶赊给他了。他昨天提起嗓子，喊算茶账，纯是装腔作势，叫作缺嘴咬蚤虱——有名无实。他把手插入袋内，假作摸钱钞的模样，直

36

待人家全会了钞，他才把手伸出。要是人家不会钞，他便永远不会也不肯把手伸出。要他破费一文半文，比割他的头颅还要加倍痛苦。王先生昨天同他客气，把茶点心钱一概算清了，这叫作肉馒头打狗——来得正好。"

轶千听着，免不得点头嗟叹。茶博士道："便是那个姓张的，也是个鄙啬人物，他同王先生喝茶，十次倒有九次是王先生会钞，他假意客气，这叫作老太婆吃海蜇——嘴里闹忙。还有他家请的西席先生，行为尤其不堪了，同那姓张的比较，叫作一蟹不如一蟹。他来喝茶一次，这里预备的纸吹，至少总有二三十根被他塞入套裤里面。一天他竟鬼摸了一头，一根未曾炸火的纸吹也塞入套裤里面，隔不多时，套裤里面失起火来，一时手足无措，杀猪般地乱喊。亏我用水浇灌着，才把这火熄灭了，一只套裤早已烧成两个窟窿。像这般的人物，平日价子曰诗云，摆出念书人的架子，哪知生成的脾气，还不及我下等人老实爽快。我闻念书人有新旧两派，这里的茶客，新派也有，旧派也有，新派既不见佳，旧派也未必妙。我虽是个下等人，然而旁观者清，五花八门的人物，都逃不过我一双乌珠。今天在王先生面前开口见喉咙，说一句心直口快的话，寿眉房里的上等茶客，除了王先生，简直没有一个好人。要寻好人，还是在下等茶客中去寻咧！"

茶博士说到这里，外堂来了几个茶客，只得剪断谈锋，自去招呼不提。

单表轶千听了茶博士一番议论，十分感触，暗想：连日在茶寮中所遇的人，不是盗名，便是盗利，茶博士说的话却是诛心之论。吾想别处茶寮中的人物，或者不至于此，若处处都像了这里的茶客，是上流社会的道德竟不及下流社会，人心世道何堪设想呢？亏得茶博士说寿眉房里的茶客，还有我一个算得好人，可见上流社会中未尝绝无人物。想到这里，不禁自负起来，既而转念一想，心中扑扑地乱跳，喃喃自语道："我也算不得一个完全人物咧，要在上流社会

37

中觅一个完全人物，谈何容易！谈何容易！"那时没精打采，付了茶钱，嗟叹而去。

后来有人把茶寮中三日情形讲给小子知晓，小子横竖无事，便委托管城子一一叙述出来，描头画角，算作一部社会小说。正是：

骨鲠在喉，余岂好辩。有则改之，无则加勉。

欲知后事，且阅下文。

茶寮小史续集

第一回

王轶千重临百宝肆
茶博士高谈五老峰

列位看官，休得轻视这小小茶寮，却是社会史的出产地。没有茶寮，便不见社会的真相。南方繁盛的所在，一条巷内至少也有三四处茶寮，常日在内喝茶的唤作上茶会。茶会里面，物以类聚，有官僚茶会，有流氓茶会，有商业茶会，有劳动茶会，七翘八裂的人物共冶一炉，五光十色的朋友各占片席，九腔十八调分明是万口衙门，九流十三教要算作百宝库肆。倘把种种茶寮里的历史供我陶写，包括无遗，必须仿照各地通志局的成例，聘几位无聊乡绅充当局长，招几位失馆先生充当编纂员，派几位游街城隍充当采访员，规定百元二百元的月薪，延长三十年四十年的期限，或者一卷《茶寮通史》的目录，可以勉强编就。

若说小子呢，单靠着一支秃笔、半方破砚，南腔北调，西抹东涂，既没有极大的经费供我挥霍，又没有极长的期限任我延宕，所以这部书不唤作《茶寮通史》，唤作《茶寮小史》。其中所说的人物，无非文士一流，在那茶寮里面，不过占着一小部分，尚有其他种种人物，不及兼容并包，只好付诸缺如，挂一漏万的了。

话休烦絮，却说王轶千在公司里面请了几天清明节假，家居无事，专在茶寮里喝茶，把那种种耳闻目见的情形一一告诉小子。小子据他的报告做个蓝本，还要描头画角，杂以理想之谈，便凑成了十二回《茶寮小史》。后来，轶千假满，到公司里去供职，茶寮里发生的事，小子无从知晓，所以编到第十二回便小小地做了一个结束。倘若轶千不再请假，或者请了假后，不再到茶寮里去走动，这部《茶寮小史》便没有赓续的机会。要续这部小史，轶千却是重要的采访员，他又不向小子支取薪水，完全是担任义务，采访不采访，小子无权干涉，唯有停着笔，眼巴巴盼那义务采访员重到茶寮替吾书增添材料。

直到端阳左右，轶千果然请假返里，又到这爿茶寮里去喝茶。轶千一进茶寮，小子便不愁没有文章了。

这天，轶千饭后无事，信步走入茶寮，只因时候尚早，寿眉房内静悄悄不见一人，便在临窗的座次泡茶坐定。茶博士生怕茶客寂寞，一壁揩抹桌椅，一壁便向轶千随意攀谈。轶千有两三个月不在这里走动，便把茶寮里的近状略问几句。

茶博士道："这里的生意，叫好也不好，叫歹也不歹，乡下人弗识串字，唤作中中罢了。"

轶千道："寿眉房里的茶客，料想没有什么更动。"

茶博士道："只有你王先生几个月没到这里来，其余的茶客却是外甥提灯笼，叫作照旧。左近又新立了一个图书馆，馆里的先生闲着无事，常到这里来走动走动，所以寿眉房里的茶客比从前却增添了几位。"

轶千道："图书馆里的先生常来喝茶的是谁?"

茶博士道："大约也有三四位，乌芙髭须的是陆先生，两耳招风的是潘先生，五短身材的是何先生，还有紫棠色脸、满面痘疤的便是图书馆里的书记员周先生。"

轶千听着，大半都曾认识，便把头略点几点。茶博士笑道："这周先生叫老不老，叫少不少，年纪在四旬左右，这里的老茶客却替他取个诨名唤作五老峰。"

轶千道："因甚唤作五老峰?"

茶博士道："当时我猜他是排行第五，但是排行第五，无非叫一声老五，不该唤作五老峰。况且这里的茶客当着周先生的面并不唤他五老峰，周先生一去，他们便五老峰长、五老峰短，七张八嘴地议论起来。所以我猜'五老峰'三字，一定是不甚体面的诨名，大约这里的老茶客以及卖报的小厮、打杂的小伙提起五老峰，没有一个不晓得是周先生。若问周先生自己，却还瞒在鼓中，不知五老峰是谁呢！"

轶千还要向下问去，却见张子彝等一辈茶友，联翩入室。茶博士泡茶要紧，便走开了。正是：

　　器小易溢，量窄易封。咫尺之地，有五老峰。

欲知后事，且阅下文。

第二回

老世伯瑶池返驾
娄先生煤井喷泉

张子彝等既入茶寮，同轶千寒暄了几句，在隔座泡茶坐定。同子彝一起来的，一位是子彝的老友娄师古，一位是子彝的外甥袁志新。那两位性质各别，服装互异。师古是著名的考据家，衣服甚为古朴，眼镜大似茶杯，袍袖宽似袈裟，套裤粗似灯笼。志新是簇新西装，翩翩年少。子彝拉着两位不伦不类的人物坐在一起，别人见了，只当他有意玩笑，其实不然。子彝今天到亲戚家去吊奠，恰与师古、志新两人同席，席散以后，同路返家，经过茶寮，不过顺便歇足罢了。

轶千见子彝等三人面有酒意，便问今天在何处酬应。

子彝道："今天是萧仁甫的老太爷开吊，仁甫是本县第一区的学务委员，同那学界中人素有往来，所以一切教育行政人员大半在场，本区的小学教员，借此巴结委员老爷，更没一个不到。悬挂的挽联不下百数十副，都是绝妙好词。我也懒去研究，后来看到一轴祭帐，也是一位小学教员送的，祭帐上面的字样却是匪夷所思，几乎把人笑倒。祭帐的上款是'某某老世伯大人千古'，下款是'世侄某某拜挽'，中间四个金字叫作'驾返瑶池'。"

说着，拍手大笑。轶千也忍俊不禁，连呼绝倒。

在这当儿，考据家娄师古先生从怀里掏出一个古铜鼻烟瓶，把整块的鼻烟塞入鼻孔里面，一壁嗅烟，一壁瞧着屋梁，在那里搜觅考据材料。比及子彝笑毕，师古道："子彝，你笑他把四字弄错了，据我看来，不见得一定弄错。"

子彝忙问其故，师古又塞了几块鼻烟，便道："'驾返瑶池'四字，谁人不晓得是西王母的故典，然而西王母未必一定是女，所以'驾返瑶池'四字，不好说他一定弄错。"

子彝笑道："先生的考据学，兄弟是素来佩服的，但说西王母不是女子，兄弟却不能无疑，既然唤作西王母，不唤作西王父，望文生训，自然是个女子。"

师古道："《尔雅》上只说西王母披发戴胜、虎齿善啸，不曾指定他是男是女。若说唤了西王母定是个女子，从来男子女名的很多咧。孟子所说的冯妇，左氏所说的卢蒲嫳、申夜姑、叔孙婼、杞伯、息姑，历代史传上所说的丁夫人、杨奴奴、李安人、马仙婢、司空命妇，诸如此类，不可胜数。你若望文生训，便要一一当他们是女子了。"

这几句话，子彝却没得辩驳，唯有连连点头而已。旁座的袁志新老大不服气，昂昂地说道："中国的文字，委实是没有丝毫价值。"

这句话不打紧，却把满口考据的师古先生吓得一跳，便圆睁了两眼，隔着铜边眼镜，只向志新恶狠狠地瞅着。志新又道："我说中国文字没有价值，只为男女不分，雌雄莫辨，这是文字上大大的缺点。大凡研究文字，不能不知品性，品性者，英文中之琴段也。属于男性的唤作末斯克林琴段，属于女性的唤作翻密能琴段，所以是男是女，是雌是雄，揭开文字，一望而知。讲到中国文字，那就含糊了，女可以算男，男也可以算女，雄可以算雌，雌也可以算雄，这是中国文字不如我们英文的确证。"

师古愤然道："足下议论，大堪喷饭，英文上面既然加着'我们'二字，中文上面怎不加着'你们'二字？"

这几句话却把志新的口堵住了。志新本来饮着几杯酒，经师古这般诘问，宛比喝了几大觥罚酒，绯红满面，直彻耳根。一时没作理会处，掀起衣袖，把手表望了一望，自言自语道："这时可二句多钟了。"

子彝生怕他们冲突起来，便凑趣地说道："志新瞧着手表，可是预备脚阔？"

志新起身道："母舅请宽坐，外甥尚要去访个朋友。"

说着，便唤过茶博士，还了茶钱，履声橐橐地去了。

师古余怒未息，愤愤地说道："近来少年新进，学得几句西文皮毛，便眼睛插到额角，无法无天地乱谈。像方才令甥这般议论，兄弟听了，直欲鼻端喷火。"

说到这里，师古先生的鼻端虽不曾喷出什么火来，然而煤井里面早有两道流泉喷出。他把整块的鼻烟塞入鼻孔，鼻烟同涕液化合，黄澄澄、湿黏黏的东西渐渐流到唇边，这便唤作煤井喷泉。轶千见了，眉头紧皱。师古不慌不忙，伸起两个指儿，在那唇边一擦，顺手把涕液抹在台角上，依旧侃侃而谈，旁若无人。正是：

> 新旧思潮，抵拒甚力。不比液涕，容易黏结。

欲知后事，且阅下文。

第三回

炫头衔卡片代润格
守秩序学子奠生刍

　　子彝见师古怄气，忙道："先生，同这小孩子理论什么？近来一班新人物的论调，我也听得厌烦了，不是说中文应当废弃，定是说中文亟宜革新，不是说中文违反世界的潮流，定是说中文妨碍科学的进步。毕竟这些说话中肯不中肯、合理不合理，我且置之不论。我所不解的，他们口口声声说爱国，却又口口声声说不爱国文，难道不爱了国文，便算爱国？爱了国文，便不算爱国吗？"

　　这几句话说得师古异常得意，鼻孔里面又塞进了几块鼻烟。轶千细味子彝之言，却也连连嗟叹。

　　子彝道："轶千，今天应酬场中的笑话，还不止方才说的一桩。"

　　轶千忙问又有何事。子彝道："近来的名片，真愈弄愈古怪了，我方才在仁甫家中看见一张卡片，一半儿似官场中的履历，一半儿似商店里的广告。卡片前面，除姓名、别号、籍贯外，还排列着七项煌煌衔条，一是县知事考取第十名私塾教员，二是代用国民学校主任教员，三是候选国民学校校长，四是乡约宣讲员，五是教育改良社社员，六是中华民国乙级选民，尚有一条，我却想不起了。"

　　师古道："你怎把最有趣的一条忘却了？第七条是善价待沽室撰述员。"

　　子彝道："毕竟考据家的记忆力强，这一条果然诧异，然而还不

47

算奇。卡片的后面印着善价待沽室诗文润格，祭文每篇若干元，寿诗每首若干元，寿联挽联每副若干元。像这般不衫不履的卡片，要算古今罕有。"

轶千笑道："像这般的卡片，用得着一句官话，叫作什么东西了。"

师古点头拨脑地说道："二公的议论，区区也有考据。子彝说的'不衫不履'，这句话见于张说所撰的《虬髯客传》。轶千说'什么东西'，'什'二字当作'拾没'，《集韵》云：'不知而问曰拾没，没字母果切，音么。'至于称物曰'东西'，始于《齐书·豫章王嶷传》曰'百年亦何可得，止得东西一百，于事亦得'。什么有什么的出处，东西有东西的来历，可见常言俗语都有考证。"

轶千点头道："师古先生功深考据，左右逢源，令人钦佩无已。"

师古口中虽是逊谢，面上却甚得意。彼此闲谈了多时，子彝向师古道："你介绍的西席先生，今天须去拜访拜访才是。"

师古道："要去便去，这时已过三句钟，去得迟了，他要出门，不免徒劳往返。"

说着，二人同时起立，向轶千点了一点头，约他明天一句钟在这里茶叙。

子彝、师古去后，轶千瞑目凝神，把方才的说话复想一遍，却自暗暗好笑。正待离座出门，忽听一阵步伐声响，却是崇实学校里的教员率领学生二三十人向着茶寮而来，比到门首，体操教员喝了一声"立停"，大家都站住了。体操教员又喝了一声"散队"，大家抢入茶寮，乱嚷泡茶泡茶，早把外堂十几张桌儿一齐占去。督队的几位教员另在寿眉房中泡茶坐定，解衣磅礴，热汗淋漓。

轶千忙问国文教员道："卜知文君，今天贵校学生是从何处旅行回来？"

知文尚没回答，体操教员抢着说道："今天是学务委员萧仁甫先生的老太爷开吊，仁甫先生是教育巨子、学界明星，对于敝校尤具热忱，曾说敝校为各小学之冠，成绩卓著，生徒尤彬彬有礼。所以今天敝校学生感恩知己，异口同声，定要前去送丧，我们不能拂其所请，只得率队前往。今天萧宅送丧的学生不止敝校一起，若说秩序井然、周旋中礼，敝校要算首屈一指。"

轶千听着，免不得肃然起敬道："这都是诸位训练之功，所谓强将手下无弱兵，良师门下无劣徒……"

话尚未毕，忽听得外堂一片喧嚷。原来许多彬彬有礼的学生在那里争先喝茶，一言不合，竟尔吵闹起来，甲生扯破了乙生操衣，丙生踏坏了丁生操帽儿。他们年纪虽轻，声音却甚宏大，破口詈骂，各不相让，拢总不过二三十个学生，吵闹的声浪不让千军万马。慌得体操教员敞着胸膛，赶紧前去排解。轶千不耐喧闹，乘着扰乱的当儿，独自出门而去。正是：

学子莘莘，教授有法。曾不须臾，闹如鹅鸭。

欲知后事，且阅下文。

第四回

书房外馆童窥秘密
床铺下学究匿残肴

明日午后一句钟，轶千因子彝、师古曾约茗谈，吃过午饭，便去践约。比至茶寮，子彝未到，师古早在那里泡茶坐候。相见让座已毕，茶博士提着铅壶进来冲水，便向轶千道："昨天这辈小学生，闹得不可开交。王先生你走得早，这出戏只看得半本。"

轶千道："以后便怎么样？"

茶博士道："下半本花样多咧！这辈小学生，起初不过斗口，后竟斗起力来，麻雀虽小，倒也吃斗，惹得往来行人黑压压地挤满一屋子。"

轶千道："昨天有教员在场，难道不喝阻，任他们打架不成？"

茶博士道："喝阻自喝阻，打架自打架，教员先生到了这般地步，变作灯草拐杖，做不得主。那时卜先生没得法儿，想出一个计策，说：'你们再不住手，简直要闹出小人命了。我不能担当这个干系，只得到外面去唤巡警，把你们带到区里去重办。'学生听得要唤巡警，方才有些害怕，一场恶闹就此罢休。只苦了我们的茶寮，砸破了两只茶杯，拉折了一条板凳。"说着，唉声叹气地提壶而出。

师古道："学校流弊，一至于此。子彝不愿把儿子送入学校，托我物色馆师，正为杜绝流弊起见。"

轶千道："子彝先生府上的西席，不是请着许彬甫吗？怎么没有多时，又要更动起来？"

师古嗅了几块鼻烟，慢腾腾地说道："提起许彬甫，笑话正多咧。他初就馆的时候，倒也悉心教导，不发脾气。子彝待他却也不薄，每日供膳，力求丰腆。逢着三六九的日期，另加绍酒一壶、佳肴四碟，待先生如此其忠且敬也，要是有些天良的，便该感恩知己，力图报答。无如许彬甫择交不慎，专与那些不尴不尬的人物往来，有一个朝设蒙馆暮做宣卷的巫兰人，他视为性命道义之交，朝夕过从，不知研究些什么。俗语道：近朱者赤，近墨者黑。"师古说到这里，又夹杂他的考据学道，"这两句也有来历，唐王续所撰的《负苓者传》云：'丽朱者赤，附墨者黑。'彬甫的病根便在这两句上，他自与兰人为友，听了他的唆使，馆课便渐渐地松懈起来。在东翁面前却有种种要求：一、酌加月费；二、每日设酒；三、捐除夜课；四、星期放假。子彝因延师不易，一一勉强应允，然而心中未免有些不快。彬甫这番要求如愿而偿，自然要感激兰人指导之恩，兰人也自居其功，常常拉着彬甫到小酒肆里去喝酒。彬甫素性吝啬，舍不得自己破钞，又却不过兰人情面，亏他异想天开，想出一个两全其美的方法。"

轶千问："计将安出？"

师古又嗅了几块鼻烟，便道："彬甫在馆中，常嫌酒肴菲薄，不够大嚼，馆东没奈何，只得吩咐厨役从丰供给。彬甫每在吃饭的当儿，叫馆童不须伺候，只需把酒肴摆上，饭桶端整，他会自斟自酌，自己盛饭。馆童去后，他又把门掩了，加上了闩，大有机要重地闲人莫入的意思。馆童莫名其妙，只得暗自纳罕。一天，馆童在门缝私自张望，要看师爷做何举动，彬甫的秘密竟被馆童窥破。原来彬甫把吃剩的酒肴一一收拾，余酒倾在洋瓶里面，残肴包在荷叶中间，又取一张报纸，把两件东西封裹完密，安放床下，犹恐露出破绽，忙把床下放的旧钉靴移在纸包前面，遮掩痕迹。安置妥帖，然后拔闩启门，放馆童入内收拾杯箸，自谓计出万全，十分秘密，谁知馆童早已一一瞧在眼里。比及彬甫放学出门，馆童便暗暗地跟在背后，见彬甫踅过一条巷，走入一家门内。馆童认得便是巫兰人的家里，好在墙卑室浅，窥见室家之好。馆童静悄悄伏在门外，向内瞧望，却见彬甫取出纸包内的东西，与兰人对坐小酌，便把目睹情形回家报告主人。任是子彝好耐性，可也忍耐不得了。"

说到这里，恰见子彝走入茶寮，一席谈话，就此剪断。

子彝坐定后，便道："你们想候久了，我在中途恰恰遇着了五老峰，被他缠住，絮聒了良久，才来得迟了。"

轶千正不知五老峰的解释，便向子彝请教。子彝正待说时，忽闻外堂一片嘈杂，夹着妇女吵骂的声音。正是：

　　妇女骂街，无关重要。考据先生，又添资料。

欲知后事，且阅下文。

第五回

奋雌威巧遇骂街妇
夸獭祭相烦速记生

原来里巷之中，常有一种习惯，逢着打架斗口，分解不开，便扭到茶寮里，泡壶茶，评论曲直，唤作吃讲茶。在这当儿，茶寮变作临时审判厅，茶客喜管闲事的，便可代行审判官的职权，谁是谁非，谁曲谁直，一经众茶客公断，便似下了判决书，双方再没有什么话讲。那败诉的一方面照例须把众茶客的茶钱都由他一人还清，算是认罚的意思。

这天，在茶寮里吃讲茶的，却是两个泼辣妇人，年纪都在五旬左右，面部都涨得血一般红。一个面上有抓破的创痕，微微挂血，一个衣领扯得粉碎，把胸膛都露了出来。恰在巷里打架，被众人劝到茶寮，当着公众，判个青黄皂白。两妇人盛怒之下，各不相让，先把桌面拍得震天价响，激得几只茶碗立时活动起来，在桌子上捉对儿跳舞。众人道："有话好讲，打破了茶碗，是要赔偿的。"两妇人都使着破锣般的喉咙，夹七夹八，不知叫骂些什么。在那叫骂的当儿，另有叫骂的姿势，擎起着手臂，一伸一缩，好像在那里猜拳行令，又把头一点一拨，那脑后拖的发髻随着点拨的姿势绰板般地打动。

这茶寮的内厢外堂，只有几扇栏杆作界，外堂闹得不可开交，内厢坐的茶客也只得剪断谈锋，呆呆地向外堂瞧看。闹了多时，便

53

有几个善做和事佬的茶客，喝着："有话好讲，休得恁般啰唣。"两妇人都要抢着先说，众人指着面有伤痕的妇人，叫她先诉启衅的情由。

这时，师古凑着轶千的耳朵道："可是我的考据糟糕了，你可预备着纸笔，听我使用。"

轶千不知他葫芦里卖甚药，便探怀取出铅笔同袖珍簿，说道："纸笔在这里，先生有何使用?"

师古道："泼妇骂街，却有许多来历，我们横竖无事，何妨静听静听，也是研究学问的好机会。"

轶千问怎样研究。师古不慌不忙，摸出烟壶，在桌子角上拍出一大堆鼻烟，便道："你执着笔，看我嗅鼻烟为号，我嗅鼻烟一次，你把妇人的说话抄录一句在袖珍簿上，嗅几次，便抄几句。少顷，自有分晓。"

子彝道："这般研究法，却也别开生面。"

轶千本是书记员，速记的本领向来极大，抄录几句说话，想不费什么吹灰之力。轶千笑了一笑，真个执笔在手，耳听妇人的说话，眼看师古的鼻孔。说时迟，那时快，这面有伤痕的妇人早在外堂开始诉讼道："她与我本是一屋同居，我今天吃过了中饭……"

妇人说到"中饭"二字，师古赶把鼻烟一嗅，轶千在簿上写着"中饭"。

"觉得有些倦意，便在自己房里午睡，正在一瞑……"

师古又嗅，轶千又写了"一瞑"。

"好困的当儿，谁知床头发出一种声响，腷腷膊膊……"

师古又嗅，轶千又写了"腷腷膊膊"。

"我只道是鼠子作祟，又道是猫儿打架，谁知却是这做贼的虔婆……"

师古又嗅，轶千又写了"虔婆"。那衣领破碎的妇人辩道："我到她房里，并不是偷摸东西，我正急着要出恭……"

师古又嗅，轶千又写了"出恭"。

"一时没了草纸，到她床头，要讨取一张草纸。谁知这泼妇不问情由，即便高声大骂……"

师古又嗅，轶千又写了"高声大骂"。

面有伤痕的妇人道："你还要抵赖！你青天白日闯到我的房里，明明就是三只手……"

师古又嗅，轶千又写了"三只手"。衣领破碎的妇人带哭带骂道："贱泼妇，你死到冥间，要被地狱里的夜叉……"

师古又嗅，轶千又写了"夜叉"。

"割去你的舌头……"

师古又嗅，轶千又写了"舌头"。

"自古道：捉贼要捉赃，捉奸要捉双……"

师古又嗅，轶千又写了。

在这当儿，早听得一阵步履响，内厢又来了三位茶客，打首的一位紫棠色脸、满面痘疤。一到内厢，便嚷着："轶千在这里写什么？"一壁说，一壁便凑到轶千肩旁，瞧那袖珍簿，不觉哈哈大笑道，"轶千疯了，你写的是什么话咧？"正是：

　　俚语村言，也算资料。惹得旁人，哈哈大笑。

欲知后事，且阅下文。

第六回

吃苦头偷鸡蚀米
戳壁脚索疵吹毛

　　列位看官，你道这哈哈大笑的是谁？原来不是别个，这人姓周，表字别溪，现充图书馆里的书记员，绰号五老峰的便是。那同来的两位，一位姓何，一位姓陆，都是图书馆里的同事。

　　轶千同别溪本系熟识，又闻他新上了五老峰的徽号，满腹疑团，莫名其妙，正待请教子彝，却被这两个妇人一闹，师古又谈起骂街考据，一时无从插嘴。现在骂街考据尚没写完，五老峰蓦地飞来，又不好当着别溪的面研究五老峰的来历，三神山忽离忽即，闷葫芦难剖难分，轶千独自呆呆地着想。子彝早把师古研究骂街学的一番说话向别溪说了，别溪也不说什么，鼻端里哼了一哼，便与他的两位同伴坐在隔座喝茶。师古正要卖弄他的獭祭本领，叫轶千把许多故实一一抄在袖珍簿上，预备做个谈料。现在无端被别溪打断了，便觉老大没趣，再要研究时，外堂门口的妇女业已辩论终结，好好的一篇考据学没有完卷，未免有些可惜。因此只把桌上的鼻烟川流不息般地纳入鼻孔，仰着头，一语不发。

　　在这当儿，茶博士伸长了脖子，提起了喉咙，高喊一声："内厢外堂的茶钱都有了。"接着一阵脚步杂沓的声响，那吃讲茶的妇人同那赶热闹的看客都已一哄而出，外堂声浪立时寂静。

　　子彝拈着几茎短髭笑道："饮茶不须破钞，真是千载一时的机会。"

隔座的别溪接道："假如天天有人在这里吃讲茶，我们出门也可免带钱囊了。"

稍停，茶博士搭讪着走来说道："这私闯房户的妇女，偷鸡弗着蚀把米。内厢外堂，统共三十六碗，计钱一千零八十文，都罚她一人会去，诸位先生不必破钞了。"

别溪沉着脸道："谁稀罕这几碗茶？今天教育厅长俞云老备着盛筵，写着帖来请我，我都不去，区区这几碗，我哪里瞧得上眼？"

同座的何、陆二人道："别溪既这般说，你只算茶钱并没会去，何妨慷慷慨慨，把寿眉房里几碗茶都由你一人破钞？"

别溪道："不是这般说，使钱要使在分寸上，明明他人把茶钱会去了，我又要拿出茶钱来，不是寿头，定是镲头了。"

师古嗅了一会儿鼻烟，先行告别。临走时，叮嘱轶千道："你把'寿头''镲头'两典故也录在簿上，明天午后，仍在这里晤面，同你细细地考究。"

轶千真个把"寿头""镲头"一一写了。

师古去后，别溪走过来，就在师古的空座坐了。唤过茶博士，把桌子角上余剩的鼻烟用抹布抹去了。

轶千道："师古先生的外表虽是悃愊无华，论他的才学，倒也五花八门……"

话没说完，别溪抢说道："老娄这怪东西，有什么真实学问，拾得几本破烂册子，记得几桩生僻典故，却便摇摇摆摆，不可一世，挂着博学鸿儒的牌子，大言不惭，无非自欺欺人。轶千同他去讲学，真叫作问道于盲咧。"

轶千道："当此国学陵夷的时代，只要拾得几本破烂册子，记得几桩生僻典故，已似麟角凤毛，不可多得。"

别溪摇了摇头，忙道："轶千，不是这般说法。读书人过于枵腹，固非所宜，然而研究国学也该有个先后缓急的次序。正经正史是人生必读的书，宛比布帛菽粟，须臾缺它不得。治经治史，倘有余力，方可浏览各种杂书，以广闻见。老娄这怪东西，偏偏反其道而行之，把经史束之高阁，专喜搬弄些杂书，怎好算得学问？"说到这里，便竖起一个大拇指道，"若说淹贯经史，除了我们馆长杜才老，并世更没二人。他做秀才时，是个名诸生，中了举时，是个名孝廉，入了词曹时，是个名翰林，通籍数十年，手不释卷，目不窥园，与那白屋书生无异。像才老这般高才硕学，见了兄弟尚且异常谦和，不说就正有道，定说请教高明，不比老娄这怪东西，动不动插起一双怪眼睛，搭着十足臭架子。"

子彝笑道："别溪，你曾同师古谈过考据没有？"

别溪道："谁耐烦同他臭讲究，偏是他不肯藏拙，当着人前絮絮叨叨，卖弄他的本领，便桶有便桶的考据，夜壶有夜壶的考据。像这般的臭讲究，便算原原本本，考据正确，终觉不登大雅之堂。兄弟偶把经籍上浅近的训诂向他质证，他竟茫无头绪，良久开不出口，只是拼命地嗅那鼻烟。列位想想，读书人荒却布帛菽粟的经籍不知自愧，却要夸谈什么生僻的典故，可以算得学问吗？宛比一个人赤条条没穿得上衣下裳，他不害臊，倒要考究什么绣花鞋袜；空洞洞没吃得三餐米饭，他不着急，倒要考究什么应时细点。"

说到这里，隔座的何、陆二人连连催促道："够了，够了，你还要到人家去手谈咧。"

别溪望了一望壁钟，便道："今天劝学所所长沉翔老约我手谈，这时恰到好处了。"

说罢，倏地站起身来，把身上穿的雪白罗纺长衫略一整理，不觉失声惊呼道："啊呀！"正是：

吹毛索疵，严格批评。振衣而起，啊呀一声。

欲知后事，且阅下文。

第七回

白罗衫沾染双污点
黄寡老配列五高峰

别溪临走时，喊出一声"啊呀"，众人不解其意，向他呆瞧。别溪俯着头，皱着眉，提起罗纺长衫的下截给人观看。原来这件簇新的雪白罗纺长衫沾了两块垢痕，约有铜钱大小，又焦黄又黏腻，不知是什么东西。别溪向着台角一望，不觉跺足大骂道："这老而不死的怪物，瞎了眼睛，烂了良心，怎么把这又黄又臭又黏的东西有意挂在台角上，玷污他人的衣服？他鼻子里喜嗅鼻烟，他死后定罚入阿鼻地狱受罪。他擦了鼻涕抹在台角上害人，他十个指头定要害十个疔疮。"

子彝道："别溪，这是你自己不好，倘然坐在隔座，便不会弄糟了衣服。谁叫你移了座头呢？"

别溪道："我移座的时候，曾唤茶博士把台角擦抹干净，谁想台角上还留着这肮脏东西呢？"

说着，又迁怒到茶博士身上，夹七夹八，乱骂起来，比方才骂街的悍妇还要厉害。茶博士慌着赶紧取盆清水，赔着小心，替他把垢痕涮去。别溪还恨恨地说道："从今日起，老娄坐过的座头，你须揩抹净尽，倘再这般延误，你可晓得，本区的警察署长王轩老是我的老友，我只要在他面前歪歪嘴，包管打折你两条狗腿。"

茶博士诺诺连声，不敢违抗。在这当儿，别溪提着长衫，同何、陆二人出门而去。

别溪才离门口，茶博士走到外堂，喃喃骂道："小鸡身上有几许毛，雀儿头上有几许脑，你五老峰的前程拢总不过一个小小书记生，又不是官到尚书吏到都，怎便大模大样开口署长闭口署长，仗着势力来压人？你打量我不知底细，哪晓我吃了油火虫似的，胸中雪一般亮。像你这般惹懒人物，要想同本区的署长往来，背脊上挂胡琴，只怕挨你不着，消息子打锣，只怕影响全无。你在坑缸内照照面庞，仍脱不了一副穷形极相，你从前几个月，穷得狗肝都出，戴着开花帽儿，拖着破头鞋，披着贴膏药的衫，三分像整脚，七分像瘟腮，都一一在我眼里。现在得了一个小小前程，掷去青竹竿，忘却讨铁时，在我面前竟装腔作势起来。山中无老虎，猴子也称王，亏我生了两个鼻孔，不然呢，不是气死，定是闷死。"茶博士对着炉子指手画脚地乱骂，骂得口渴，便把收拾的残茶咕嘟咕嘟饮一个畅。

子彝笑向轶千道："今天茶寮里算是山膏大会，一波未平，一波又起，骂人的悍妇才去，别溪便骂起师古，骂人的别溪才去，茶博士又骂起别溪。若要研究骂街的考据，算得材料丰富，美不胜收。可惜师古早已跑了，要不是呢，这小小袖珍册不知要收录几许故事咧。"

轶千道："别的故事都不打紧，只是'五老峰'三字来历，怀疑至今，心中还不甚了了。"

子彝哈哈大笑道："方才别溪自背履历，你不曾听得吗？"便抡着指头道，"第一峰厅长俞云老，第二峰馆长杜才老，第三峰所长沉翔老，第四峰署长王轩老，还有第五峰，他可不曾说出。只因他走得太快了，倘在这里再坐五分钟，这第五峰定从他自己口中迸露出来。"

轶千道："第五峰是指何人？"

子彝道："横竖无事，你且猜他一猜。"

轶千道："别溪这般倚老卖老，这第五峰大约就指他自己。"子

60

彝摇摇头。轶千道："左猜不是，右猜不是，那可猜测不出了。"

子彝道："别溪在图书馆里占得一席，飞扬跋扈，旁若无人，某老某老不离于口。他妍识一个黄姓的老寡妇，常向人前自夸艳福，却被考据家娄师古冷冷地听个清切，便轻轻地替他加上了'五老峰'徽号，四峰以外，第五峰便是室长黄寡老。"

轶千笑道："'寡老'二字，似乎太俗。"

子彝道："师古尚有考据咧。他说《集韵》有'姻嫪'二字，作恋惜解，'寡老'即姻嫪之转音，可见任何俗语，一到考据家的口里，在在都有来历。"

轶千点头道："是谈了多时，已过四句钟。"

子彝尚有要事，匆匆而去。正是：

悍妇之悍，酸子之酸。山膏善骂，等量齐观。

欲知后事，且阅下文。

第八回

可骂则骂骂亦多术
见怪不怪怪是用希

子彝去后，轶千把方才袖珍册上的记录重又看了几遍，觉得今天发生的事甚为可笑。子彝所说的山膏大会，可谓确切不移，外堂的妇人开口一骂，内厢的茶客也骂起来了，不相干的茶博士也骂起来了，难道这个"骂"字也有传染的性质吗？师古研究的是"骂"的典故，然而还不曾研究到"骂"的性质，骂的性质，却可分为四类：你骂我，我又骂你，唤作交换骂，方才吃讲茶的妇女可纳入第一类；甲骂乙，丙又骂乙，唤作连续骂，方才别溪骂师古，茶博士又骂别溪，可纳入第二类；忽而骂人，忽而挨骂，忽而又去骂人，忽而又要挨骂，唤作循环骂，现在名流专骂官僚，比及做了官僚，又被其他名流所骂，比及退为名流，又把其他官僚痛骂，只缘一进一退，挨骂者可以骂人，骂人者亦可挨骂，循环不已，可纳入第三类；一个时期拼命骂人，一个时期拼命挨骂，唤作分期骂，现在青年学子喜骂腐败官僚，然而一二十年以前，这些挨骂的腐败官僚也是个骂人的青年学子，只缘地位不同，骂人的落得骂人，挨骂的由他笑骂，彼一时，此一时，可纳入第四类。

轶千独自思索了一会儿，便把自己的见解也都在袖珍簿上一一写了，明日见了师古，也好充作谈料。写毕，振衣出门，早见卜知文等一辈小学教员匆匆忙忙迎面而来，见了轶千，略把头点了一点，也不及说什么通常套话语。轶千甫离茶室，隐隐听得这几位大教育家抵掌狂谈，口中嚷什么健咧、开咧、扣何咧、福而好乎司咧，可惜轶千走得太速，这一篇光明正大的教育谈不曾细细领教。

教育家本分东洋、西洋两派，这般佶屈聱牙的术语，或从西洋灌输而来，也未可知。轶千既是门外汉，小子编的《茶寮小史》也不是研究教育的专书，所以这几位大教育家的崇论弘议，也只得略而不详了。

话休烦絮。明日下午，轶千到茶寮里去候师古，寿眉房内，只有两个少年在那里品茗，一是子彝的外甥袁志新，一是子彝的长子少彝，轶千都招呼了。泡茶坐定，少彝道："方才遇见师古先生，他说本约在此地相叙，因有要事尚须接洽，请轶翁略待半句钟，事毕便来践约。"

轶千道："横竖无事，略待不妨。"

志新道："提起师古，令人头疼。前天同他在此间喝茶，言论龃龉，几乎冲突起来。"

少彝道："本来你的思想新得过甚，师古先生的旧学是很深的，自信力又是很坚的，宜乎开出口来，易生冲突。"

轶千道："师古由他师古，志新只管志新，学问本是公器，思想尽可自由，只可在学理上辩论，不可在感情上冲突。"

志新拍手道："轶翁这几句话却甚公允，前天师古倘知此意，便不该睁开两只怪眼向人恶狠狠地瞧着。"

少彝道："你既发了这般怪论，便怪不得人家要睁开怪眼了。"

志新道："少所见者多所怪，把我正论当作怪论，却也不能怪你。"

少彝道："见怪不怪，其怪自绝，你有什么怪意见、怪议论，尽可明白宣布，我自有捉怪之法。"

轶千道："二位又闹什么怪不怪了，辩论何妨辩论，却不可互相怪怨，有伤感情。"

少彝道："吾同志新表兄玩笑惯的，决计不伤感情。现在开始辩论，请轶翁做公正人，谁是正论，谁是怪论，一经轶翁评判，我也怪不得志新，志新也怪不得我。"

轶千点头认可。志新道："我说中国文字有种种阻碍，即不废弃，亦当改造。"

少彝道："吾说中国文字有种种便利，主张废弃的，全是梦呓，主张改造的，无非痴话。"

志新道："华字不用字母拼合，实用上便生阻碍：一、华文字典检查甚难；二、华文电报翻译需时；三、军用旗话宜西文不宜华文；四、打字机器宜西文不宜华文。以上所说的阻碍，都由不用字母拼音而起，所以中国文字仅仅适用在闭关时代，断难适用在大同世界。"

少彝道："你的说话真是一孔之见，须知世界万国的文字，唯我中国文字最为便利，一字一音，一音一义，整齐简括，无出其右。即以形式而论，中国文字所占的部位最有规则，抄录及印刷的时候，每幅若干行，每行若干字，一经预算，永无舛错。欧美文字却无这般便利，遇着尴尬的时候，硬把一个字劈分为二，上半截在前行，下半截在后行，完全的字偏偏腰斩起来，成何模样？成何格式？再以笔画而论，中国文字的笔画异常简单，试就一个'千'字做证，拢总不过三笔，读时只有一音，可谓极其简单的了，与'千'字同意的英文却用八个字母拼成，三个是元音，五个是辅音，写时既属费手，读时又苦聱牙，比较起来，谁便利，谁不便利？"

志新听着，尚想再驳。轶千闻得脚步响，离座说道："师古先生来了。"

师古迈步入室，志新却不愿与他交谈，扬长自去。师古方才坐定，便问轶千道："昨天写的袖珍册，你可曾带来？"

轶千道："特地携来，专诚候教。"

师古喜道："我可把这几条故事一一奉告了。"

又向少彝道："你也细细听着，读书人多记几桩故事，获益真匪浅咧!"说着，怀中的鼻烟壶早又摸了出来。

茶博士张着冷眼，恐他把涕液抹在台角上，发生什么口角。正是：

> 谈吐风生，顾盼自若。旁观者清，留心台角。

欲知后事，且阅下文。

第九回

失馆地自取其咎
改门联何以为情

　　师古提起精神，搭足架子，索过袖珍日记，把轶千昨天所录的故事一一过目了，忙道："抄得不错，速记生的本领煞是不小。"

　　说着，台角上卜卜几响，早倒了一大堆鼻烟，引得炉灶边的茶博士倏地回转头来。师古把袖珍册还了轶千，少彝凑过头来，才看得数行，便已扑哧一笑。

　　师古道："昨天这两个骂街妇人倒也出口成章，有典有则，倘把一席话完全听得了，一一加以考据，也可算得一种著作。可惜没听得几句，五老峰突如其来，竟做了重九日催租败兴。"

　　少彝道："今天恰是重五，不是重九。"

　　师古道："他也恰是五老峰，不是九老图。"说着，哈哈大笑。

　　轶千道："昨天一席话虽没抄录完全，然这小册子上却也摘得十余条，尝鼎一脔，胜于过门大嚼。倘先生不吝赐教，逐条考据起来，益人智慧，定然不少。"

　　师古道："且慢且慢，今天本约着子彝同来听讲，无如事不凑巧，他家西席许彬甫正与子彝大开交涉，纠缠不休。我想从中排解，彬甫因晓得继任西席是我介绍的，便也与我为难起来，实则彬甫的饭碗是他自己砸破的，咎不在我。子彝辞了他，我才荐人，不是我荐了人，子彝才去辞他。这层道理极易明白，奈他穷极无赖，有意歪绕，苦苦地把我绕住了，几乎脱不得身。我恐你久坐茶寮，等得焦躁，恰见少彝要来喝茶，我便托他寄个口信，请你少待。后来我费了许多唇舌，才得脱身，便匆匆地前来践约。走到中途，恰遇见了老友许汉儒，立谈片刻，他说隔一会儿要到茶寮里来叙话。为这缘故，小册子里的考据暂费发表，且待汉儒到来，再行开讲，听者越多，讲者自然越有精神。"

轶千道："汉儒先生也是当今绩学之士，记得清明日曾在此间茶叙，阔别至今，倏已数月。"

师古道："'绩学'二字呢，汉儒尚谈不到此，但他也曾下过一番功夫，学问虽不甚佳，却好算得翰墨林中的三脚猫。"说到这里，笑道，"'三脚猫'三字，虽是谚语，却有来历。明朝郎瑛作的《七修类稿》，早有此语。"

轶千连连点头，服他淹博。少彝道："师古、汉儒两先生都是家严的畏友，要谈考据，须寻师古先生，要谈诗词，须寻汉儒先生。"

师古道："汉儒谈的诗词，我却不甚许可。"

少彝道："汉儒先生善于集古，他门前贴的对联，集句之妙，真如无缝天衣。"

师古听着，睁圆了双目，忙问贴些什么联语。少彝道："这联语不但别具巧思，亦且大占身份。上联是'岂有文章惊海内'，下联是'杳无消息过江东'，上联是老杜句，下联是少游句。但论字面，早已铢两悉称，巧不可阶。汉儒先生在前清时又做过江东的县令，急流勇退，挂冠归来，所以下联七个字，其中颇有寄托。"

师古听到这里，睁圆的双目却又合成一线，忙问："他门前仍贴这副联语吗？"

少彝答道："仍贴这副联语。"

师古哈哈大笑，笑得起劲时，鼻观里两道流泉随着笑声而出。

67

茶博士早把抹布执在手中，比及师古擦去鼻涕，茶博士皱着眉，噘起着嘴，把台角上挂的涕液揩抹一个净尽。师古狂笑依然，毫不介意。铁千、少彝莫名其妙，却被师古笑得呆了。笑定，然后问他好笑的缘故。

师古道："汉儒贴的门联，曾经闹出一桩笑话，我偶然想及，所以好笑。"

二人忙问有何笑话。

师古道："论理呢，君子掩恶而扬善，汉儒既是我的老友，不便揭他短处，但他这桩事，却可警戒世人，我便说了出来，想也无伤道德。汉儒在江东做了一任县令，敲脂吸髓，细大不捐，士民不堪其虐，便在上司衙门告了他十多款。他着了急，赶到上司面前，哀求保全，伏地不起，涕泗横流。上司叫他自行告退，克期交代，便可免登白简，稍全体面。他没奈何，一把眼泪一把鼻涕，把冷铜印忍痛交出。离任的一天，江东父老掮着天高地薄的德政旗，捧着冥镪纸锭的送行礼，齐集东门，同这贤宰官祖饯。他得了消息，潜从西门动身，才免得一番窘辱。比及退归林下，他便大吹法螺，夸说江东父老怎样地口碑载道，感念使君，倘非瞒着士民，束装就道，一定被他们卧辙攀辕，留住不放。他又老着面皮，集成这副门联，抬高自己的声价，夸张自己的政绩。哪知贴在门上，隔得一宵，便有好事的把下联换去四字，他见了气个半死，从此撤除门联，十余年不曾张贴。现在怎么又把这门联张贴了？回想前情，哪得不笑？"

二人又问道："换的是哪四个字？"

师古道："'杳'换'更'，'过'换'见'，'消息'换'面目'，照此读法，当作何语？"

铁千道："变作'更无面目见江东'了。"

说着，三个人拊掌大笑。笑声才敛，那无面见江东的早已大模大样走入茶寮。正是：

名惊海内，愧见江东。昨日酷吏，今日诗翁。

欲知后事，且阅下文。

第十回

炫才情侈口谈学
善戏谑洗耳听恭

汉儒走入茶寮，一一招呼了，忙问少彝道："尊甫怎么不来？"

少彝把彬甫纠缠的事约略说了。轶千敬了汉儒一杯茶，便道："清明一别，又是端阳。先生案头著作，当增多许。"

汉儒道："近数月来，不甚作诗，单把积年拙稿从事整理，预备付诸剞劂。"

轶千道："大集出世，定必包罗万象，鸿富异常。"

汉儒拈着短髭道："拙著《惊海堂集》虽不好算鸿富，却也不甚单薄。'惊海堂'三字，是拙集的总名，其中别类分门，共分八十三集，每集得古今体诗百余首，综计全诗，凡一万二千三百余首。"

轶千听着，很觉惊异。少彝吐出半个舌尖，良久缩不进去。单有师古连嗅鼻烟，微笑不语。

汉儒道："这八十三集，名目繁多，有《朝天集》，有《梦蝶集》，有《枌榆集》，有《甘雨集》，有《江东集》，有《攀辕集》，有《还山集》，其余集名，不可胜举，排比既属费时，付刊亦非易易。现在拟把《攀辕》一集先印单行本，内有留别江东父老一百二十首，诗虽不甚佳，却也语语悱恻、情见乎词，印了出来，也可表明我三年政绩、一片冰心。"说着，微微哦道，"自笑匡时好才调，被天强派作诗人。"哦了又哦，大有目空一切之概。

师古道："人患才少，子患才多，汉儒的诗集未免太富了。赵秋谷的《因园集》可算鸿富，其中只分得一十三集；查初白的《敬业堂集》也很繁博，其中只分得五十三集；现在尊著《惊海堂集》却有八十三集之多，可谓驾赵逸查，后来居上。"

汉儒笑道："师古说话，处处都有考据，亏你有这许多记忆力。"

师古道："今天恰有几个考据题目，专待你来，一同讨论。"

说着，便向轶千索了袖珍册，授给汉儒观看。汉儒摸出眼镜，架上鼻梁，揭开册子，看得数行，便说："胡闹，胡闹！这是什么话，值得我们考据？"

轶千忙把昨天妇人口角情形叙述一遍。汉儒笑道："师古的脾气愈弄愈古怪了，像这般事，也要用着考据功夫，岂非白用心思，浪费笔墨？"

师古大声道："一物不知，儒者之耻，怎好说是没用？"

说着，便把台角残烟狠命地嗅了三嗅，大有愤然作色之概。汉儒道："前言戏之耳，你谈考据，甚愿洗耳恭听。"

师古回嗔作喜，摸出烟壶向汉儒面前敬了些鼻烟，又在自己面前卜卜地敲了几下，便道："汉儒，你也是泛览群书的，今天却要考你一考。这小册子上所录的，你可有几条晓得来历？"

汉儒道："这却是个难题，只怕要被你考倒咧。"

因把袖珍册仔细观看，骈着两个指头，蘸些烟抹在鼻边，凝神了一会儿，便道："'腷膊膊膊'，仿佛在古乐府中见过。'中饭'，见于唐诗'山僧相期劝中饭'这句，却记不得是何人所作。'高声大骂'，仿佛出于《文选·夜叉》，见于唐人说部。我所晓得的只此数条，但是依稀仿佛，不甚确切。"

师古连连点头，轶千、少彝听着，也甚佩服。汉儒又指着第五条道："'出恭'二字，怪醒醒的，难道也有来历？"

师古道："你休小觑这'出恭'二字，道在矢溺，其间也有一番考究。"

汉儒道："你讲出恭，我便听你讲出恭，方才说洗耳恭听，现在要把'恭听'二字勾转，变作'洗耳听恭'了。"

这句话不打紧，却把轶千、少彝二人引得哈哈大笑。轶千更觉笑不可抑，捧着肚子，只喊哎哟哎哟。师古岸然自若，毫无笑容，一壁嗅烟，一壁想那报复的说话。隔了片晌，便冷冷地说道："汉儒，我只道你但会集句，却不料你也会点窜成语，你这改头换面、移花接木的方法，是谁人传授你的？"

汉儒听得师古斗机锋的话，知他素性戆直，生怕老羞成怒，把自己的痛疮一齐揭破，忙把别话同他兜搭。轶千、少彝也怕师古说出什么话使汉儒当场丢脸，因向师古恭维了几句。师古方才解愠，便道："你们要听我讲'出恭'的故事，只许静听，不许恶谑。"

当即喝了几口茶，打扫喉咙，把"出恭"的来历原原本本从头讲来。正是：

> 一字颠倒，故弄乖巧。休矣先生，何须着恼。

欲知后事，且阅下文。

第十一回

谈掌故出恭入敬
逢纪念采烈兴高

师古道："'出恭'二字，相沿已久，里巷常语，说到如厕，都道出恭出恭，只知其所当然，不知其所以然，'出恭'二字，终无确解。后来说得油滑了，凡属遗矢，便唤作恭，又把遗溺唤作小恭，实则遗溺只可唤作小便，不可唤作小恭。'小便'二字，来历很古，《左传》上说，师慧过宋朝，将私焉，杜预注道：'私，小便也。'杜系晋人，可见'小便'二字，晋代已流行此语，吾辈说到遗溺，文言之曰私，俗言之曰小便，都无不可，唯万万不可唤作小恭。'小恭'二字，实在不典。"

轶千笑道："要听先生讲出恭，怎么只讲小便？"

师古瞧了轶千一眼，便道："借宾形主，文家常法。小便宾也，出恭主也，宾主分明，文章才见精彩，这章法是万万不可乱的。"说着，嗅了些鼻烟，又道，"从前逢着岁试科试，场中设有出恭牌，士人领得此牌，才可离开号舍，自由行走，便是要遗溺的，也必领了出恭牌，才可如厕，因有此例，所以大家把'出恭'二字当作如厕的通称。后来科场规则，屡经沿革，出恭牌早经废止，出恭的名称却已流行远近，成为一种常语了。"

汉儒点头道："你的说话却也近理，但'出恭牌'三字，不见载籍，未免凿空无据。"

73

师古道："怎说凿空无据?《大明会典》上说，明初太学的制度，祭酒司业升讲堂，正中置一大牌，写着'整齐严肃'四字，诸生入者领入敬牌，出者领出恭牌。此制推行以后，所有学校皆沿此例。清初岁科试场中沿袭明制，所以有出恭售之设，载籍具在，岂能伪造?"

汉儒无词可驳，唯有首肯。轶千、少彝二人连连拍掌，欢迎他的出恭考据。在这当儿，寿眉房里又来了一位翩翩少年，在座诸人，唯有少彝同他认识，忙即站起招呼道："翰香兄，你怎么也到这里来?"

翰香道："特地来找卜知文。不晓他可曾来过?"

少彝道："我也难得到此喝茶，此间茶客不甚熟悉。"

待问茶博士时，茶博士把抹布搭在肩上，笑嘻嘻地走来说道："先生要找卜先生吗? 他须四点钟后才来，现在已交三点半钟，先生喝一会儿茶，他便来了。"

说着，忙问先生要泡红茶呢、淡茶呢。少彝也劝翰香泡茶稍待。翰香便喊了一壶雨前，同少彝并肩坐了，转角便是师古的座位。茶博士见翰香衣履翩翩，生怕弄脏了他的衣服，随取抹布，从台角揩到台脚。轶千想着昨天的事，暗暗好笑。师古见台角的余烟都被茶博士抹去了，要待发作，又碍着生客在座，只得睁开怪眼，恶狠狠地瞧了茶博士几瞧。

翰香遍询了在座诸人的姓字，少彝也把翰香的姓字、职业介绍与众人知晓。原来翰香姓李，是少彝的同事，在女子高等小学里担任算学教科。彼此寒暄了几句，少彝便问翰香找那姓卜的做甚。

翰香道："无事不登三宝殿，姓卜的欠了我一注赌钱，向他索时，野鸡躲了头地不曾见一面，白白地赔了许多脚步。打听得他同一辈赌友常在此地喝茶，所以趁着端午放假，破工夫到此找寻。"

少彝道："他何时欠你的赌钱? 常言道: 赌钱不隔夜，隔了夜便要赖。"

翰香道:"我欠了他的钱,分文都不能抵赖,他今欠了我十五块钱,怎好任他抵赖?今天是阴历五月五日,他欠我钱时,还在阳历五月七日。"

这句话别人听了,还不觉得什么,轶千听了,觉得有些刺耳,忙道:"只怕足下误记了,五月七日是国耻纪念日咧!"

翰香道:"只为这天是国耻纪念日,好容易地放了一天假,却被知文拖去打了十二圈的牌。往常的牌总是我输的,这天恰侥幸,赌神菩萨收徒弟,临结算时,我却赢了知文一底半码子。"

轶千道:"这是知文的不是。"

翰香道:"可不是呢,他也是学界中人,怎么图赖他人的钱钞?"

轶千道:"我说他的不是,图赖钱钞还是小事,最不该的,担任教育事业,却在国耻日拖人赌钱。足下试想,国耻纪念,纪念些什么?无非是痛定思痛念兹在兹的意思。知文身任崇实学校的教员,平日好为议论,夸谈教育,难道'国耻'二字,胸中还不甚了解?教育界是社会的先导,倘然逢着国耻纪念,面子上愁眉泪眼,背地里采烈兴高,叫那社会前途怎有希望?"

翰香道:"先生太认真了,目今世上做的事,谁也不敷衍面子?知文在休假日打牌消遣,尚算顾全面子,倘以劝学所长沉翔云,镇日镇夜大打扑克,先生见了,不知要怎样地诧异咧!"

汉儒接口道:"不错不错,翔云是素有扑克癖的,他无论到哪里去,一副扑克牌总在怀中藏着。"

轶千听了,暗暗嗟叹。师古觉得不耐烦,连连催促道:"你们闲谈不打紧,却把我的考据文章弄得七零八落,不成片段了。快快剪住闲文,言归正传。"正是:

彼谈赌博,此夸淹博。同是一博,而分雅俗。

欲知后事,且阅下文。

第十二回

考据家文章图结束
旁观派俚曲作收场

原来师古见茶博士抹去台角残烟，心中正自不乐，他的考据学与鼻烟有密切之关系，考据学比方是个机轮，那鼻烟便是活动机轮的燃料，燃料一断，机轮便不得活动。

在轶千、翰香辩论的当儿，师古不管别的，只把烟壶里的烟卜卜地敲出一大堆，然后慢腾腾地一抹一抹地抹进鼻孔。比及鼻烟抹完，同座的辩论还是滔滔不竭，师古的考据学没得当儿插入，宛似一部汽机，装足了煤，生足了火，只是按住关键，不许他的机轮活动，叫他心中哪有不纳闷之理？这时可按捺不住了，硬把人家的谈论剪断，只图结束自己的一篇考据文章，便也不管人家愿听不愿听，照着袖珍册上的题目倒泻瓶水般地一口气讲了下去。什么“一瞡”的“瞡”字，参考《越语肯綮录》，应该写作“寣”字，参考《六书索隐》，应该写作“忽”字；什么“虔婆”二字，见于《辍耕录》；什么“三只手”的来历，出于《洞冥记》；什么“舌头”二字，见于杜荀鹤诗；什么“捉贼要捉赃，捉奸要捉双”两句话，出于《画帘续论》；什么“寿头、镵头”，各有本义，寿头的本义是说寿字猪头，镵头的本义是说镵头当归。不到三分钟工夫，他的考据文章要算草草完卷。

那时，汉儒正想动身，只因茶钱尚没人会去，不便先走，所以师古谈考据，汉儒只是唯唯诺诺，不赘一词。轶千受了刺激，心不在焉，听而不闻，师古谈他的考据，轶千只是想他的心事。翰香虽然在座，听了师古这些没头绪的话，暗暗好笑，笑这老先生定有神经病的。在座诸人唯有少彝听得点头拨脑，十分满意。师古谈完考据，满拟享受众人几句颂扬、一阵鼓掌，哪知大家都是默默无声，宛似没有听得一般。翰香见时候不早，知文尚未到来，唤过茶博士，把五壶茶钱一齐会去。轶千同他抢会，早已不及。少彝说一声："怎好破钞？"师古、汉儒岿然不动，连客套话都不说一句。

翰香会过茶钞，匆匆告别去后，汉儒才向师古道："你的考据学真是细针密缕，周匝异常，倘把种种俗语遍加考证，倒是绝好一部著作。"

师古道："你便不说，我也早有此意。以古代言之，沈氏有《俗说》三卷，刘氏有《释俗语》八卷，可惜书皆不传。以近代言之，翟晴江有《通俗编》，钱辛楣有《恒言录》，钱可庐有《迩言》，毛西河有《越语肯綮录》，茹三樵有《越言释》，可惜东鳞西爪，不甚完备，区区窃不自揣……"

话没说完，忽听得有人隔着栏杆喊道："列位且慢谈论，小可有几句简短的演说，当着列位面前献拙，不知可使得吗？"

师古抬眼看时，见那人约莫三十多岁，面貌拙朴，衣衫黯淡，既不像演说家，又不像吾道中人，正怪着他剪断谈论，立即别转头去，置之不理。汉儒、少彝也怪那人突兀，各各默不作声。唯有轶千恭恭敬敬地答道："足下既有高见发表，某等理合静听。"

汉儒急道："鄙人尚有要事，恕不奉陪。"

轶千道："汉儒先生，何惜勾留片刻，不如听了演说，大家同走？"

汉儒没奈何，只得且住为佳。那人不慌不忙，站起说道："小可是一个小本经纪之徒，既不曾应过考试，挂着旧学的幌子，又不曾入过学校，博得新学的头衔。今天端节收账，走得乏了，道经茶寮，暂时憩息。列位先生在内厢谈话，小可一一听得清切，言者无心，听者有意，骨鲠在喉，不得不吐。小可虽然读得不多几本书，识得有限几个字，然对于新旧两派，却无一毫成见。果然有益于国家，有功于社会，新学也好，旧学也好；设或无益于国家，无功于社会，新学也不好，旧学也不好。小可却有一支俚歌，是专为读书人进忠告的，列位先生不嫌鄙俗，小可便斗胆乱道了。"说着，引长喉咙，唱着庄严的歌调道：

四座且莫躁，诸位且莫笑，拼着一分两分的钟，听小可几句刍言奉告。

方今四海鼎沸，中原云扰，妖星昼见，鹠鹠夜叫，豺虎腾于原野，狐兔踞于堂奥。国势摇摇，宛比巨浪打孤棹；大局岌岌，恰似疾风摧枯草。怎么四万万神明裔胄，想不出一个安邦定国的计较？

有些说，这是人民的智识不高；有些说，这是社会的程度不到，但使一旦教育普及，自有转弱为强转贫为富的功效。这些虽是根本之谈，颠扑不倒，然而后顾茫茫，不知何年何月何日何时方能做到。

小可在这当儿，只有巴巴地盼望，默默地祈祷。盼望些什么？盼望那优秀分子，做庸夫愚妇的先导。祈祷些什么？祈祷那学界人物，把腐败社会重行改造。无如睁开眼来，四下细瞧，只落得望梅不能止渴，画饼不能当饱。没知识的人，果然昏昏沉沉，大梦未觉；有程度的人，却也新新旧旧，彼此纷扰。新的新得不可开交，旧的旧得莫名其妙。新的推倒纲常，扫除名教，只指望摧烧二千余年圣经贤传，拆毁二十行省学宫文庙；旧的锢塞聪明，冬烘头脑，只指望诵韩文把鳄鱼吓退，读孝经把黄巾咒倒。新的跳上讲坛，目空八表，比及下了讲坛，却与牧猪奴结为同调；旧的拥着皋比，岸然道貌，比及离却皋比，便有许多事不堪报告。无论新新旧旧，总是一般可笑，讲什么爱国爱群，刻什么诗稿文稿，谈什么琐碎考据，做什么人伦师表，眼睁睁把国民引入歧途，好端端把青年挽进鬼庙。你们有程度的人，先自颠倒，却叫没智识的人怎不胡闹？

小可一一看在眼里，今日里依实奉告，莫怪我心直口快，莫恨我胡言乱道。小可说完这一席话，便要到各家各户收账去了。

那人唱罢，道声献丑，扬长自去。轶千出神了多时，举眼看时，汉儒、师古、少彝都不在座，不知何时走去，只得怏怏出门。

那时，晴空无云，斜阳暄丽，轶千的眼中望去，却似昏昏沉沉，垂着黑幕一般。正是：

三间茶寮，数种人物。如是我闻，语出于佛。

鸳鸯小印

一

距今三十三年前，中法马江之战，我军以旧式战舰十余艘，与敌将孤拔鏖战于罗星塔下。我军苦无械，又懈敌不为备，敌舰舞旗宣战，号炮举矣，而我舰犹迟迟不进。俄而敌燃荷士基格林炮，连珠激射，燃一炮则沉一船，无虚发者。不二三小时，而罗星塔上下流之师船已不见龙旗之片影。

时星使张佩纶登瞭台观战，见状，乃大怖，跣足走鼓山中，深匿不敢出。翌日，潮大涨，敌舰乘势入坞，悉力轰船厂，厂颇弘壮，竭数省之金钱，耗万人之汗血，仅乃成之。敌炮数数发，而崇垣圮矣，大烟筒裂矣，船槽之机器房坏矣。

越三日，闽安南北岸炮台悉为敌毁，扼守要塞之陆军一闻隆隆炮响，则立时哗溃，仅以背影向敌。敌因乘胜攻长门，长门炮台为要塞之中坚，守台者迭举数炮，悉不中。敌遽超越炮线，绕出台后，台官震骇将委而去之。一少年军校独持异议，亟请转其炮位，内向以轰敌。台官有难色，少年怒不俟台官命，力转其炮，一发而中敌之主舰。于是守台者哗曰："此孤拔舰也！"不数分钟，沉矣沉矣！顾敌舰者炮，岌岌欲沉。突有副舰二，翼其两舷，挟之以遁，其驶如飞。

少年曰："敌狡甚，毋使兔脱，当制其死命。"亟举第二炮，未燃，而红光一瞥，掠少年肩而过。

83

守台者又哗曰："敌燃炮矣！"

语甫出，而少年已仆地，视之，一臂已折，血模糊不忍视。全台骚乱，敌舰遂利用此机，从容逸去。

此勇猛之少年，裹创卧病室中。环榻而立者，为二三军医，方施以疗治之术。维时刺探少年病状者，络绎而至，咸向军医问讯。军医攒其眉结，微喟曰："噫！失血多矣，疗之至棘手，吉凶正未可测。"

众闻之嗒然，有掩袖啜泣者，俄而隐隐闻呻楚声。

军医曰："距被创后，历十二小时矣，如醉如梦，久久不省人事。今闻有声息，意者其苏乎。"

语次，少年果苏，则徐徐转其病眸，颤声而呼曰："赵赓生君！"

时众中有一人，亟至榻前，拭泪而语曰："某在斯，某在斯！"

少年微颔其首，意若甚慰。良久，乃曰："赓生君，吾其死矣！吾从戎后，久已有死之心，无生之气，今日乃偿吾愿。顾敌舟未覆，奈何？"

赓生曰："昨日之举，创敌实深，顷得谍者言，孤拔受创之状，乃与君同。"

少年闻之，引吭大呼曰："咄咄，吾乃不虚此死。"

军医止之曰："君毋多言，言多则创裂。"

少年曰："死耳死耳，夫何惧？噫！赵赓生君，吾经年怀藏之《鸳鸯小印》，今后当携往泉下，愿以此托良友。"

赓生应之如响。少年复大呼绮霞者三，创尽裂，一晕而厥，遂不复苏。

赵赓生者，军营之司书生也，侠肠义胆，与少年为石交，于是抚膺大恸，曰："吾友，吾友，而遂至斯乎？吾友祈死之志，不自今日始，顾殉情而死，与夫报国而死，等死也。而今日之死不朽矣，儿女心肠一变而为英雄肝胆，泰山鸿毛，由此而判，悲矣哉！吾友之死也，壮矣哉！吾友之死也，恸已！"

检视遗物，则所谓《鸳鸯小印》者，袭以锦囊，贯以彩缕，犹佩系于少年之胸次，因并敛焉。是役也，孤拔实受炮伤，未几即死。赓生因具少年死状上当事，谓手歼敌帅，为国捐躯，分当恤以优典，为来者劝。而上官寻玷索瘢，意在冒功，谓少年不俟命下，擅发炮轰敌，抗令之人，理不当邀恤典，乃寝其事。赓生愤当事之聩聩也，则上书辞职，拂袖径归，饮恨吞声，伴此良友之孤榇，洒泪上道。比抵滇中，为购数弓地，亲封马鬣，瘗此国殇。而少年之意中人曰绮霞者，亦附葬焉。

至少年何事久蓄死志，则赓生知之綦详，其中包含一部痛史，赓生每为人语，辄泣下不自禁，闻者亦郁悒寡欢，数日不能自释。而吾书即根据赓生之语，点缀为文，以介绍于读者。

吾文至简陋，愧未能描写尽致，然而行间字里，固隐隐有墓中人之涕泪痕也。

二

少年为谁？滇中陆元文也。丰姿俊逸，读书有神悟，援笔为文，汨汨不能自休。顾肮脏具大志，文学外兼习武事，驰马关张，有凌厉无前之概，幼与赓生同里闬。

赓生夙循谨，而元文则跅驰不羁，以性质言，宜乎不相胶附，顾相得乐甚，不啻胶漆。元文每值礧砢不平时，拍案狂叫，声振屋瓦，唯得赓生片语相规，则涣然冰释，无复剑拔弩张之态。尝曰："吾三日不面赓生，则此身如出轨之车，东西蹜突，便欲失其常度。生我者，父母；范我者，赓生也。"

值安南内讧，中朝与法兰西有违言，战机日迫，元文郁郁不自聊，尝策马登玉案山，揽辔四顾，不禁起身世之感。比下徘徊某古刹，偶题《醉花阴》词于壁曰：

> 竭来花下追飞鞚，花片因风送。踏破软红尘，一窖闲
> 愁，压得雕鞍重。
> 渔阳鼙鼓声声动，未醒痴人梦。立马最高峰，南北东
> 西，何处桃源洞。

越三日，旧地重经，则壁上粘一砑光笺，为女郎和作，墨迹娟秀，词意隽永，署名曰绮霞，朱泥钤尾曰《鸳鸯小印》，词云：

阿谁小驻青丝鞚，好语声声送。知否画楼人，尺五春

阴，压得眉梢重。

　　廉纤细雨金钩动，敲破春闺梦。生怕卷珠帘，晕柳烘

桃，底事蜂迷洞。

　　元文读之意醉，不识绮霞为何许人，欲访诸寺僧，而是刹香火

久绝，住持已不知所往，剩有一二古佛，金粉剥落，哆其笑口向人，

彼即目击题壁女郎，亦不能指以相语。元文无可如何，怅然而返。

　　既面赓生，则啧啧道其事，诧为奇遇。

　　赓生曰："子愚矣！题壁之作，往往署名闺秀者，大半皆赝鼎

也。文人结习，喜弄狡狯，彼恐一署己名，则寻玷索瘢者，势将不

留余地。唯托为闺人之作，以自藏其拙，则誉之者几不容口。自来

评论家之论调，对于男子则苛，对于女子则恕，即里巷花月之吟，

卑卑不足道，唯一有闺秀好字，为之揭櫫，则万口流传，便诩为玉

台嗣响，女子魔力之大，可窥一斑。吾子今日之见解，毋乃类是。"

　　元文曰："君言美且辩矣，其如纯系悬揣，不合事实何？"

　　赓生曰："子以为非事实乎？虽然，吾且示子以证，里人许石

公，子所识也，面黝如演义中之周将军，髯鬖鬖绕其颊，一启齿则

唾沫四溅，口臭达数步外。顾工于吟诗，诗又喜作绮语，玉溪本事，

韩偓香奁，殆兼而有之。吾曩与石公于役大梁，所经邮亭水驿招提

逆旅，石公辄拂拭墙垩，缀墨其上，旖旎风流，绝肖闺人口吻，字

摹灵飞经，笔画细如蚕，尾署名则曰碧怜女史。数月后，碧怜之名

乃大震于汴京，偶闻都人士谈艺，一及碧怜，辄艳称不置，或曰此

道韫之咏絮也，或曰此茂漪之簪花也。而喜事少年，又毫添颊上，

饰为无稽之谈，谓曾经某地，亲见碧怜屑麝丸，吮兔毫，不假思索，

一挥而就者，因言碧怜之妙眸奚若，秀发奚若，神情之洒脱奚若，

态度之风华奚若，一肌一容，一颦一笑，靡不逞其澜翻之舌，以虚

87

构此绝世之佳人。闻者目瞪口哆，为之神往。石公独以衣袖障口，哧哧笑不止。吾微语之曰：'髯奴恶作剧，直须扑杀矣！'此种笑柄，里之人咸能道之，吾子宁不闻乎？今石公逝矣，而文人之喜作狡狯者，无一非石公也。吾子所见之题词，倘亦出于髯丈夫之手笔，则此际之神魂飞越，宁非大愚，即或果系闺人之作，而题壁者之老幼妍媸，吾子初未之识，倘其人而为鹤发之老妪、鸠盘之丑女，则吾子之刻骨相思，不几自笑其无谓乎？嗟乎元文，吾不愿子起无益之思也。"

元文肃然起谢曰："子言药石也，敢不拜嘉。"

元文既纳友言，力自震摄，置绮霞于弗念，务使种种幻想，归于烟消云灭而后已。顾值夜阑人静，梦醒钟初，则五十二字之小令，一一涌现于眼前，因亟推而远之，弗使乱我心曲。然百计遣之，而不去，一念招之即来，正如盘中水银，难分而易合，纵或研之若粉，捣之成尘，一转瞬间，未有不凝合如故者。无已，姑就题壁之和章，加以冥想，则决其为绝世美人之手笔，只觉五十二字中，一字一个勾魂使者，一字一个散花天女，微论髯丈夫作伪之说，绝对认为不确，即鹤发老妪、鸠盘丑女，亦万万无此吐属。思至此，则情海波涛，洶汹不定，几欲走遍天涯，访此题壁女郎，拜倒石榴裙下，以申其衔感之私。顾逢人加以物色，金言此间闺秀，初不闻有绮霞其人，于是意兴索然，而叹赓生告我之语，不尽无因。吾奈何为此五十二字所愚，然而一经转念，又不免堕入玄中，将刀斫水水复连，举刀挥情情不断，昔人相思曲中语，不啻为元文咏矣。

三

　　湘潭罗景苏者，元文之中表也，少年倜傥，与元文夙相契合。一日，远道驰书，殷勤劝驾，谓君苟惠然肯来者，某愿备十日之饮。元文蠖屈故乡，正苦结辘，闻招，欣然而往。

　　罗氏为湘中望族，景苏父某，曾作京朝官，殁数年矣，而门第犹鼎盛。元文既至，一刺甫投，景苏已倒屣出迎，问无恙外，即拊掌大笑曰："君真信人，今之范巨卿也。"

　　元文以登堂拜母请，乃同入。

　　罗夫人者，元文之族姑也，扶杖出见，白发皤然矣。谓元文曰："三载不面吾侄，益森森玉立矣。闻侄于读书之暇，兼习武事，有诸？"

　　元文曰："有之。"

　　夫人曰："吾侄可谓绰有父风矣，汝父在时，以猿臂善射称。犹忆十年前，汝父应礼部试，道遇暴客十许人，横刃遮道，生死在呼吸间，同行者咸仓皇失色，独汝父连发数矢，中三盗，余盗悉奔。一时辇下喧传，谓李将军后，乃有替人。惜汝父不禄，中道而殂。期年后，汝母又继殁，陆氏门庭，何不幸之甚？"

　　语次，喟然而叹。

　　元文悲从中来，泪续续而下。

　　夫人又曰："由今思之，陆氏固未为不幸也，吾侄曙后孤星，伶仃甚矣，乃能奋志向上，崭然自见头角，异日光大门闾，操券可待。若父母居泉下，吾知其笑口常开也。"

元文改容逊谢不置。

夫人又曰："吾侄年弱冠，即具文武才，吾心滋慰。若汝表弟者，较汝仅差一岁耳，汝姑丈在时，督责未尝少宽。顾自幼即与书为仇，展卷读数行，便睡思沉沉，目不合者如线，唯一语以超距角觚、拔河礴石诸戏，则意气飞扬，嗜之不啻生命。今岁已为授室，而童心犹未革除，吾方以为忧也。"

景苏曰："如阿母言，将使儿终日伏案，嘤嘤作苍蝇鸣耶?"

夫人未及答，元文因言："重文轻武，为中土历史上之缺点，边气未靖，来日大难，吾辈偶习技击，未始非救国之一策。"

夫人曰："侄言良是，顾文学武备，二者并重，徒能挽两石弓，而胸无半点墨汁，宁足以成大器。侄为吾儿畏友，能小住斯间，与吾儿为文学上之讨论乎?"

元文曰："不敢请耳，固所愿也。"

红灯说剑，绿酒浇愁，元文与景苏为侣，匆匆经旬矣。一日薄暮，刚少年对饮楼头，谈论甚洽，时则天半晚霞，相映作深绛色，为状如张绮幕。景苏顾而乐之，因曰："对此霞光，奚囊中陡添几许材料矣。吾子诗才清妙，盍为赋之?"

元文闻一霞字，意有怅触，乃振笔疾书曰：

> 十丈红霞天半起，照我楼头酡颜紫。
>
> 恍疑一幅桃花笺，挂向九叠屏风里。

书至此，景苏遽击节曰："状物之工，设想之巧，即此四语，已足抵人千百。"

元文笑曰："未已也。"

因续书云：

我时举酒向晴空，影落杯底珍珠红。
不须更放武陵棹，直疑餐向天台峰。
天台峰里赤城起，其中绰约多仙子。
随风舒卷五铢衣，一样余霞散成绮。
绮霞疑幻又疑真，绮霞恰似绮罗人。
绮罗队里逢人觅，觅取云英未嫁身。

景苏读竟，诧曰："君于诗尾叠称绮霞，意者有所指乎？"

元文曰："乌得云无。"因以题壁女郎事告之。

景苏抵掌曰："君所谓云英未嫁身者，吾知其人矣。"

元文亟问为谁。景苏曰："今日尚不能语君，俟访问的确，当以奉告。"

元文固诘之，景苏微笑而已。

四

翌日，罗夫人召元文入，坐甫定，遽曰："闻吾侄徜徉滇中，曾获奇遇，有诸？"

元文仓促不知所对，期期而言曰："姑母，斯言奚指？"

夫人笑曰："吾谓汝在滇中时，曾否遇绮霞其人耳？"

元文立赧其颊，默念景苏殊不晓事，此何如语，乃以告之母氏。夫人见元文迟迟不答，因曰："汝念绮霞亦大佳事，绮霞固好女子也。"

元文忍俊不禁，询曰："姑母识绮霞耶？"

曰："哪得不识？"

曰："然则绮霞为谁？"

曰："汝言太离奇，绮霞即绮霞耳，尚询以谁哉？"

元文颊又续续赧，强笑曰："侄意盖谓绮霞为谁家女耳。"

夫人曰："吾固知汝必究其家世也，虽然，汝意中之绮霞，是否老身所识之绮霞，此际尚难臆断。天下同名者多，不加证实，势难率尔披露。侄乎，汝少安毋躁，老身当为汝探之。"

曰："姑母欲探其实，以何者为标准？"

曰："唯有借重于题壁词耳，吾侄原作，能否录以示我？"

元文曰："可。"

因取当日所题之《醉花阴》词，录副，以进。

夫人笑曰："使汝意中之绮霞，即为老身所识之绮霞，则此萧寺之题词，直会亲之符箓矣。"

元文此际，又入重重情网中矣。当夫初抵湘潭，与景苏晨夕语对时，所谈者率古今侠烈丈夫事，语不及闺阃，故种种绮思，不复萦于脑海，而五十二字之小令，亦已淡焉忘之。自楼头赋霞，勾起旧梦，于是知所谓绮霞者，天壤间果有其人，且其人又为一绝好之女郎，则一片痴情，方寸中腾沸如汁。斯时也，行止坐卧，无一而可，动静语默，触处皆思，以为吾意中之绮霞，果为姑母所识之绮霞，则以五十二字为媒证，事无不济矣。又念天壤间事，不必有若是之巧。值绮霞果为斯间闺秀，何由远赴滇中，题词萧寺，可知吾意中之绮霞，断非姑母所识之绮霞，而乃沾沾焉欲谋胖合，宁非大误。思至此，正如扁舟一叶，乍抵蓬山，又为飓风所引，愈引而愈远。则起而绕室，做蚁行磨上状，而腾沸如汁之痴情，霎时又化为冰块矣。

俄见景苏匆匆入室，拉元文臂曰："且去且去。"

元文惊询曰："去将奚适？"

曰："至时君自知之。"

遂挟之而行。

湘潭城中有适园者，某宦之别墅也。水木明瑟，风景宜人。元文涉足斯间者屡矣。

是日，景苏复挟之入园。

元文笑曰："君真狡狯哉，游园直寻常事，何不早言之，乃作如许态度耶？"

景苏曰："今日游园，殊不得谓为常事。"

元文未达其意，固诘之。

景苏曰："君奚不稍耐，披露之期即在目前。吾所守者，五分钟之秘密耳。"

于是度石梁，穿花径，绕画廊，俯清池，徘徊可五分钟，乃相携入一室。颜曰留春小榭，布置精洁，不染一尘。元文偶转眸，见粉壁粘有诗笺，就视之，既录呈罗夫人之《醉花阴》词也，因诧怪不已。

景苏曰："此可以泄我秘密矣。今日之游，为会亲也。顾亲事之谐否，与此题壁之词有绝大之关系，故奉阿母命，粘之于此。少时，吾母将携彼姝来，使读壁上题词。元文君乎，设彼姝而果为君之意中人者，则读词后之情状，必不能掩吾母之目，而蹇修之举，可于此微露端倪。青庐一张，白头永托，君不必天涯走遍，觅取云英未嫁身矣。"

元文闻言，胸次甜适，不可名状。久之，乃曰："然则姑母抵此时，吾将趋谒耶，抑避面耶？"

景苏曰："君不必趋谒，亦不必避面，当相遇时，可伪做不相识状，若近若远，不即不离，以侦察彼姝。"

语未竟，旋曰："吾词费矣，君富于情者，察言观色，度必优为之，尚待局外人饶舌耶？因出时计观之，曰时不远矣，君请留于此，吾请归尔。"

语讫，匆促出园门去。

五

时则元文矗立若石像，不移跬步，陡觉万潮汹涌，奔赴于方寸之中。秃我毫端，亦不能写彼心曲，核要言之，则彼唯乞灵于词笺，以申其祈祷之私而已。元文目注词笺，心口相语曰："会亲之符箓乎，吾之半生运命，唯汝数行词笺是赖，汝倘有灵者，则当彼姝来时，必能显汝神通，展汝手段，以为玉成良缘之准备。果使彼姝之美目，为汝而微微一盼，彼姝之灵心，为汝而脉脉一动，则符箓之作用著，会亲之佳话成矣。自是而后，吾将碧纱笼汝，香花供汝，世世生生……"

元文之祈祷未竟也，而裙声缀綷，罗夫人早携将仙子来矣。元文目光中之仙子，已分花擘柳而至，秀发堆云，明眸剪水，年事在二八左右，缟素衣裙，纤尘不染，映以叶罅之阳光，处处溢为异彩。因默诵"霜纨随腕动，小袖触花轻"二语，以为仙子写照。

俄焉秋波一转，适与元文之目光相触。元文亟避其视线，返身出小榭，自念此中有会亲之符箓在，吾不出，彼必不入，则事且弗谐。

比行至数十武，因复驻足。其地有叠石之暇屿，空嵌玲珑，颇饶幽致，乃匿身屿洞中，而时探其首，以侦察仙子之行踪。

俄见仙子随罗夫人入小榭矣，则惊喜交集，心头做杵臼相击状，旋见仙子左右旋盼，一幅词笺已入眼底，徐徐向粉壁行矣。则立屏其气，不吐微息，唯瞪其双目，注射仙子之身。

旋见仙子读壁上词矣，读毕，面露惊异状，似向夫人问讯矣。夫人附仙子耳，喁喁作私语矣。仙子回眸一笑，频频颔其首矣。

斯时也，二人问答之语，纵不能闻之历历，唯其状态而言，则此事之谐，固已十得八九，因自慰曰："符箓有灵，好事将从天而降矣。"

少焉阳乌已西，暝色欲至，游人相率言旋，夫人亦挈仙子归。元文目送久之，因亦出园，归时举趾甚高，飘飘然如蹑云雾而行，列子御风，无此乐也。

是夜，支颐独坐，则日间仙子之状态，一一涌现眼前，自念吾乍读萧寺题词，即断为绝世美人之手笔，今而后吾言验矣。昔人云，从来红叶是良媒。吾之一幅词笺，其作用与红叶同，古今佳话，诚无独有偶哉？

思至此，志得意满，酣然入寝。梦中曼声吟哦，与鼾鼾之鼻息相间，盖方与意中人唱同心曲、咏定情诗也。

红日已升，黑甜犹熟，蓦有人搴帷而入，频撼其体曰："起起，日高舂矣，而睡梦中犹声声唤绮霞，得不令人捧腹？"

元文亟拭倦眸视之，则来者即景苏其人也。

元文披衣起，询曰："君来何早，讵赉得好消息至乎？"

景苏摇首曰："谈何容易？"

曰："然则事将不谐乎？"

曰："吾固望其谐也，顾不谐亦意中事。"

曰："然则昨所见之粲者，果非吾意想中之女郎乎？"

曰："否否，游园之绮霞，固即题壁之绮霞也。"

元文曰："果尔，事何不谐之有？"

景苏曰："君忒煞自负矣，月下老人姻缘簿，非君之如意珠，宁有唾手即得之理？吾昨夜闻阿母言，彼姝读壁上词，颇滋怪诧，谓：'是作曾于萧寺中见之，不期于斯再遇。'母言：'萧寺壁上，闻尚

96

有女士之和章。'彼姝益惊异，谓：'和章即系侬作，妗氏于何知之?'"

元文曰："然则女郎其姑母之女甥矣。"

景苏曰："是何待言，时吾母因彼姝之问，即以君之家世及行踪告之。彼姝闻而微笑，其神情在有意无意间，既而忍俊不禁，则啧啧叹曰：'妗氏之侄，真奇才也。'"

元文闻奇才二字之品评，其荣逾于华衮，因拊掌大快曰："如君言，女郎固心许我矣。"

景苏曰："君勿志满，吾言犹未已也。女郎纵倾心于君，其事亦未必遽能牉合。女郎故守礼者也，万不能如弹词家言，终身大事，以私订二字了之，故事之谐否，一以老父之命为断。女郎之父，吾之姑丈也，一昨阿母返家，即邀姑丈至，道骞修之意。顾姑丈意不谓然，言：'吾女于隔岁丧母，茕茕在疚，而遽及婚事，人其谓我何？不如缓议为是。'"

元文跌足曰："果尔，此事殆无望矣。"

景苏曰："君勿气馁，吾言犹未已也。吾母备述君之才貌，颊上添毫，娓娓动听，且谓：'良缘易失而难得，幸勿泥于古制，而误儿女终身之大事。'姑丈意稍转，谓：'日内当遍招诸文士结诗社，令侄倘来与会，济济群英中，果能出一头地，届时再议婚事，必不固拒。'语讫，遂去。此昨夜议亲之大概也，吾秉母命，特转达之，勉矣元文，婚事之谐否，权在君而不在人也。"

元文沉吟片晌，旋曰："吾虽不敏，对客挥毫时，绝不作第二人想，雀屏入选，自在意中。但绮霞之姓氏，令姑丈之爵里，君尚秘不以告，吾实百思而不得其解。"

景苏笑曰："吾过矣，吾过矣!"

遂缕述绮霞父女之历史，本末略具，而著者即分此笔墨，为二人补作一小传，亦小说家之通例也。

97

六

　　绮霞者，谢姓女也。父名康，为湘中孝廉，以诗鸣一时，其集名《扶南诗钞》，学者称之曰扶南先生。娶于罗，生一女，爱如拱璧，诞时，扶南梦赤霞布天，故命名曰绮霞。五六龄时，即往来阿爷案头，牵衣问字。扶南喜其明慧，教之不遗余力。

　　越数年，所学大进，有女学士之目。妗氏罗夫人绝爱怜之，将聘为其子景苏妇。顾景苏之父意不谓然，言："是儿聪颖逾分，恐为造物者忌，非载福之器。"乃寝其议。

　　时扶南数上春官，率铩羽归，晚年乃就教职于滇省之蒙自。苜蓿一官，关山千里，欲挈眷偕往。谢夫人年老体弱，惮于远行，仅绮霞一人随往任所，而夫人则暂寓罗氏，与景苏母子同居。

　　荏苒数年，思夫念女，意郁郁不欢，病魔交侵，体益尪弱不支。景苏秉母命，上书扶南，促其速归。扶南去乡久，颇忆其妻。绮霞孺慕尤切，往往睡梦中呼母不置。既得书，扶南即日谒假归，道经玉案山下，绮霞见萧寺有题壁词，偶起怅触，因亦倚声和之。《醉花阴》词中所谓"尺五春阴，眉梢压重"者，盖出于念母之忧，非泛泛伤春语也。

　　既返，扶南杜门谢客，以著述自娱。绮霞得面母，依依作孺子恋，家庭团聚，一室生春，盖亦极天伦之乐事矣。

　　乃曾不数月，谢夫人遽尔辞世，绮霞呼天抢地，自不待言。而扶南神伤奉倩，终日书空咄咄。

赖景苏母子，时往慰藉，悲悼为之稍减。至是益怜其女，思物色一快婿，以了向平之愿，而殊难其选。比罗夫人为元文说合，而扶南以面试为词，不肯草草一诺者，盖此老之择婿，固夙持严格之主义也。

匆匆数日，面试东床之时期至矣，扶南扫闲轩，列盛筵，为诗酒之会。一时湘中名士，珥笔而往者十余人。元文年最稚，随诸文士后，列于末席，而临风玉树，光彩烨烨照人。席间纵谈名理，倾倒众宾，扶南已心仪之。酒话甫终，诗战斯起，扶南预拟古今《乐府》十许题，如《将进酒》《行路难》《塞下曲》《侠客行》等类，裂纸作阄，承以朱盘，任客拈取，按题分咏。而元文拈得之题曰《侠客行》。

题既决，四座寂然，咸做推敲状，或徘徊廊下，或徒倚窗前，或攒眉蹙额向人，或口吻作秋虫吟。

元文独挥毫得意，落纸瑟瑟有声，不片刻而诗成。诗曰：

> 锦鞯玉勒珊瑚鞭，平明蹀躞春堤烟。
>
> 道逢都护不下马，黄皮缚裤真健者。
>
> 腰间簇簇金仆姑，深山射杀千年狐。
>
> 雪窖冰于掉臂往，不清边海云非夫。

扶南读之，掀髯激赏曰："此子不独以诗名，抑亦气节之士也。"

座客传观，一齐俯首。于是寥寥五十六字之短章，遂为缔成婚约之媒介。

元文身在客中，虑无以备聘礼。

扶南曰："吾女读君诗，心折殊甚，顾以未窥全豹为憾。君能出诗册子为赠，以绝妙之聘物也。"

元文唯唯，因取《红豆斋诗稿》，上之扶南。红豆斋者，元文幼年读书地也，而报聘之品，则为绮霞常用之晶质图章，即镌有"鸳鸯小印"四字者也。

成婚之期定于明年秋后，其所以不遽成礼者，一因元文请缨有愿，意在成名；一因绮霞母服未除，难言迨吉。故特留此一载有余之光阴，以弥缝双方之缺憾也。

夫一载有余之光阴，亦甚暂耳。当此时期，苟无变故之发生，则玳梁海燕，双宿双栖，元文、绮霞二人，借此得美满之结束，在事宁非至乐。无如菱鉴难圆，桂轮易缺，苍苍者之于二人，既不惜摧残其好事，而著者濡笔至此，非借二人之血泪和入墨汁，则吾书亦黯淡而无光。

嗟夫！欢歌未毕，悲泣继之，二人之运命，乃如日落崦嵫，瞬息将归于黑暗也。

鞯马铃骡，黯然就道，元文至是有岭南之行矣。初元文之父执曰刘大化者，任岭南总戎，数以书招元文往，元文迟迟不之决。今也镜台乍聘，金屋未营，与其坐误居诸，不若亟图建立，于是行志遂决。

首途之日，扶南老人殷勤祖饯，训勉有加。

罗夫人尤为关切，絮絮语元文曰："吾侄此行，无论得志与否，来岁之约，总以不误婚期为是。"

元文唯唯，既而附夫人耳曰："侄不揣冒昧，拟乞姑母先容，得与绮霞为临歧之话别。"

夫人摇首曰："此乌可者。阿霞小妮子，凤腼腆向人，彼在结婚前，必不肯轻与汝面。汝行矣，深闺调护之责，老身愿分任其劳，不足萦游子虑也。且汝纵不获面阿霞，而此后青鸟往来，时通消息，阿霞亦必不汝靳，以纸笔代喉舌。离愁万种，尽有尽情剖诉之时，奚耿耿于今日之一见乎？"

元文知不可强，怅怅而别。别时执手依依，作数程之伴送者，唯意气相投之景苏而已。

元文抵岭南，刘总戎延之入幕，使司文牍。维时中法国交已破裂，越南消息，日以险恶。元文盱衡大局，深抱杞忧，明知战祸之开，不能幸免，导线四伏，转瞬燎原。而封疆大吏，醉梦沉沉，鲜有以大局为念者，万一敌人以战舰数艘，游弋海面，则沿海各省，在在可危，盖将骄卒惰，器窳械钝，实不足以供一战也。于是面谒总戎，请解除文牍职，俾得投身炮队，实习测量轰击之术，一旦海上有警，愿乘时以报国。总戎伟其志，许于文牍余暇，得与炮队各军校，一体习战阵学。

留营数月，技乃大进，自念结婚之约尚须经年，值此军书旁午，戎马仓皇，时势造英雄，疾风知劲草，吾苟仗剑从戎，粗有建树，则异时归面玉人，细诉战绩，俾知萧寺题壁之书生，固不仅以文学见长者，吟风弄月以外，尚有此一番动地掀天之事业。较之状元夫婿，踏花归来，其荣且逾十倍矣。思至此，则眷恋绮霞之心，不禁怦怦而动，默念：吾忆绮霞，不识绮霞亦忆我否？绮霞读我红豆诗钞，曾掩卷有所思乎？绮霞闻我厕身军旅，喜我乎，抑怒我乎？自恨此行匆匆，不得绮霞一言半语以赠我，脱绮霞而与我话别者，则一寸芳心，做何感想，吾固不难逆料而知之也。

既而又自笑曰：吾何一愚至此哉？彼姑母送别时，固明明许我与绮霞通尺素也，欲悉心中事，全凭腕底书，吾盍有以试之？于是修书达罗夫人，备述别后状况，另附《今别离》吟，投赠玉人，以诉客邸相思之苦。诗曰：

今别离，乃在洞庭之浦，潇湘之滨。美人相隔三四月，花底离愁愁急人。浮沉鱼雁久寂寂，彼此天涯无消息。无消息，思欲绝，锦书对泪从头说。回忆初别时，赠我鸳鸯印。愿学鸳鸯不羡仙，由来此语差堪信。安得青鸟使，衔情往寄尔。青鸟待来竟不来，相思魂梦何时已。

书去甫匝月，而夫人之报章至。发缄伸纸，则除夫人手书外，
又縢以《长相思》一章，为玉人之近作。诗曰：

> 　　绣户长掩秋花中，珠帘半卷夜雨红。
> 　　瑶阶堕叶不曾扫，月明起视双梧桐。
> 　　伊人投笔从戎去，肠断斑骓思无穷。
> 　　懒将翠眉对明镜，独抱愁思诉去鸿。
> 　　长相思，减颜容。

　　元文读竟，喟然曰："绮霞之爱我，逾于我之爱绮霞矣。"

七

战云变幻，羽檄纷驰，中法鏖兵之消息，续续而至。于是一班疆吏蘧然梦醒，议战议守，莫衷一是，惴惴焉以海防不固为惧，而邻省当轴，亦互遣使者，交换意见，为一致之对付。

一日，闽省委员抵岭南，入谒刘总戎，讨论防御方法，既出，适与元文遇。

元文惊呼曰："赵赓生君，阔别经年矣，不图今日得邂逅于此。"

赓生亦愕然曰："元文乃在此乎？咄咄可谓怪事。子不于闺中调琴瑟，而来此海隅听鼙鼓，果奚为者？"

元文笑曰："别后状况，非立谈间可罄，君能小驻斯间，当于酒酣耳热时，倾筐倒箧而出之。"

赓生许诺，乃偕至某酒楼，互诉衷曲焉。

坐既定，元文先以行踪相叩。

赓生曰："世变亟矣，男儿负昂藏七尺身，会当投袂而起，以报国为前提。不才如某，顷亦应闽省某军门之聘，试铅刀一割之用。"

元文曰："贺君得贤主人，当可大抒抱负。"

赓生曰："某不足道也。吾子天才卓荦，胜某万倍，意气之雄，胆识之壮，某更不能望君项背。抵闽后，某从容为军门言，苟能以礼为罗，罗致吾子于幕下，裨益军务，绝非浅鲜。"

元文曰："谢子推毂，顾吾已隶刘总戎军中，亦以寸长相报矣。"

赓生曰："某尔时固未之知也，军门闻吾言，颇意动，属为物色。某闻君勾留湘潭，初未返里，因值某弁赴湘公干之便，属彼顺道访君，代致鄙意。比某弁返，则曰：'道出湘潭时，以迫于行期，未及奉访。唯闻道途间言，谓此绝世翩翩之陆元文，将于闺闼中享受艳福，从军之事，恐非乐闻。盖湘潭有谢氏女，才色一时无二，与元文新成眷属，行且咏好逑，歌燕尔矣。'某闻之，颇滋怪诧，私念君固富于情者，顾今日何日，讵不能牺牲其恋爱之私，稍为国事供鞭策。若云豪情万丈，遽束缚于一缕之柔丝，宁搁京兆之画眉笔，不挥鲁阳之却日戈。儿女情长，英雄气短，断非吾光明磊落之元文，所忍出此。某与君为道义交，知君有素，此道路之传言，某立断为不确。今君果投效行间，益信非惄于国事者，顾不识何以有此传讹之词流播于人口？"

元文恶然内愧，期期而言曰："君意良可感，然人言亦不尽无稽也。"

赓生亟叩其故，元文曰："吾之姻缘，实发生于萧寺之题壁词。吾曩以女郎和章告君，君力言其为赝鼎，且谓出于髯丈夫之手笔，然而君理想中之髯丈夫，今且易弁而笄，化为女儿身，与吾缔红丝之缘矣。赓生乎，君固料事如神者，何向者之揣测，适得相反之结果也。"

赓生笑曰："某向者固有为言之也，某见君神魂颠倒，语语不忘绮霞，将因此灰其壮志，故砺我词锋，冀以斩君之妄念，实则尔时偏激之论。吾明知其不必尽确也，顾往事暂置弗论，君既身入情窟，胡尚能自拔而来此？"

元文遂历叙所遇，而于绮霞之丰神若何、才调若何，尤誉之不能去口。

赓生因举觞属元文曰："贺君得佳偶，盍饮此酒？"

元文饮之立尽。

赓生曰："某此行为商榷军事而来，不谓虎帐谈兵之暇，又饫闻君之柔乡韵事，正如铜琶铁板中，杂以小红低唱，可云趣绝。虽然，沧海横流，风波险恶，君得佳偶固可贺，君成大名则尤可贺也，君其勉旃。"

元文引满曰："二哉斯言，实获我心矣。"

遂痛论军国大计，语不及私。历数小时之久，二人乃握手告别。

八

自酒楼话别后，元文扫除绮想，唯以勠力行间为务。偶贻绮霞书，亦只淡淡着笔，绝不作旖旎之语、謦欬之词。

一日，景苏函来，略言：

扶南老人归隐经年，尚未忘首蓿滋味。顷忽死灰复燃，将挈彼掌珠，作蒙自之行。家母力尼其行，某亦舌敝唇焦，反复劝谏，此老倔强，竟未俯允。唯蒙自逼近越南，本非安土，况又干戈缀眼，烽火惊心，以六十衰翁，携一妙龄弱女，襁被登程，投身虎口，事之危险，胡可胜言？君为老人爱婿，休戚相关，尚祈剀切进言，驰书劝阻，则此事或有挽回之望。否则，骊歌一唱，虽欲维絷而不可得矣。

元文得书大惊，私念老人真聩聩哉，匏系一官，奚足眷恋，奈何向毒浪焦原中讨寻生活乎？设遭不幸，老人纵不为一身计，独不为膝下爱女计乎？独不为从戎海隅之娇客计乎？于是即夕修书达扶南，具述道途险艰之状，危言悚论，力劝其幡然变计，勿为冒险之进行。书成，私冀老人读之，或者有动于中，而罢其入滇之计划乎？既而思之，则罗夫人母子与老人关系尤切，尚不能阻其行役，则此书之无甚效力，可想见也。思至此，神情沮丧，为

106

之竟夕不寐云。

翌晨，书待发矣，而玉人告别之函忽从天外飞来，函中语意缠绵，词旨凄婉。元文读之，意恻恻焉悲，泪且潸潸焉下也。书曰：

红豆斋主人惠鉴：

霞今又作滇边之行矣，此行至危，霞自知之，顾明知其为畏途，而不能不以康庄视之。行矣，行矣！纵有白刃交于前，眉镤列于后，霞亦不为之却顾矣。

霞父一穷孝廉，蹭蹬半生，曾不能稍抒其抱负，此心之抑塞久矣。晚年仅得补蒙自县训导，训导，冷官也，原不足酬其素志。顾自就任以来，僚友交欢，上官亦颇加青眼，稍迟岁月，便有升授县令之望。会闻阿母疾，仓促请代，遄返故里，而霞父之仕途希望，不免生一挫折。

今阿母殁矣，霞父侘傺无聊，时时有出山之想。会得滇中某当道来书，谓蒙自之缺，庖代者业已期满，君若复来承乏，则数月以后，便当列之荐章，擢为县宰，升沉之判，在此一行，毋自误也。霞父读之，颇有喜色，初不计道路之险夷，戒行李，载诗册，行色匆匆，有不可终日之势。

霞从容谏曰："阿爷老矣，故乡湖山，大足供老人啸傲，奚汲汲谋禄仕为，即云为稻粱谋，势难里门株守，顾除服官以外，讵不能别择一途以糊口，或就近觅馆，或家居教授，终岁束修所入，未尝不可供温饱之需。彼名利场中，波谲云诡，尽可以冷眼观之，而非老人之所宜涉足。盖阿爷名山著述，自有千秋，正不必与风尘俗吏多此一番角逐也。"

霞父叹曰："汝亦言之成理，顾尚不足以窥汝父心也。汝父束发受书时，意气极盛，谓青紫可唾手而得。弱冠后，名列贤书，益自负不凡，有昂头天外，睥睨一世之概。顾屡试春官，终不获一售，而彼同榜少年，致身云路者，正不乏人，独汝父拥此儒冠，目送过去之韶光，而冉冉以老。人世可怜之境，宁有逾于此乎？今者幸值时机，或可一吐礁礤之气，而汝乃以韬隐之说进，爱我则有之，知我则未也。儿乎，汝父年事虽高，而壮心尚跃跃欲试，风尘奔走，吾滋不以为苦也。"

霞言既不见纳，而妗氏暨景苏表兄，知霞父有远行，咸来劝阻，极言滇边不靖，往必无幸，霞父夷然弗为动。

妗氏询曰："然则此行将挈阿霞往乎？"

父曰："阿霞倘惮于远行，吾亦不加强迫。"

霞急应曰："儿愿随阿爷行也。"

妗氏闻霞言，瞪目视霞，若嗔霞之率尔妄对者。

妗又回面语霞父曰："吾意此次赴滇，以不挈阿霞往为是。一则风声鹤唳，非小女子所能堪；一则既与吾侄有夙约，阿霞倘随往任所，即不免有愆婚期。"

霞父首肯曰："斯言良不谬，然则阿霞盍与妗氏同居乎？"

霞坚执不可，谓："儿志已决，无论天涯地角，终必随阿爷往，不忍须臾离也。"

景苏起而语霞曰："妹太执拗矣，此何如事，而可出之以孟浪乎？"

妗氏则责霞尤切，谓："滇边非安乐土，外有强敌，内有伏莽，汝父一人往，尚恐变生肘腋，汝奈何与之偕行？"

又曰："使此行而有益汝父，则吾亦无所用其阻挠，然言念前途，风波正恶，汝若偕行，不能减汝父之危险，而适以增汝父之牵累。好孩儿，其从汝妗氏言，其纳汝表兄劝，勿狃于偏见而置后此之幸福于不顾，汝当知妗氏、表兄之力尼汝行，固由爱汝而起也。汝尤当知妗氏、表兄以外，尚有一爱汝最切之人，平日回肠刻骨，念念不能忘汝。设闻汝今日之冒险出门，将不咎汝之孟浪，而咎吾辈之轻放汝行，则吾辈纵有百喙，将何术以自解?"

霞忍泪答曰："霞之此行，明知其为无益，明知其为孟浪，顾使白头老父独行不测之长途，则问心终有所未安。行矣，行矣! 白刃交于前，鼎镬列于后，霞亦不为之却顾矣。"

妗氏、表兄闻之，咨叹而去。

嗟夫，嗟夫! 霞以爱父之故，而不从妗氏之言，不纳表兄之劝，且使其平日回肠刻骨、念念不能忘霞之人，因此而增其忧虑，重其挂系，霞罪大矣。如天之福，霞能随老父安抵滇边，则相见有期，霞终必向爱霞之人泥首负荆，以谢前此孟浪之罪。藉曰不然，则前途险象，霞更不忍言矣。

虽然，尚有片语，君须记取。霞身虽就道，而霞之心中脑中梦魂中，固亦有一回肠刻骨、念念不忘之人在焉。无论此行之为吉为凶，前途之为夷为险，而霞之缕缕情丝，固已萦绕于爱霞最切者之旁，历劫穷尘，有永永不可泯灭者。

匆促濡笔，亟不择词，霞之微忱，如是而已。

霞倚装上白。

元文曰："嗟乎，吾书未发，而绮霞行矣。彼以天性上之关系，知有其父而不知有其身，躬冒大险，绝塞相随，其志壮矣。顾独不为我计乎?"于是搜索枯肠，思所以援救绮霞之方，而智尽能索，竟日不能得一策。且霞书既系倚装而发，屈指计之，就道行将累月矣，幸则早抵滇边，不幸则祸变横生，恐已见诸事实。纵欲救援，亦有鞭长莫及之势，计无复之，唯有坐待续至之音书，以判此行之吉凶而已。然而引领久之，卒不见一丝雁影。飞向岭南，致书询景苏，而景苏亦云未得行人息耗，其疑惧正与元文同也。

九

元文曰："嗟乎！吾将入虎口，探虎穴，不得玉人消息，誓不生还矣！"立谒刘总戎，涕泣陈词，请解除文牍职，单骑赴滇，以访此未婚之妻。总戎留之不可，勉允其请，于是摒挡行装，首途有日矣。而景苏之急电忽至，谓：

> 霞脱险返湘，因惊成病，速来一面。

电文简略，只此寥寥十许字。元文遂转其马首，不向滇边而向湘中进发。

元文策马道中，抵湘尚须旬日，夜宿晓行，琐屑无可记录，而著者即抽此余闲，为行滇之父女一写其遇险之状况也。

扶南恋恋微秩，千里赴官，除绮霞随行外，尚有一老仆曰虞升者，负箧担囊不离左右。甫出湘省，达黔境，而种种恐怖之象，陡然而起，足使老人见之，深悔此行之非计。盖扶南家居之日，狃于承平习惯，以为边陲警报，特他人过甚之词耳，一旦身历其境，觉险阻艰难之状，有万倍于他人之所述者。维时军情日迫，征调纷纭，兵队之开赴战地者，率取道于黔中。黔地本多山，道又荦确不平，羊肠九曲，弥望皆赴敌之兵，漫山塞野而去。将骄而悍，卒犷而横，所过绎骚特甚，乡民皆绝尘而奔，视如蛇蝎。

111

扶南等行行且止，既不敢与武夫争道，又不能别择一途，绕道以达任所。不得已，僦屋村农家，暂避其焰，而徐为之计。顾一军甫往，一军又续续而来，喑呜叱咤四山皆应，敌军之心未寒，乡民之胆先裂。如是者十许日，尚趑趄不敢前进。

扶南念此间离蒙自为程尚在千里以外，设长此濡滞客舍，裹足不前，则不特赴官无期，且资斧亦有所不给，因预戒仆夫，谓明日拂晓，无论前途如何，必秣马驱车，兼程以进。

虞升者，干练之仆也，蹙额语其主，谓："不如小住为佳，道中千百虎狼，正陶然择肥而噬，奈何轻投其馋吻？"

绮霞亦涕泣而谏曰："虞升言是也，愿阿爷慎其千金之躯，毋轻于一试。"

扶南仰屋太息曰："咄咄，此微末前程，造物者尚靳而不予，然则吾将以褦襶终乎？"

自是坐嗟行叹，未尝一开其眉锁。果使涉月经旬，道中仍阻阂不通者，则扶南名心虽热，亦唯有废然返耳。

不谓三日以后，村人纷纷来言曰："道中已无一兵，行李往来，一如前状矣。"

扶南喜甚，投袂而起曰："行也，行也！今不行，尚何待者？"

于是传语仆夫，遽驾车以就长道。

车行甫二三里，而一阵鼓噪之声突由山坳而起。

驭者动色相戒，谓："军队将踵至矣，奈何？"

虞升不暇作他语，唯频频呼曰："速引车让道，不尔且无幸。"

顾所经者为一峻阪，岌嶪难行，绝少回旋余地。当进退维谷之际，而刀光耀日，旗影蔽天，相距只数十步，瞬息即至。绮霞以袖障面，蜷伏车中不敢动。扶南虽貌为镇定，顾亦瞠目结舌，不知所措。而前队军人已望见道有停车，碍其行路，则厉声而呵，如春雷之怒发。驭者不得已，则疾鞭其马，引车避林中，偶触枯株，几以此脱其辐。

维时军人已逐队而过，喧哗特甚，不类节制之师。队中桀黠者，时时引首入林，向车中做窥探状，见此间有女子，则肆口作媟亵语，且行且呶呶不止。押队之军官，率伪为不闻不见，绝不加以干涉。

扶南屏息车中，敢怒而不敢言。绮霞值窘迫时，几欲失声而哭。虞升则私戒驭者，谓："宜严勒其马，弗使逸，一逸则奇祸且踵至。"

顾驾车之马，久局促于辕下，骧首狂嘶，屡欲引车出林，赖驭者坚持其辔，得弗逸。维时两马并列林中，一引扶南车，一引绮霞车，停驻可二三小时。而行道之兵，犹络绎而至。马益不能耐，引扶南车者性尤躁烈，则立奋其蹄，遽向林中逸出。

军人猝不及避，有因激撞而倾跌者，全军大愤，呼声震天。一刹那间，而风波起于平地矣。

十

时逸马已为军人所挟持，咻咻然不敢骋足。扶南探首车外，遽引咎自责，以平众愤。顾众人不待其辞毕，即从车中捽之使出，横拖倒曳，若捕剧寇然。

虞升摇手止之曰："此滇中官吏，若等幸毋鲁莽。"

军人怒斥曰："何物幺麼官儿，今便扑杀此獠，讵足以泄乃公愤。"

虞升尚欲有所语，而一兵捉其项，一兵拳其脊，颠之于丛林中，良久不能起立。绮霞值此变动，尚匿面不敢出，俄闻老父被擒，军人声声言不杀此幺麼官儿，不足平众怒。自念存亡在呼吸间，吾不冒刃卫父，谁卫吾父者？此念一起，则其胆立壮，举向者惓怯畏葸之情状，悉化为乌有，亟搴帷下车，大呼："毋伤吾父！"

军人闻女子声，则立回其首，视线咸集于一点。但见一妙龄女郎，含怒自林中出，桃李之面，笼以严霜，有凛凛不可犯之色。一时众口齐噤，若为此女郎之威力所慑服者。

迨绮霞疾行至扶南所，力曳其袖曰："阿父去休，阿父去休！"

扶南乘机欲遁，行数武，军人乃觉，则呵曰："止，止！不得队官令，囚焉敢动？"

绮霞怒曰："谁为汝队官者？吾将……"

语未竟，而队官已驰至，立马道中，向军人问状。顾虽与军人

114

语，而目光直注绮霞，曾不稍瞬。

军人执扶南至马前，谓："若人驱车出林，乱我部曲，罪在不赦。唯上官有以惩之。"

队官不之答，第曰："此女郎为何许人？"

绮霞因自言："为湘中谢姓，随父赴官滇边，适与大军遇，不敢争道，引车匿道旁。奈马性未驯，遽引父车出林中，致与麾下之士相冲突。顾罪在马不在阿父，即云有罪，阿父亦且引咎自责矣。若必以狮子搏兔之力，厄此穷途之旅客，吾窃为麾下不取。"

绮霞侃侃直陈，绝不作一挠屈语。队官若闻若不闻，第射其如炬之目光，逼人欲燃而已。旋语绮霞曰："女郎良劳苦，年几何矣？犹待字否？汝一弱女子，跋涉长途，于计为至拙，得无需人保护乎？汝苟需人保护者，则汝赴滇，吾军亦赴滇，汝随吾军行，当无意外之变。汝意何如？"

此不衫不履之语，殊出绮霞意外，而麾下士群起而和之曰："女郎，大人赏鉴汝，汝福不浅哉，去去！随随大人去！"

扶南愤不可遏，欲挺身与之拼命。绮霞目止之，因而斥队官曰："汝以弱女子为可欺耶？吾宁玉碎，不求瓦全，谁需汝保护者？"

队官大怒，语其麾下士曰："个女郎出言无状，吾不耐与之语。其捉向营中去，吾将有以惩之。"

军人攘臂而前，欲行无礼。绮霞探怀出利刃，仰天而呼曰："天乎！此千百虎狼，乃于道中蹂躏一女子，昭昭在上，尚速降谴于其身。"

语讫，横刃一抹，颈血四飞。扶南亟夺刃，已不及，踏地大詈曰："贼奴，杀吾儿矣！"

队官见已肇祸，策马驰去。麾下士蜂拥其后，须臾尽去，不留片影。

十一

　　绮霞之就道也，逆揣前途叵测，险象环生，乃怀利刃以自随，遇困迫时，则牺牲此身，以自全其贞洁。今果不幸出此，顾以腕力弱，自刎时未绝喉管，故身卧血泊中，气息犹断续不已。扶南亟为裹创，载归村农家疗治弥月，其创乃平。顾已九死一生矣。

　　虞升被殴伤，卧床十余日乃起，主仆三人嗒焉丧气，乃摒挡作归计。东行至辰州，舍陆就舟，沿沅江而下。比入洞庭湖，风浪又大，樯倾楫摧，将占灭顶。舟人咸失色而唏。

　　绮霞抱其老父而哭曰："前日免于兵，今日死于水矣！虽死，不可与阿爷失。"

　　亟解罗带，彼此互系其肘，拼葬身泽国，父女犹永永弗离。蓦一巨浪压船舷，船立欹侧，舟中哭声大作，谓末日至矣。

　　俄而天反风，舟得脱险。绮霞经此两番恐怖，益以舟车颠顿，体遂不支，途次恐伤老父心，力讳己疾，犹长日强作笑容。既达里门，而绮霞之疾乃大作。

　　绮霞卧疾后，罗夫人力任调护之责，药炉茗灶，事必躬亲。绮霞深德之，一日，谓夫人曰："妗氏爱我，犹吾母也。吾曩在道中时，自分不瘗虎牙，即饱鱼腹，不图得生入里门，复面我慈爱之妗氏。虽然，前日之我，有可死之道，既幸而得生，今日之我，有可生之机，恐不幸而终死。"

116

夫人曰："阿霞，汝言过矣！向者若父一意孤行，挈其玉雪可念之儿，向豺虎窟中讨求生活，老身固为汝担惊不浅。今已脱险归来，断不至发生他变。即汝恐怖之余，偶婴小疾，顾稍稍加以珍摄，病魔自退避三舍。今不自宽慰，无端作此颓丧语，老身宁乐闻之乎？"

绮霞微吁者再，旋复断续其词曰："妗乎，吾语诚非长者所乐闻，顾吾亦不自解何以忽作此想也。吾自两次遇险后，头脑涔涔，肢体摇摇，心房震震，然而犹可强自支撑者，则以爱父一念之所致耳。吾念一日未抵家门，即一日不能卸其卫父之责，亦即一日不可以遽死。此念既萌，则病魔不期而战退，故在归途中，坐卧动止，与常态初无少殊，即在老父，亦不知吾病之所由生也。迨吾望见里门，则千钧重担仿佛已脱卸于吾肩，而吾病遂剧，吾乃索索无生气矣。妗乎，生可乐而死可悲，吾宁不知之？顾吾即强自宽慰，抱定一乐生之宗旨，而区区方寸，竟不从令，吾一凝神，一交睫，而吾之精魂已预识吾死期之将至。春蚕剩丝，蜡炬残泪，终将脱离此五浊世界而去。顾吾竟死矣，何以酬老父恩，何以报妗氏德，更何以……"

语至此，已哽咽不能再续。盖绮霞之心碎矣。

夫人闻之，泪颗簌簌下，强慰之曰："好妮子，老身不许汝作此想，汝即作此想，老身亦不许汝有此事实。汝亦知岭南从戎之书生已星夜来视汝疾乎？相见不远，汝当有以慰游子心也。"

绮霞乃无言。须臾，蒙眬睡去。

夫人出语扶南，谓："阿霞病中作此想，大非佳兆。"

扶南起而自责曰："吾真昏聩不晓事，无端动名利念，冒险出门，铸此大错，此皆由吾之不德而移罚于吾儿者。虽然目击此惨状，较之吾身亲受其罚，更可痛矣！"

语次，掩面大恸。夫人虽竭力劝慰，而心头则愤愤曰："汝今日乃自悔，奚裨毫末，使汝早纳人言者，宁有此事耶？"

咄咄，扶南悔已晚矣。

十二

　　熊胆磨作墨，字字书来苦，《子夜歌》中语也。搁着笔，未写泪
先流，《西厢记》中语也。盖著者涉笔至此，而绮霞之病不可为矣。
罗夫人目击病状，明知变在须臾，无可救药，顾于无可救药之中，
而犹未绝一线生机之望者，则以天涯游子，早整归鞭，屈指行程，
计当觌面，止此一人，尚可作阿霞之续命漏耳。唯是元文果能即来
否，元文来时，尚及与阿霞相见否？此际亦绝无把握，则所谓一线
生机之望，亦在可知不可知之数矣。而绮霞在疾痛昏瞀中，喃喃呓
语，率言沿庭遇浪、黔中遭兵事，语语不忘老父，却又语语不忘元
文。其言曰："元文乎？洪涛万顷，其为我归骨所矣。吾随阿爷死，
明知不免伤尔心，顾死者肉体，不死者精魂。元文元文，吾之精魂
固永永绕尔之旁也。"又曰："恶魔，汝乃敢蹂践我无告女子，吾拼
此一腔热血，洒向道旁，以全我之洁，即以报我知己之元文。"又
曰："元文乎？吾苟屈于强暴者，在我为偷生，在尔亦为奇辱，尔试
视道旁之赤血点点斑斑，绚为异彩，所以完我贞操者在此，所以购
尔荣誉者亦在此。元文乎，其宝藏吾血，三年以后，必化而为
碧色。"

　　罗夫人俟其清醒时，辄慰之曰："顷得元文书，指日抵此，相距
止百余里，已属吾儿往迎矣。不及三日，必与汝面，汝幸自宽解。"

　　绮霞微叹曰："天乎！吾果得与彼人一面哉？吾纵命在须臾，亦

当力绵其一丝微息，以待彼人之至。"

语时，声细如蝇，几不可辨。

罗夫人商诸扶南，谓："行人初无消息，而病者呼吸日促，势难久待，观其情状，大有千言万语，须俟行人之至而一吐者。吾虽饰言以慰之，顾三日以外，不与行人面，则变且立起，奈何？"

扶南一筹莫展，唯搓掌嗟叹而已。

匆匆光阴，三日已度。绮霞发其颤动之声，仰面语父曰："阿爷，儿命在今夕，不及旦矣！儿受生养十七年，而溘先朝露，使阿爷频挥哭儿之痛泪，儿罪诚无可辞。顾天荆地棘，脱险归来，儿于临死时，尚获见老人无恙，儿死，儿自瞑矣！"

又语夫人曰："妗氏大德，此生无图报期矣！"

夫人凄然，劝毋作此语，令人心碎。

绮霞续言曰："妗乎，吾力延残喘，愿缓须臾毋死者，以有最后之赠言，留待渠至而一吐耳！今吾命将绝，而渠犹未至，吾不得不哀鸣于妗氏之前，与妗语，如与渠语也。"

夫人泣曰："可怜之阿霞，汝有心中事，尽向老身言之，老身当为汝转达。"

绮霞凝神片晌，旋曰："元文，吾与尔长别矣！尔虽未与我接谈，顾吾确知尔为情种，读尔红豆稿，得尔远道书，尔已不啻披肝膈以示我。今千里来亮我疾，而吾不及与尔面，其为悲痛，自何待言？然因痛我之死，而伤尔神，隳尔志，甚或万念俱灰，而甘为情殉，则泉下之鬼，益将负疚不已。嗟乎元文，人孰无死，唯得其正者为贵，吾因老父而死，死乃非虚。尔磊磊落落奇男子，生命之贵，更非吾比，他日为国而死，为民而死，则一死之价值，自可逾九鼎而越大吕，而独不可以为情死。嗟乎元文，为情而死者，天下之懦夫也，吾临死哀鸣，愿尔为爱国之烈士，不愿尔为殉情之懦夫。"

语讫，气息已不相续，目渐瞪，手足渐冰。时交子夜，庭竹飕飕，冷月透窗棂而入，斗室之中，布满阴森气象。扶南捶膺痛哭。

罗夫人坚持绮霞手，声声唤阿霞不已。

当家人哀恸之际，蓦闻挝门声大作。虞升拔关视之，则来者两少年，一为景苏，一则千里视疾之陆元文也。

景苏偕元文至病室视霞，霞已不能语矣，顾神志尚了了。罗夫人大呼："元文来亮尔疾矣！"霞微颔其首，力撑其将合之目，注视元文，旋又举手自指其颈。

夫人曰："元文吾侄，阿霞盖示尔以创痕也。"

元文捧面大哭。

夫人曰："勿尔，阿霞或尚有他语。"

旋见绮霞举手指枕函，既又自指其胸。夫人不之解，扶南就帐中亮之，则红豆吟稿一册，犹露其角于枕底。乃曰："儿意得毋将携此同归泉下耶？"

霞又微颔其首。既而瞪目视夫人，旋又自指其口。夫人曰："老身喻之矣。"

因以绮霞最后之赠言述诸元文。霞乃微微作笑容，笑容未敛，而芳魂杳矣。

众人大恸，元文为尤甚，晕厥者三四次。

殡敛既讫，元文摒挡行装，至夫人前告别曰："侄千里来视绮霞疾，初意霞疾瘥则已，设有不测，则早拼一死，必从霞泉下。顷闻绮霞遗言，力以殉情为戒，侄又曷敢遽死，以伤逝者之心？今者强敌压境，闽海旦夕有战事。吾友赵赓生，屡屡贻书，招侄往海疆效力，侄此后生命，将托诸枪林弹林中，男儿报国，此其时也。姑母自珍，侄行矣。"

废妾

第一回

提高人格石女士宣言
改良经书吴先生应聘

竖起笔来，先向阅者诸君报告道，在下编的这种小说，篇幅有限，着不得许多闲字闲句，挂一漏万，草草不工，这是难免的事实。人家写紧要信札，开首只道浮文恕叙，在下编这篇小说，开首只道闲话少说。

叮叮又当当，当当又叮叮，这是什么响？这是男权学校里的摇铃声响。

原来男权学校里的学生，每逢星期六，课毕以后，照例开个谈话会。今天恰是星期六，谈话会里的铃声又起，许多姊姊妹妹随着叮叮当当的铃声，都向会场里跑。

编书的，你却错了，既是男权学校，怎么跑出许多姊姊妹妹来？列位，我却不曾错，这所男权学校，名义上有个"男"字，实际上却是纯粹的女学校。校长张明权女士为着两字校名，很费着一番讨论。在那多数人的主张，要把"女权"两字定为校名，张明权大不为然。她说："什么女权不女权，我听了也生嗔。现在一班自命新人物的，都高唱着解放妇女的论调，不是说怎样提倡女权，便是说怎样扶植女权，其实这些论调，陈之又陈，腐之又腐，哪里有一丝半毫的新气味？名为尊重女界，细细研究起来，依旧含着蔑视女界的意思。试想'权'字上面加了一个'女'字，那么这个'权'字，

123

仍是女子的所有权，竭力提倡，提倡煞也是有几，竭力扶植，扶植煞也是有几。我们的宗旨，不是在那女子的所有权上加以扩充，却是在那女子的未有权上发展能力，女子的未有权，便是男权，所以我们创办的学校，该唤作男权，不该唤作女权。"

学校的名义既已表明，接说那天会场里面，列席的生徒不多不少，恰是一百单一名，胸襟上面都簪着一面校章。校章是银质制的，图样很是特别，不似普通学校的校章，都作鸡心式，她们的校章却制成秤锤式，上面的图画是一个女子在田里力作的模样。这是包含着一个哑谜，力田便是男字，秤锤便是权名，真不愧唤作男权学校的特别校章。凡是男权学校的生徒，不但佩挂男权校章，便是名字上面，也都排着一个"权"字。

诸生列席以后，公推班长石权娥女士做个主席。这位石女士二十上下年纪，不但有兼人的学术，并且有加料的躯干，平日喜吃厚膘肥肉，因此满身的脂肪质很是丰富。她挪动肥胖身躯，脚下这双一尺零五分的白篷布鞋踏上讲坛，讲坛上吱吱咯咯地作响。她的面部上疏疏落落，有几处阔大麻点，平日不惜工本，用着雪花粉着意镶嵌，但是总难弥缝这个缺憾。她按着谈话会的预定节目单，先把几件没紧要的议案通过，轮到最后一件，却是研究废妾的问题。石权娥提高着嗓子向众宣言道："这个废妾问题，是我们女界的死活问题。现在外面闹着的废督废娼，都不及废妾问题的重要。全国督军至多不过二十人，推翻这二十人，算不得什么重要事。娼妓的人数比督军要加千万倍，然而她们的流毒没有督军这么深，她们的威权也没有督军这么大，废止娼妓也算不得什么重要事。唯有纳妾一件事，却是异常重要。就人格上立论，降为妾媵，便是贬损了女人的人格；就家庭利害上立论，妾媵当权，家庭便从此多事，宠妾的流毒比着督军娼妓还深，宠妾的威权比着督军娼妓还大。纳妾制度倘不根本推翻，只怕列位姊姊妹妹将来难保不感受苦痛，所以说是我们的死活问题，不得不未雨绸缪，商议一个善法。"

124

权娥说到"死活"两字，脸一沉，仿佛是极沉痛的模样，可是面皮绷得紧了，麻子里面的雪花粉竟整块地飞将下来。

在这当儿，前排座位里嗖地立起一位瘦长身子的学生，向着主席说道："据我金权姑的愚见，废妾问题虽则关系重要，然而空谈是没用的，粉墙上刷白水，说与不说一般，说得到须要做得到。我们便该就这'废妾'两字，想个实行的方法。"

主席道："权姑君的议论很是很是，推倒军阀该从废督做起，推倒男子阀该从废妾做起。但是怎样可以实行废妾？诸位定有高见，何妨研究一下子。"

其实这一百单一名学生，年龄幼稚的居其大半，今天列席，左不过瞧个热闹，废妾不废妾，和她们没相干，当然没有什么建议。单有几位年长的学生，轮流起立，互相发言。金权姑的主张，说要设立一个废妾会；鲍权贞的主张，说要向内务部请愿，他们既有褒扬节夫的条例，便该定个禁止纳妾的约法；汪权宝的主张，说废妾有两条办法，已经纳妾的，勒令即日解放，未经纳妾的，永远不准纳妾。

那时，幼稚学生洪权媛忽然出席发言，刁嘴欠舌地说道："已做姨太太的，立时改唤作太太，未做姨太太的，永远不准做姨太太。"

权姑瞧了她一眼，唇薄嚣嚣地向她抢白道："权媛，照你这般说，你的妈妈从此便该唤作太太了？"

众人听着，一片声地喧笑。原来权媛恰是偏房所生，经这一笑，觉得不好意思，便红涨着脸坐下，掀着嘴，只不作声。

主席石权娥道："诸位且别喧笑，快快商议正事。组织废妾会，果然不容稍缓，只是谁做废妾会的会长。"

那时，众人一致便举石权娥做会长。

权娥道："不行不行，鄙人做了会长，便犯着自私自利的嫌疑，只为鄙人的贱外曾经讨纳偏房，闹得家室不和。有这一层原因，容易惹人议论，似乎鄙人主张废妾，纯为泼醋拈酸起见，谁识鄙人的一片心，专为女子争人格，为同胞求幸福，大公无我，至正无私，哪里有一丝的醋意、半毫的酸味？"

众人见权娥不肯做会长，又推举校长张明权女士充当此职。

权娥道："不必不必，这个废妾会会长，不该向女界中求之，要是女界中人做了废妾会会长，无论态度怎样光明，心地怎样清白，总脱不了'酸醋'两字的嫌疑。据鄙人的意思，最好在本校男教员中公推一位做会长，也见得废妾问题不但女界热心，并且男界也助我们张目。但是这位男教员须得绝对赞成废妾的才行，请问诸位意中可有这般相当的人物？"

那时有一部分学生不约而同都说："推举吴倦夫先生做会长。"权娥便请众人举手表决，一霎时，课堂上面高擎起九十九条粉臂，一经大多数赞成，这条议案就此通过。摇铃散会，不在话下。

到了星期一，国文教员吴倦夫先生捧书授课，约莫讲解完毕，蓦地里一个双料身材的麻面学生从班子里拔烛也似的站起，倦夫认得是班长石权娥，学生队里唯有她喜出主张，不易驾驭。这番起立，一定有什么难题质问，须得留心对付才行。

在这当儿，权娥忽然发言道："请问先生，对于废妾问题，毕竟抱何态度？"

倦夫答道："'废妾'两字不成问题，凡有商榷余地者，唤作问题，'废妾'两字，何所用其商榷？欲废则竟废矣！你们须知万恶不赦的纳妾制度，到了今朝，断然无存在的道理。国人皆曰可废，所以'废妾'两字不成问题。"

权娥道："照这么说，假如有人提议废妾，先生一定举手赞成？"

倦夫双擎手臂道："赞成赞成！我便举着双手赞成。"

权娥笑道："那么已得了先生的同意，便请先生做那废妾会的会长。"

因把星期六公举情形报告一遍。倦夫听了，一时作声不得，暗思：我不过揣摩女子心理说说罢了，怎么她们认起真来，竟叫我做

126

废妾会的会长？

权娥见倦夫沉吟不决，不禁诧异道："咦？先生怎么方才举着双手，现在却不则一声？"

倦夫不便取消前说，只得搭讪着说道："废妾这桩事，鄙人既绝对赞成，诸君推举我做会长，自然义不容辞。只是言之匪艰，行之维艰，组织这废妾会不是咄嗟可以立办，须得预备种种进行的手续：一要筹款；二要租赁宽大的办事所；三要商订妥善的章程。要是诸君都有了把握，那么再举我做会长也不为迟。"

倦夫的意思，要把这三大难题吓退了权娥，这个会长便可无形取消。谁知权娥不以为意，爽爽快快地说道："这不用先生替我们担忧，只要先生肯做会长，种种手续，我们当然积极进行，这是我们的死活问题。筹款赁屋，该由我们担任，不费先生一草一木。章程也由我们公同商议，自行起草，不过字句之间，要借重先生的大笔酌量修改罢了。其余没甚为难之处。先生对于会长问题不用游移，合该毅然承诺。"

倦夫事到其间，更无推托地步，落得做个好人，竟承认了这个会长。权娥喜逐颜开，粒粒麻斑里面都透露着笑意，高唤着废妾会万岁！会长吴倦夫先生万岁！全国二万万女同胞万岁！权娥唤一声，全班同学和一声，恰似宣卷先生随声和佛一般。

比及下课以后，倦夫退入预备室，胸头七上八下，倒担了一桩心事，暗思：顾了这方面，便顾不得那方面，迎合了女子的心理，便不免违反了男子的意志。女子们把我做护法般地看待，男子们便要把我做公敌般地对付，事男乎，事女乎，倒是一个不易解决的问题。他搔头摸耳了一会子，回转念头，暗暗道：这事有什么难解决？我既迎合女子心理，当然要迎合到底，见什么人说什么话。今天做女校教员，该说废妾，明天做男校教员，该说不废妾。踏进了女校两扇门，尽管唱那废妾的高调，跨出了女校两扇门，废妾不废妾，俺这里自有权衡。倦夫思潮起伏的当儿，编书的腾出工夫，且把他

127

迎合女子的事实约略补叙。

这位迎合女子心理的吴先生，年纪约莫四旬光景，他的表字唤作权夫，不唤作倦夫。男权学校开办的当儿，权夫恰赋闲在家，便托友人到校长张明权那边打干这国文一席，自己坐在家里伸着长脖子等候消息。却见友人跑来报告道："我在张女士那边把足下竭力推荐，足下的学问品行，张女士都极表欢迎，只有一桩事，张女士老大不欢迎。"

权夫忙问何事。友人笑道："她便反对你的表字，她说我这里男权学校，不用他唤作权夫的来充当教员。"

权夫愕然道："奇哉！怪哉！她因甚要反对我这'权夫'两字？她的校名叫作男权，我的表字叫作权夫，男权和权夫本是一般解释，男权学校里延聘权夫充教员，恰又天然巧合。我在名义上研究，毫无抵触之处，着甚来由，她竟把我的表字反对？"

友人大笑道："足下这般见解，竟是老大误会，她的男权，你的权夫，面目相同，性质却是各别。她的男权，是说做女子的合该攘夺男权，你的权夫，是说做丈夫的合该把持夫权，一参一商，一冰一炭，一个南辕，一个北辙，她因甚不把你的表字反对？况且她的意思也不是反对这'权夫'两字，她专在根本上反对，并不在名义上反对，要是根本上不曾谬误，那么你这'权夫'两字，休说不遭她反对，她还要十二分认可，一百个赞成。"

权夫益加茫然道："怎样改造一下子，根本上便不会谬误？"

友人拍着手道："改造改造，容易容易，要是你转了女身，三绺梳头、两截穿衣，那么你的表字唤作权夫，恰是女掌男权的意思，和她的宗旨一鼻孔出气，你便学问品行有所不足，她一定不甚计较，国文一席当然要请你担任。似这般地改造一下子，根本上便不会谬误。"

权夫听了，掌不住地好笑。停了一会子，便道："男女是天生的，改造不得，名字是人为的，要改造便改造，费什么吹灰之力？

她既反对我这'权夫'两字，我便不唤作权夫，唤作倦夫，'权'字和'倦'字，音相仿，意义不同。从前做帝王的无意揽权，便作倦勤，这个'倦'字里面，包含着逊位让权的意思，我若改唤了倦夫，可见我是逊位让权的男子，不是把持夫权的男子，这么改造一下子，料想她不再把我反对。"

友人听着，称赞他一字改造，异常巧妙。当下便再向张女士那边去推荐，说："吴先生的表字是倦夫，不是权夫，上次是我记忆之误，现在早问个明白，特向校长那边来更正。"

说也奇怪，提起权夫时，校长只是皱眉，提起倦夫时，校长不觉点首。相隔没多天，吴先生家里早接到一封聘书，上写着"男权女学校敦聘倦夫先生充当中学一年级主任国文教员"。倦夫欢喜无量，不待细表。他又猛然间彻底觉悟道，一字改造，便生绝大的效力，无怪当今许多大改造家，用着全副精神，专在几个名词上面发展改造的能力。

倦夫自从做了女校教员，迎合女子心理无微不至，他在课本里面遇有触犯女界忌讳的字样，都把来改造一下子。譬如妒忌奸妄等字样，都从女字，都不是好字样，他把女字抹去，都改造作男子偏旁，他说："种种恶劣根性，都包含在男性里面，和女性没相干，与其写作女字偏旁，不如写作男字偏旁。"他的改造《论语》，有什么"唯男子与小人为难养也"，他的改造《孟子》，有什么"往之妻家，必敬必戒，无违娘子，以顺为正者，丈夫之道也"。他的论调里面，虽带些游戏性质，然而生徒们听了，直溜地溜进耳朵里，大家嘻开了嘴，表示满意。比及下课以后，三三五五，品评这位国文教员。有些说，似吴先生这般的教员，才不愧是好教员；有些说，别的国文教员，授课讲书，都用死的方法，唯有吴先生授课讲书，是用活的方法；有些说，某校里的国文教员，生就一副阎王脸，见了也惹厌，开出口来总道些"夫为妻纲""女子从人者也"，听了也脑疼，后来逢他授课，学生都闭着眼，掩着耳朵，由他在讲坛上胡言乱语，他觉得没趣，没多天便自行告退，倘似现在的吴先生授课时笑容满面，讲书时又有许多笑话穿插在书本里面，便一辈子也不会惹厌，也不会脑疼……

从此，学生对于吴先生的感情一天深似一天，所以那天公推废妾会的会长，大家异口同声都推举这位吴倦夫先生。倦夫也知生徒们推举他做会长是感情深厚的表示，所以心里纵然十二分不愿意，也只得勉强承诺。

欲知后事，且阅下文。

第二回

阅课卷娇女起猜疑
论礼教悍姬生嗔怒

　　且说距着男权学校约莫两三条巷，有一家房屋，规模虽小，却整理得井井有条，里面有娘女两个。娘的年纪四旬不足，三旬有余；女的年纪二十不足，十八有余。

　　庭角种着一簇美人蕉，和那璎珞鸡冠都已亭亭作花。娘女俩靠窗坐着，一般都是粗粗的衣裙，淡淡的装束。娘的手里提着一只鞋帮，一针上一针下，正在那里做活计。女儿面前放着一大堆的出塘新芡，左取一粒，右取一粒，不住手地剥取鸡头肉，剥取的当儿，却和娘絮絮地谈那家事道："妈妈，明天这个时候，爹爹娶的新姑娘快要进这屋子了，进了屋子，只怕我们的家里再也不能清清净净度那太平日子。若要家不和，讨个小老婆。妈妈是个忠厚人，你允许爹爹纳妾，真是老大的失算。"

　　娘听到这里，把针在鞋帮上别住了，腾出一只空手，指着女儿答道："招弟，你说的话很有些意思，老太婆刺袜底——千真万真。我也晓得一只碗不响，两只碗便叮当。"又把小指一翘道，"家里来了这个，便是没事也要变作有事。"又指着自己的肚皮道，"千不争气，万不争气，都是这个不争气，一样的十月怀胎，三年乳哺，巴巴地盼望子息，只生得你一个。要是你是个男孩子，抚育到今朝，这么长那么大，他便要忙着讨媳妇，哪有闲钱讨什么小老婆？便想

131

讨小老婆，他也说不嘴响，我也有话对答。现在屁股后面光塌塌，尚没人传宗接代，将来去世以后，一碗千年羹饭尚没个着落。他说要讨小老婆，只得由他去讨，我有甚话对答他？他又提出什么大道理，咬文嚼字，向我背着书句，说什么不孝有三桩……”说时，搔着鬓发道，“他背的书我却记不清了。”

招弟道：“可是‘不孝有三，无后为大’？”

娘道：“阿招，毕竟你读过几年书，他背的正是这两句。他既这般说，我再不应允，似乎罪大恶极死了，也见不得公婆。”

招弟道：“话虽这般说，只是姑娘进了门，妈妈没有压人的本领，爹爹会把她管束，那便没事；要是纵容一些，那便馒头大过蒸笼，只怕妈妈吃了一辈子的亏。”

娘道：“这怕没有的事。”说时，重又拔了针，一壁做活计，一壁说道，“我也虑到小的进门时，不把我放在眼里，曾向你老子提起这页书，你老子向我左作一个揖，右打一个躬。他说：‘你不用瞎操心，这是没有的事。’他说：‘妻妾的名分，一个宛似天，一个宛似地，只有天盖着地，哪有地盖着天？’他说：‘人家宠妾欺妻，都只为男子不明白道理，似我这般男子，懂得古往今来的大道理，怎肯纵容偏房欺侮正室？’他说：‘你是大贤大德的妇人，须原谅我这番娶妾，纯为传宗接代起见，并没别种意思。’”

招弟道：“这也诧异，爹爹在前几年里，从不曾说什么传宗接代，怎么到了今朝，才想起传宗接代？”

娘道：“这也难怪他，从前他赚的钱按月不过十块八块钱，现在他做了教员……”

说到这里，听得叩门声响。招弟道：“爹爹课毕回来了！”

放下鸡头肉，在抹布上抹了一抹手，开门看时，走进一位撇着短髭、手持司的克、身穿华丝葛长衫、足蹑白篷布鞋的中年男子。招弟唤了一声：“爹爹回来了！”自去闭门下闩。那男子点点头，径到里面和他娘子讲话。

你道这男子是谁？原来不是别人，却是男权学校的国文教员、簇簇生新的废妾会会长吴倦夫先生。他娘子放下活计，笑问丈夫怎么今天下课得迟。

倦夫道："今年暑假后，教授的功课又增加了钟点，不能似上半年这般清闲。而且功课以外又要开什么会，承她们的美意，九十九名生徒一致举我做会长。"

娘子道："你的功课已忙了，又要干这开会的事，你有多大精神？回绝了也好。"

倦夫道："好回绝时早回绝了，只为这个会关系重大，非同小可，任凭怎样忙，也只好替她们干，万无回绝之理。"

娘子道："啊咦！端的开着什么会，却配说非同小可？"

倦夫道："这个会唤作……""废妾"两字已在口头，幸亏尚没钻出牙关，赶快地收回成命，变着两个字道，"这个会叫作戒妒会。"

娘子点着头道："难怪你说非同小可，你说起的一个字，委实是个害人东西。你做了会长，合该竭力劝诫一下子，劝醒了许多人，免得倾家荡产，你便是无量功德。"

倦夫听了很奇怪，便道："你道是开些什么会？"

娘子道："啊咦！你不是明明白白、清清楚楚，说要开个戒赌会。"

倦夫笑道："那便老大误会了。我说的是戒妒会，不是戒赌会，是妒忌的妒，不是赌博的赌。"

那时招弟闭门之后，早已回到里面，依旧剥那鸡头肉。听到这里，忍不住问他老子道："什么叫作戒妒会？"

倦夫正色说道："妒乃妇人之大病，欲做良善妇人，须从戒妒做起。阿招，你也曾读过几年书，《诗经》第一卷便说王化之原，全在后妃不妒忌，可见不妒的妇人才算得是良善妇人。你现在已有了婆婆家，将来过门以后，须得放大了器量，三妻四妾是男子常有的事，休得和寻常妇女一般见识，动不动便酸气冲天。"

阿招听说婆婆家，脸都红了，心里兀是奇怪，怎么爹爹做了男子，却去管人家吃醋的事？端的这个戒妒会是什么用意？却不便再问，低着头只不作声。原来招弟虽曾读过几年书，只读些旧法书本，完全不曾受过新知识，所以她老子满口胡柴，漫天说谎，她只抱着怀疑态度，不敢断定是真是假。

倦夫自到侧厢里批改上星期的作文课卷，题目唤作《女掌男权之研究》，就中各卷也有用文言的，也有用新流行的语体文的。有说各处选出的代议士，合该男女各半的；有说各省军民两长，该用一男一女的；有说该组男女混合内阁的；有说统治全国的大总统合该男女轮选的，上回选了男大总统，下回一定要选女大总统的。这些论调都是题中应有的文字，算不得奇怪。单有石权娥一卷，却是匪夷所思。她说男子惯把女子作玩物看待，现在反其道而行之，女子也该把男子作玩物看待。男子有纳妾的权利，女子也该有……倦夫看到这里，见一字圈一字，大圈特圈。正在圈得起劲的当儿，女招弟早端进一碗热腾腾的新鲜芡实汤，请她老子垫饥，眼光一瞥，瞧见了一行字，不禁满肚皮的奇怪，放下芡实汤，指着石权娥的课卷问道："爹爹，怎叫作男子有纳妾的权利，女子也该有纳妾的权利？一个女子家，怎么纳起妾来？"

倦夫赶把课卷掩转，沉着脸说道："你懂得什么？这是她一时匆忙，落去了'许男子'三个字，她要说'男子有纳妾的权利，女子也该许男子有纳妾的权利'，我要替她修正的，你懂得什么？"

招弟莫名其妙，只得低头退了。倦夫一壁咀嚼芡实，一壁心头忖量道：女孩儿家识了几个字，做父兄的真有许多不方便，亏得我转变得快，弥缝了这个破绽，要不是，她却把这两句话讲给她母亲知晓，明天我纳妾，她母亲也向我要求同等的权利，那便糟了。

课本批改完毕，早已点上灯来，当夜家庭琐事，不再叙述。

到了来朝，倦夫忙着纳妾的事，托人到男权学校请了一个要事假，他因甚不说明纳妾？哈哈！废妾会的会长可以宣言纳妾，那么和尚堂里可以请人听结婚歌，尼姑庵里可以请人赴汤饼宴了。那时倦夫准备一切，手忙脚乱。招弟住的一间房早经腾出，让给她老子做个藏娇之屋。招弟口头不说什么，心头却异常薅恼，她想：爹爹曾经当面许我道，将来多赚了钱，替你陆续添置箱笼衣饰，也叫你出嫁时挣些体面。现在爹爹的入款比从前增了许多，休说箱笼衣饰一件都不曾添置得，连这一间卧房都不容我住，却把我搬在神龛般的半架侧厢里，闭上了窗，气都透不得，跨下了床，身都转不得。爹爹的钱越变得多，女儿的命越变得苦。肚里想时，眼泪已含在眶子里，赶忙拭去了，免遭爹爹瞧见，说我有意拣这大好日向他淌泪。

约莫饭后两下钟，倦夫家里早抬进一乘小轿，轿帘揭处，走出一个花信年纪的妇人，浑身打扮，焕然一新，生就三分的姿色，却有七分的忸怩。倦夫赶把轿夫开发了，掩上大门，生怕被邻近人家注目。回到里边，却见小老婆独坐在客堂里，骨碌碌转动着两只眼睛，只把这几间房屋四下里打量，又见客堂门后，娘女俩正在那里探头舒脑般窥望。

倦夫笑向小老婆道："我来请她们和你相见。"

当下，娘女俩同出客堂，自己做着介绍人，先把娘子介绍与小老婆道："这便是太太，你便叫一声，行一个礼。"

小老婆向娘子瞟了一眼，半坐半立地把屁股撅了一撅，嘴里含糊着嘤了一嘤，也不知唤些什么，转是娘子清清楚楚唤她一声新姑娘。小老婆依旧高坐在椅上，只在那里瘪嘴。倦夫见不是头脑，本待把女儿介绍与她，叫她唤一声小姐，现在却变着论调道："这是小女，你也该和她相叫一声。"

小老婆单把白眼向招弟一瞧，理都不理，只把头颈扭了几扭，嘴唇翘得高高的，分明好挂着油瓶。招弟见这情形，吓得倒退了几步。小老婆扭转头颅，向着倦夫道："我既嫁了你，也该给我认认这间房。自古道，先嫁房，后嫁郎。"

倦夫撮着笑脸道："房便有一间，逼仄得很，你见了别笑。"

当下便领着小老婆同到房里。小老婆把手搭在倦夫肩上，扭股糖般地扭将进去。娘女俩见她目中无人，都气得冷了半截，你瞧着我，我瞧着你，彼此都没话可说。却听得小老婆在房里发话道："你向我说些什么来？你说我进了门，和你家里这个一字并肩，不分大小，现在我才踏进你的门，新风新水，你便丢我的脸。这是怎么讲？我几曾惯叫人做太太来？她也是跟着你吃饭，我也是跟着你吃饭，谁是太太，谁不是太太，没的叫我低三下四，蒲鞋去服侍草鞋？你枉做了男子汉，却被脂油蒙了心窍，似这般人配唤作太太，将来见了猫儿狗儿，你也要叫我唤一声太太？"

娘子听到这里，竟变作斗姆娘娘降世，气得浑身瑟瑟地发抖。又听得倦夫轻轻地说道："你切莫生嗔，你爱唤她什么，便唤她什么，既然做了一家人，她绝不在称呼上面和你斤斤较量。这里是沿街浅屋，你若高声呼唤，吃邻舍人家知晓了，当作笑话讲，须不好听。"

小老婆道："天生我的形，地生我的相，嗓子高的低不得，嗓子低的高不来。我和你两口儿说话，上不瞒天，下不瞒地，因甚要低声下气，做那鬼鬼祟祟的模样？"

倦夫道："你又要多心了，嗓音高低，本来是各别的，你爱怎么响便怎么响，只是家和万事兴，你说话时须得和气一些，才不亏缺了礼数。"

小老婆啐了一声道："我有什么不和气来？我进门时赔着小心和她们相见，你见我亏缺了哪一桩礼数？要是她们懂得礼数时，这位宝贝千金见了我的面，怎么光把两只眼睛怪瞧，全没个称呼？自古道，踏上爷床便是娘，她既知书识字，怎么懂不得这个礼数？"

招弟听到这里，气得双泪直抛，把衣襟打个透湿。

倦夫家里，自从讨了这个小老婆，顿把肃穆门庭化作吵骂世界。单日一小闹，双日一大闹，闹得鸡犬不宁，鸟雀齐噪。从前枉说天盖着地，现在竟把地盖着天，可怜娘女俩哪里是小老婆的对手？只落得左一把鼻涕，右一把眼泪，楚囚相对，凄恫凄恫地哭个不住。娘女俩的哭声，倦夫听惯了，由她们哭得死去活来，倦夫的心里恰似胖子的裤带全不打紧。要是小老婆挤下一点两点的泪，宛比空中抛下两颗小炸弹，直把倦夫的心炸得粉一般碎。那时恼动了岳母张老太太，上门问罪，说倦夫不该纵容偏房，把她娘女俩欺侮。倦夫心向着小老婆，转说娘女俩不能容人，心肠忒窄。张老太太大怒，便把女儿、外孙女都接到自己家里居住，说："她们俩靠着做些活计，在我家里度日，强如啼啼哭哭，被那泼辣货的小老婆气死。"

倦夫见妻女不住左右，倒觉耳根清净，日间赴校授课，夜间拥着小老婆，有说有笑，好不快活。但见新人笑，哪闻旧人哭？自来薄幸男子，都逃不出这条公例，有时伏在案上，落笔嗖嗖，草那废妾会的宣言书，正写到"纳妾制度，万恶之制度也"。小老婆取出镜盒，拈了张粉纸，左一抹，右一抹，添补脸上的残粉，又把花露水擦抹着手腕，方才忸忸怩怩地走将过来，也伏在这张书案上轻舒粉臂，勾住倦夫的头说道："你在这里写什么?"这一问不打紧，却把倦夫这颗心在酒坛子里浸一个透，凭你什么正当的废妾理由，再也不能发挥半字。

欲知后事，且阅下文。

第三回

发传单五花八门
读露布一唱三叹

话分两起，书却平行。且说这个废妾会，原是石权娥首先发起，她为着会事，也曾向校长张明权那边征求意见。校长对于这事却另有一番见解，她说："你们的废妾运动，鄙人当然赞成，但有一个先决问题，这个问题解决了，那么厉行废妾便可势如破竹，迎刃而解。"

权娥问什么问题。校长道："这叫作宗法问题，中国的宗法社会，沿着数千年的积习，蒂固根深，牢不可破，他们巴巴地盼望子息，不外三种观念，一是献从羹饭，二是承受遗产，三是祭扫坟墓。鄙人的意思，我们与其主张废妾，不如先把宗法社会竭力推倒。第一打破羹饭观念，人已死了，食欲也同时消灭，子孙手里的一碗羹饭，和死者毫无关系；第二打破遗产观念，身后的一份遗产，不是一定要传给子孙的，倘使没人承受，便把来助了公益事业，一样可以留后人的纪念，强如一生忙碌，专替不肖儿孙做马做牛；第三打破坟墓观念，身后的坟墓，不是一定要仗着子孙祭扫的，倘使行了公墓的制度，一样可以年年祭扫，比着抛弃祖墓的不肖子孙，强过万倍。宗法社会的三种观念，果被我们一一打破了，那么运动废妾自然易如反掌。须知男子纳妾的心理，虽都为着好色起见，然而也有一部分的男子，挂着'不孝有三，无后为大'的招牌，宗法社会

138

不推翻，要他们实行废妾，宛比牵牛下井，赶着骆驼去钻那针孔，哪有美满的效果？"

权娥道："校长的理论虽高，然而要把宗法社会一脚踏翻，这却不是旦夕间可以奏效的。学生急不能待，只得先从废妾做起，别的事都不管，且发泄我这一口闷气要紧。"

校长点头道："你的家庭状况，我是素来知道的，难怪你这般激烈要做那废妾会里的急先锋。"

约莫一星期光景，权娥对于会中一切手续积极进行，会中经费早有了款，会中办事处早定了地点，镇日价东奔西走，四处运动，早把这双一尺零五分的白篷布鞋踏破了几层皮底，粒粒麻斑里面早镶嵌着粒粒珍珠。哪里来的珍珠？这不过编书的插一句诨话，其实是跑得热时，面上挂下的汗颗。所有同学的家里，她都走一个遍，奶奶社会里得了废止纳妾的消息，快活得什么似的，嘴扯得喇叭花一般大，眼睛挤成一丝半丝的缝，只有赞成，没有反对。

洪权媛的妈妈本是个妾媵出身，听得权娥主张废妾，想利用这个机会，取消妾媵名义，把姨太太化作了太太，便将一双金钏充作废妾会的经费，要求权娥在章程里面添列一条，说："所有人家已纳的偏房，一律都升作正室。"

权娥听了，很费着一番踌躇。待要容纳她的请求，只怕自己家里的偏房援以为例，那么作法自毙，拉了砖头压痛自己的脚；待要拒绝她的请求，又值会费竭蹶的当儿，撇不下这一双金钏。想了多时，好容易想出一条两全其美的计划，她在废妾会第七项简章底下添了一条附则，叫作"男子已纳之妾，或留或去，以曾否生痛为断。妾媵生有子女者，废止妾媵名义，称之曰妻；妾媵未生子女者，立时遣散，不得私自容留"。自从添了这条附则，洪权媛的妈妈欢天喜地，眼巴巴只盼废妾会早日成立，以便自己早日升作太太。

废妾会尚没开幕，风声所播，各处当作新闻乱讲，远远近近都得了消息。张老太太告诉她女儿道："好了，好了！小老婆的气数合

139

该完结了，毕竟世上有个公是公非，明白道理的委实不少，不见得都和你丈夫一般见识。听说有人创设一个废妾会，会里的宗旨，禁止男子讨纳小老婆，免得吵吵闹闹，家宅不安。似这般的举动，比着南海烧香功德还大，听说废妾会的会长是一位男教员，只不知道姓甚名谁，我想这位男教员定是个天字第一号的正人君子。"

按下张老太太的谈话，且说热心废妾的石权娥女士，一切布置都已完备，择定九月十三号开那正式的废妾大会，开会前数日，印成种种色色的传单，沿途散派，都由她的同学金权姑、鲍权贞、汪权宝、蔡权坤分任其事。传单上的标题五花八门，无奇不有，大约都是一问一答的口气，标题的是："什么叫作女同胞的救世军？是废妾！""什么叫作神圣女子的保障品？是废妾！""什么叫作万恶家庭的扫毒丹？是废妾！"而且上下两句都用着簇新的符号，上句是问话，用着打拳虫般的符号，表明是问讯口气；下句是答话，用着泪点般的符号，表明是惊叹口气。街头巷口粘着七纵八横的废妾会广告，淋漓浓墨，大书特书，写的是"万恶男子的判决书""女界称雄的先锋队""雌凤一鸣天下白""安排纤手整乾坤"，惹得往来行人，三三五五，驻着脚踪仔细停睛，也有点头的，也有皱眉的。还有须眉雪白的老者，撑起七十花的老光眼镜，瞧了一瞧，便长长地嘘了一口气，颔下长须芦花般地飘起，连说："反了，反了，真个不成世界了！"

就中有一对青年男女，也在那里站定脚跟，昂头瞩目，女的不识字，问着男的道："这花花绿绿的是什么广告，莫非城里新开着香粉店和那绸缎庄？"

男的道："这都是家里的石榴皮，翻出的新鲜花样。"

女的道："石榴皮翻得出什么花样？"

男的道："一言难尽，回家和你细讲。"

这时，旁立的人听了这没头没尾的哑谜，猜不出什么意思，撑起眼皮，都向这一对男女呆看。但见男的态度翩翩，衣服漂亮，女的婷婷袅袅，也有七八分姿色，倘然是一对夫妇，倒也算得天然佳偶，但不识他们俩和这废妾会告白有什么关系，又不识什么叫作石榴皮翻出新花样。这一对男女见旁人向他们瞩目，便离却人丛，踅入一条巷里，一壁走，一壁喁喁细语，谈论这石榴皮花样问题。

这一对男女端的是谁？编书的却先来揭破这个哑谜。男的姓卫名又玠，便是石权娥女士的丈夫；女的唤作纤纤，便是又玠新纳的偏房。卫氏和石氏本是至亲，又玠和权娥的亲事，还是幼年订定，郎骑竹马，妾弄青梅，两小无猜，一般都是玉雪可念的孩子。比及相隔十年，又玠越长得风流潇洒，权娥越长得痴肥臃肿，更兼十岁时候沾染着天花症，面上疏疏落落的麻斑便是天花纪念品。又玠瞧在眼里，便向他母亲面前立下誓愿，甘拼一辈子独身主义，决不娶这翻转石榴皮的女人来做浑家。卫太太听了，一时竟没做理会处，待要依了儿子和石姓脱离关系，却因权娥的母亲是她的胞妹，"离婚"两字怎便出口？待要不依从儿子，却因又玠斩钉截铁，立下誓愿，要是真个守了独身主义，卫姓的千年羹饭岂不就此断绝？踌躇了多时，毕竟想出一个两全的计较，一方面迎娶权娥来做媳妇，一方面准许儿子纳个美貌的偏房以补缺憾，将来一妻一妾，轮流做伴，各以半月为度，春色平分，彼此不得争执。又玠没奈何，只得依从了母命，但请向石姓预先声明，免得以后发生怨言。卫太太点头称善，果把这事向妹子石太太声明苦衷。石太太便告诉女儿知晓，权娥这时正在男权学校里肄业，英气勃勃，俯视一切，听了这话，一腔怒火都从脸上透现，粒粒麻斑渲染得血一般红，声言情愿一刀两断，和卫姓脱离关系，谁耐烦枉己从人，只嫁得半个丈夫？后经石太太再三劝导，权娥也便回转了念头，自知生就这副翻转石榴皮的容颜，便想另订姻缘，总不免放低眼光，格外迁就，哪里配得上翩翩少年和卫又玠一般漂亮的夫婿？与其嫁一个丑陋的男子，还不如嫁半个美貌的丈夫。想到这里，怒火都熄了，没奈何，也只得依从了母命。双方都是没奈何，勉强凑合，竟做了半夫半妇。权娥没奈何，把半个美貌丈夫忍痛割爱，又玠没奈何，把半个丑陋娘子皱眉接受，从名义上看来，居然是一夫一妇，从实际上看来，行使夫妇的职权，一月之中，只有半月，端的是实做那半夫半妇。

又玠娶妻纳妾同时举行，上半月在权娥那边度蜜月，下半月在纤纤那边度蜜月，然而夫妇俩的心理，彼此各别。权娥轮到这半个月，只觉得美景良辰，容易飞去，眼睛没多几眨，交卸的日子早已到期。又玠轮到这半个月，只觉得意味索然，挨一刻似一夏，盼杀这交卸日子，再也盼不到期。他们俩从结婚以来，直到今朝，约莫一年光景，彼此受那预定条约的束缚，都没话说，但是权娥心里怎肯就此罢休？完全的天赋人权横被剥夺，兀的不降低了女子的人格？她又听得某省的废妾党在省宪议会里大出风头，要把数千年相传的妾媵制度连根拔去，她不觉心花怒放，自言自语道："这才算得我们女界的福音。"因此轰轰烈烈，便组织起这个废妾会来。在那奔走会事的当儿，权娥的忙碌情形早瞧在又玠眼里，心坎里已猜出了八九，只是假作不知，由她去手忙脚乱，谁来多管？权娥见丈夫不向她盘问，她也无报告的必要，只是斜瞟着眼睛，从眼睛里投递那觉书，暗想：你这失节的丈夫，别在那里寻欢作乐，万恶不赦的纳妾制，转眼便要扑灭了。我们的废妾会一经成立，宪法里面一经列入废妾专条，那么强制执行起来，看你怀抱里的纤纤可能一辈子相偎相傍？又玠肚里也猜出权娥的用意，暗思：你别在那里做那废妾梦，中国的习惯和外洋不同，件件般般都可废，唯有妾媵废不脱，你枉自热腾腾地去磨这刀背，只怕鞋没有做，倒落了一个样。

这天，又玠陪着他的爱妾纤纤上街买东西回来，见了这街头告白，所以道一声是石榴皮翻出的新花样。

在那且行且语的当儿，纤纤道："她自己吃醋倒也罢了，人家纳妾不纳妾，和她没相干，谁要她吃这隔壁醋？"

又玠道："你别笑她，她的题目很大咧，她不承认是自己吃醋，也不承认替人家吃醋，她只说替那二万万女同胞争回人格。"

纤纤道："什么叫作人格？"

又玠道："便是做人的身份。她说一样都是妇女，平等看待，分什么贵贱？要是做了人家的小老婆，便不免低三下四，失掉了妇女的身份。她干这废妾会，她算一片好意，替女同胞争回身份。"

纤纤鼻孔里哼了一哼，道："她要吃醋，便老老实实开个吃醋会，不必借公济私，移花接木，欠了蜡烛钱，都划在卖红萝卜的账上。她懂得替女同胞争回身份，那么我第一次和她相见，她便不该朝南坐着，受我的参拜，她便不该逼着我尊称她一声少奶奶。什么女同胞女同胞，她见着我便大模大样，板起奶奶的面孔，全不把我当作同胞看待。她说的好听话，无非石乌龟喝水口不应肚，她要替女同胞出力，真叫作猫哭老鼠假慈悲。"

两人一路谈话，不觉已抵家门。才跨入里面，早有那一片书声随风卷入耳朵里，正读得声调顿挫，音节苍凉。又玠向纤纤摇着手，暗暗叫她停着脚步，当下两人都站立在书房左近，侧着耳朵窃听一下子。纤纤不识字，觉得没甚好听，把头凑将过去，在窗缝里细细偷觑，却见权娥靠窗坐着，面前摊着一张纸，摇头摆耳，读得正自热闹。读书的姿势大有可观，眉毛忽低忽昂，嘴唇忽翕忽张，面皮忽收忽放，粒粒麻斑都随着面皮活动，麻腔忽起忽伏，麻潭忽深忽浅，倒是绝妙的玩意儿。又玠闭目凝神，却听一个透彻，他听权娥读道："纳妾制度者，万恶之制度也。祸深于洪水，毒甚于猛兽，罪逾于杀人越货，纳妾之制度不除，吾女界其无重见天日之时矣！"读到"矣"字，延长着声调，约莫延长了三四秒钟。又听得她作一口气读道："吾对于此制而适适焉惊，悁悁焉悲，恻恻焉心动，涔涔焉泪下。吾思之，吾重思之，出二万万女同胞于水火，而登诸衽席，舍废妾其何由哉？废妾会之设，余不得已也。"读到这里，听她停顿了片响，又提高着嗓子读道，"废妾会者，妇女界之福音，万恶男子之罪状，判决书也。"读到这一句，她又手着书案，喃喃自语道："又玠，又玠，你的罪状不久也要判决了。"又玠听了，不觉好笑，

143

赶快捂着嘴，然而咯嘞的笑声早从牙关透出。窗里的权娥知道窗外有人窃听，三脚两步，出来打一看时，先见了又玠，不觉掀唇一笑，又见纤纤也在这里，却把面皮板起，分明怪着她不该在这里窃听。纤纤受那名分束缚，没奈何，迎步上前，唤了一声"少奶奶"，权娥略把头点了一点，又似招呼又似不招呼。纤纤低着头，自回房去。又玠也想跟着她走，权娥道："且慢，我有一篇宣言书，是宇宙间有数的大文章，你来得恰好，请你正襟危坐，细读一遍，也增长得许多学识。"

又玠老大不愿意，怎禁得权娥伸出又粗又胖的手腕，把又玠的胳膊拖住，一时身不由主，只得跟着她走。直到里面坐定，便捧着这篇宣言书，送给又玠过目。

又玠约略看了一遍，笑说道："废妾有废妾的理由，纳妾也有纳妾的理由，这篇文章做得虽然剀切，只是片面的观察，算不得定论。"

权娥把脸上的麻斑一齐涨得高高的，厉声问道："怎见得是片面的观察？"

又玠笑道："公说公有理，是公一方面的观察；婆说婆有理，有婆一方面的观察。这篇宣言书是婆的文章，却不是公的文章。"

权娥呸了一声道："你分明在那里做梦咧！你道这篇宣言书是我女界的手笔吗？果然出我女界的手笔，便难怪你说是片面的观察，谁料偏偏不是我女界主稿，却是我们的吴倦夫先生稿。这位吴倦夫先生，又光明又磊落，他不但撰着这篇血性文章，并且愿做我们废妾会里的领袖，他虽是个男子，却和一班堕入下流的失节男子截然不同，他把纳妾制度看得似蛇蝎一般毒，他算得是先知先觉的男子。这番来做会长，一方面是尊重女子的人格，一方面也要把那堕入下流的失节男子援登彼岸。你想他的宗旨纯正不纯正，他的愿力伟大不伟大？"

说时，把眼睛斜睨着又玠，立待答话。又玠明知她语有注射，句句都道着下官，然而不肯示弱，鼻孔里哼了几声，冷冷地说道："算了吧，算了吧！似这般血性男子，听了也令人作恶。你看女学校里的男教师，哪一个不拜倒榴裙，把女学界捧得似天一般高？他的教育事业，脱不了裙带关系，恭维女学界便是巩固自己的饭碗，他当着你说废妾废妾，背着你安知不说纳妾纳妾？"

权娥拍案大怒道："你自己干了亏心事，却把光明磊落的人一齐拖入浑水里，你的狗嘴里落不出象牙，你是狗咬吕洞宾不识好人心。"

夫妇俩你一言我一语，吵得正自热闹。却说纤纤等待又玠不来，心头异常纳闷儿，暗思：这位石榴皮奶奶大有强盗行径，在这半个月里，又玠是我的丈夫，不是她的丈夫，她竟不讲道理，硬把我的丈夫拦路劫去，端的存着什么心？正在肚里打量，却听得书房里一片喧闹，多分是夫妇俩在里面斗口。单是斗口不打紧，万一斗起力来，这石榴皮奶奶拳头又大，胳膊又粗，我的卫郎哪里是她的对手？要是有些失错，怎叫我不心疼？当下蹑手蹑脚，躲在书房左近，窃听动静，里面夫妇俩当面抢白，多半夹杂着书句，什么应有之权利咧，一定之趋势咧，效果适得其反咧，她听了都莫名其妙。又听得石榴皮奶奶提起嗓子高唤着："总离婚，总离婚，我也要加入总离婚！"纤纤自唤声："啊呀！什么叫作总离婚，难道大小老婆一总都要和卫郎离婚？她要和卫郎离婚，谢天谢地，我要和卫郎离婚，难上加难。"又听得卫郎说道："你要加入总离婚吗？很好很好，你立刻提出辞职书，我便立刻批准。"

又听得乒乓一声，仿佛是掼碎了案头的水盂，接着石榴皮奶奶怒声道："你指望和我离婚，我偏偏不和你离婚。你听了什么人的撺掇，想叫香工来赶走和尚？我须是堂堂皇皇正式结婚，不比低三下四的贱婢，要合便合，要离便离，都由得你自己做主。"

纤纤听到这里，心头怎不气恼，待要插身进去，她正和自己吃醋，见了我的面，益加闹个无休无歇；待要由她吵闹，只是声势汹汹，打架便在目前。家里的老太太又是烧香未回，除了自己，更没个人可以相劝。正在踌躇的当儿，恰见佣妇进来报告，说："前街的洪姨太太和她女儿权媛小姐都到这里来找少奶奶谈话。"又玠便乘势退出书房，自和纤纤同到房里诉说权娥的不是。

欲知后事，且阅下文。

第四回

喜洋洋洗尽脂粉气
话叨叨打断梵呗声

　　且说权娥听说洪姓母女到来，赶把方才摜破的水盂收拾一旁，又把案上整理一下子，然后吩咐佣妇："请她们进来相会。"

　　没多片刻，只听得一片声的"倦卧鸡，倦卧鸡！"从外面叫将进来，怎么叫作倦卧鸡？原来洪权媛刁嘴欠舌，音带不清，她嘴里叫的是"权娥姊"，人家耳朵里只听得是"倦卧鸡"。

　　权娥从书房里迎将出来，收拾怒容，变换笑态，亲亲热热地唤了声："洪伯母！"把母女俩让入里面，分宾坐定。佣妇送上香茗，唤了一声："姨太太、小姐用茶。"却被权娥喝住道："好没规矩，人家不久要做太太了，你怎敢把姨太太混叫？亏得洪太太器量大，要不是，松脆的耳刮子给你受用！"

　　佣妇受了申斥，恰似丈二的和尚摸不着头脑，噘着嘴退到外面，一个儿自言自语道："奶奶的脾气委实古怪，家里的小老婆只许我唤声姨奶奶，人家的小老婆却要我唤声太太……"

　　那时，书房里的洪姨太太喝了一口茶，笑向权娥说道："卫少奶奶，你毕竟是个玲珑剔透的人，猜得出人家的心事。我想世上最刻薄、最恶毒的称呼，便是太太上面加着一个'姨'字。他们瞧得上我便唤我一声太太，也没妨碍；瞧不上我便没个称呼倒也爽快，只不要太太上面加着一个'姨'字。只为说到'姨'字，宛比挂着小老婆的招牌，贴着小老婆的报单，你想害臊不害臊，倒霉不倒霉？"

权娥笑道："洪伯母，你家妹妹也这么大了，你是名正言顺该唤一声太太，况且废妾会章程即日实行，生有儿女的偏房一例都做正室相待，哪个敢看不上你老人家？"

洪姨太太道："卫少奶奶，你真是佛心佛肚肠，你把这事办好了，便是我的重生父母、再世爹娘。自古道，知恩不报非君子，我该替你卫少奶奶立个长生禄位，每逢初一十五，扑通扑通地磕几个响头。"

权娥笑道："笑话笑话！洪伯母快休这般说，免得折了侄女的草料。"

洪姨太太正色答道："我的说话都打从心眼里出来，谁和你取笑？因为我生平最恨着一个'姨'字，要没有你卫少奶奶替我做主，废掉这个'姨'字，我便一辈子被人唤作姨太太，左一个姨，右一个姨，姨到了死才休。"

权媛也连唤着"倦卧鸡"，刁嘴欠舌地说道："我在街坊行走时，旁人指指点点，都说我是小老婆生的，听了怎不惹气？待过了九月十三号，有人再说我是小老婆生的，我便说得嘴响，和他开个谈判。"

权娥抡着指头道："开会的日期，只隔得三天了，待过了九月十三号，所有种种贬损女子人格的称呼，偏房咧、侧室咧、姨太太咧、小老婆咧，一股脑儿都成了历史上的过去名词，全国纳妾制度根本推翻，料想世上的失节男子，任凭怎样贪色，也只得断绝了纳妾的念头。要是再敢纳妾，一经人家告发，便犯了大逆不道的罪名，至少也要判决一个死刑。"

洪姨太太把舌尖儿一吐道："我们的废妾会章程，不信有这般的厉害。"

权娥道："我们订定的章程算不得厉害，还有比着我们厉害的呢！听说杭州废妾团的女同志会和省宪议会里的议员定下约法，说不把废妾案通过，他们便要闹起惊天动地的总离婚。这分明是半空里起个暴雷，直把议员先生吓个半死。"

洪姨太太道："什么叫作总离婚？好像生了耳朵，从不曾听过有这句话。"

权娥道："我有一个比喻，你听了便该明白。假如政府定下丧权辱国的条约，我们做国民的，理该要求废约，废约不成，便拼个重大牺牲，闹起全国的总罢市、总罢学、总罢工，不怕政府里不容纳国民的要求。现在我们女界要求废妾，事同一例，废妾不成，便拼个重大牺牲，闹起全国的总罢妻，所以总离婚的名目，也可唤作总罢妻。这总罢妻的风潮比着罢市、罢学、罢工，要加千百倍的厉害，议员们得了这个消息，比着判决他们的死刑要加千百倍的痛苦。这辈臭男子，无非是色中饿鬼，谁肯把废妾案反对到底，白白地牺牲了自己家里的老婆？"洪姨太太听了，只是连连点头。权娥又抿着嘴笑道："横竖洪伯母不是客气人，我有话便讲一个畅，就算略带些粗俗，想你也不见怪。洪伯母，你看世上的男子，没老没少，十个里面倒有七八个交着桃花运，他们三个月没有老婆，任凭一等道学家，这颗心总在腔子里跳出跳进，睡在床上，不是一递一声地黄牛叹气，定是左一骨碌右一骨碌，外床滚到里床，里床又滚到外床，直从黄昏时候滚到东方发亮才休。我们恫吓这辈臭男子，不用手枪，不用炸弹，单单提起'总罢妻'三个字，早把他们吓得魂飞魄散、屁滚尿流，自然要如何便如何。我们主张废妾，谁敢不赞成废妾？"

洪姨太太听到这里，仰起脑袋，思索了一会子，忽然拍着手笑道："这个总罢妻的方法，委实是巧妙得很，当着卫少奶奶，我便开了天窗说一句亮话。"说时，跷着大拇指道，"废妾废得成，我便安安稳稳做我的太太，废妾废不成，我也安安稳稳做我的太太。"

权娥诧异道："废妾废得成，你做你的太太，这是可替你立下保单的。废妾废不成，你也要做你的太太，我却不懂你存些什么意思。"

洪姨太太道："卫少奶奶是聪明人，怎么猜不透我的意思？你想废妾废不成，大家闹起总罢妻，我们家里的老婆子自然也要和老头儿断绝关系，老婆子走了，只有老头儿和我做一对儿，我不是安安稳稳地做了太太？"

权娥笑道："洪伯母，你真老大地误会了，要是废妾废不成，无论大老婆、小老婆，一律都要和男子断绝关系，谁许你安安稳稳和你家老伯做一对儿？"

洪姨太太点头道："原来是这般讲，废妾废不成，我却占不着便宜，那么还是巴望废妾废得成，我便好和我家里的老婆子一字并肩，做一对平等的太太。但是一个男子讨了两个大老婆，究竟中华民国可有这般的规矩？"

权娥道："怎说没有？一国有了两个大总统，自然一家也该有两个大老婆。"

那时，窗外有个妇人听到这两句话，连连地瘪着嘴，蹑手蹑脚，自回房里，向着又玠报告道："卫郎，你派我去窃听她们的动静，早听出了满肚皮的闷气。她把自己家里的小老婆放在脚底下乱踏，却把人家的小老婆捧得天一般高，她向姓洪的婆娘说一国有两个大总统，一家也该有两个大老婆，她懂得这层道理，因甚不把我当作大老婆看待？"

又玠替纤纤揉胸道："别寻气恼，由她去混话。"

纤纤又把权娥说的男子三个月没有老婆便要怎么长那么短讲了一遍。又玠唾了一口涎沫道："似这般翻转石榴皮的奶奶，放在我家里倒惹得我要黄牛般叹气，一夜不得安眠。她若肯把脚底给我看，我便心花乱放，一觉直睡到天亮哩。"

按下这两人的私语，掉转笔头，再说权娥和洪姨太太谈了些闲话，便说到开会的一天，奉屈洪伯母充任废妾会名誉会员，所有会员册上，须得添列洪伯母的大名，只是洪伯母的大名尚不曾请教。

洪姨太太笑道："我没有大名，只有小名儿。"

权娥道："便是小名儿也不妨，你的小名儿端的叫作什么？"

洪姨太太道："我的小名儿……"

说到这里，咯嘞地一笑，丈二长的豆芽菜，忽然老嫩起来。旁坐的权媛插嘴道："倦卧鸡，妈妈不肯说小名儿，我来替妈妈说。"

权娥道："你说也好，令堂的小名儿端的是什么？"

权媛刁嘴欠舌地说道："妈妈的小名儿是爹爹替她取的，叫作腌猪。"

权娥皱着眉心道："腌猪便是卤肉，怎好取作小名儿？敢怕你爹爹有意和她开玩笑？"

洪姨太太笑道："这丫头刁嘴欠舌，说话不清，我的小名儿是香粉店里的胭脂，不是卤肉庄上的腌猪。"

权娥沉吟片晌道："这便是'胭脂'两字，也不甚堂皇冠冕。洪伯母，须知我们办的废妾会，是个惊天动地的事业，会员的名字也该洗尽从前的脂粉气，侄女斗胆，便替你换上一个音同字异的名字，不叫作胭脂，叫作一志，便是一心一志推倒男子阀的意思。洪伯母，你道好不好？"

洪姨太太没口子地说好，权娥便在一本小册子上写上"洪一志"三个字，又在抽屉里面拣出一块腰圆式的铜片，上面横鏨着"废妾会名誉会员"七个字，恭恭敬敬地送给洪姨太太，说："在开会的当儿，挂起这个徽章，比什么东西都体面。"

洪姨太太接在手里，觉得轻飘飘，没有分量，暗想：这半铅半铜的一层薄皮，价值委实不轻，我花着五两六钱七分重的一双赤金手钏，才博得这小小的照会，有了这照会，吾便是奉旨奉宪的正式太太，家里的老婆子再也奈何我不得了。当下谢过权娥，藏过照会，欢天喜地地携着女儿告别回家。权娥送到门口，殷勤话别，直待母女俩走远了，方才返身入内，不在话下。

再说洪姨太太同着女儿权媛，一路行走，恰似哑巴拾着黄金，说不出的欢喜。暗想：做了十六年的小老婆，气也受得够凶，到了

151

今朝才有个出头之日，从此我和老婆子一色打扮，不分大小。将来权媛出嫁时，老婆子身穿红裙，我也要身穿红裙；老婆子朝南受礼，我也要朝南受礼；老婆子靠着老头儿左肩坐下，我也要靠着老头儿右肩坐下。两口儿同做大老婆，我是有照会的大老婆，她是没照会的大老婆，比较起来，敢怕我还硬过她三分。洪姨太太想到这里，浑身骨头都减轻了重量，两只裙里腿又松又快，只管向前跑走。

权媛诧异道："妈妈，自己的门口都跑过了，你要跑向哪里去？"

洪姨太太定神一看，果然多跑了半条巷，自己也忍不住地好笑，赶忙掉转身躯，径回自己家里。才进门口，劈面撞见家里雇用的周妈，急张急智地唤道："姨太太回来了，老爷见时候不早，差遣我到卫宅接取姨太太和小姐回来……"

话没说完，洪姨太太早板起面孔，向周妈翻着白眼道："什么姨太太长姨太太短，你料定我一辈子做姨太太？再过三天，你敢唤我一声姨太太，拦嘴一巴掌，打得你七荤八素。"

周妈没头没脑讨了一场没趣，嘴里不作声，肚里自思：这婆娘撞见了什么邪鬼？我好意唤她一声，倒惹她一顿排揎。当下母女俩同入里面，却见大老婆正在那里念经，姨太太把头略点一点，行一个平等礼数，并不按着向例，尊称一声太太。亏得大老婆心无二用，没口子地揭谛揭谛，波罗揭谛念得热闹时，却不曾在这礼数上面特别注意。那时权媛自去游玩，姨太太径到厢房里找那洪老头儿讲话。

洪老头儿正撑起眼镜，躺在一张藤榻上，一手捋着花白胡须，一手执着报纸，在那里阅报。听得脚步声，便放下了报纸，把眼镜向上一捋，移在额角上面，开放着两只笑眼，亲亲热热地唤了一声胭脂，姨太太却不作声。

老头儿道："胭脂，你才回家吗？"

姨太太又不作声。

老头儿奇怪道："胭脂算什么？叫你不答，唤你不应？"

姨太太翘着嘴唇，没好气地坐在一边，手托着脸蛋儿，依旧不则一声。

　　老头儿只道是妻妾之间又淘了什么闲气，便放掉了报纸，把藤榻拖过几步，挨近姨太太坐下，装着笑脸，悄声儿问道："胭脂，你为什么不快活？敢是又受了太太的委屈？好胭脂，你只看我分上，揉揉肚子，不和她较量，那便大事化作小事，小事化作无事。"

　　姨太太冷笑道："你别胡猜乱测，她也不能委屈我，我也不配受她的委屈。"

　　老头儿搔头摸耳，猜不透这个哑谜，便道："胭脂，你说了吧！胭脂胭脂！"

　　姨太太啐了一口气道："谁要你唤什么魂，开口一声胭脂，闭口一声胭脂，我也不唤作胭脂，便唤作胭脂，你又不是我的老子，没的口口声声总牵着我的小名儿。"

　　老头儿诧异道："这真奇极了，你的小名儿我已唤了十余年，怎么到了今朝，忽然反对起来？"

　　说时，重把眼镜移下，低着头阅那报纸，却不和姨太太说话。

　　姨太太喃喃自语道："要是做了男子，该把女人的小名儿乱唤，那么你见了她，不该太太长太太短，便该开口一声阿翠，闭口一声阿翠。"

　　老头儿听得唤起他浑家的小名儿，忙不迭地向着姨太太摇手，丢去报纸，卸去眼镜，蹑着脚步到外面窃听一下子，但听得色不异空，空不异色，色即是空，空即是色。他浑家依旧在佛龛前面念经，小老婆的话不曾被浑家听得，便暗暗唤声侥幸。回到厢房，拍着姨太太的肩窝道："你别打草惊蛇，惹出一场是非，有话放在肚子里，到了晚间，和你在枕上谈论。"

　　姨太太怒道："我的说话须是正大光明，因甚要躲在被窝子里，瞒着人讲话？"说时，摸出这个半铜半铅的徽章，向着老头儿面前一扬道，"你瞧你瞧，从前没有这个时，被你们呼来喝去，把我当作下贱人看待；现在有了这个，我的身份可不小，别说见了你们不该低头服小，便是见了南北大总统，我也只哈哈腰，行一个平等的礼数。"

老头儿见这情形，又好气又好笑，便道："我本来心里奇怪，近来你和卫家的麻面媳妇因甚的这般莫逆？原来你们打成一气，在那里干这废妾运动。胭脂，你别痴吧，她要废妾，自有她的用意。她家现放着一个娇滴滴的小老婆，和卫又玠你怜我爱，打成火炭般热，麻子一肚皮的酸醋没处发泄，才想出这个假公济私的计较，好把小老婆驱逐出门，你却何苦来？自身便是小老婆，却也混在废妾队里，主张废妾，分明伸着自己的拳头去舂自己的嘴，提起自己的手掌去打自己的耳刮子。"

说到这里，便又躺在藤榻里，仰着脸一迭声地嘘气。姨太太道："原来你不曾明白我们会里的章程，我们的章程定得很是公平，所有人家的偏房分作两般办法：不曾生过子女的叫作小老婆，照我废妾会的办法，便该立时和男子离异；已生过子女的不叫作小老婆，照我废妾会的办法，便该留在家里和大老婆一般抬举。"

老头儿听了，似信非信，还不曾说什么，却听得外面一片声地唤起太太来，声唤的便是周妈，她从市上买东西来请太太过目。太太正忙着念经，生怕打断她的经卷，懒得答应，说时迟，那时快，厢房里的姨太太急匆匆抢将出来，连连答应道："来了，来了！周妈，你唤我做甚？"

周妈茫然道："我不曾唤你，唤的是太太。"

姨太太道："我便是太太，不唤我，却唤谁？"

周妈道："啊咦！我今天戳了什么霉头，你只把我来作弄？方才好好地唤你一声姨太太，你便夹七夹八把我乱骂，说你过了三天便要做太太，现在我唤我的太太，和你没相干，却要你来冒认太太。"

姨太太破口骂道："你这下贱东西，狗眼看人低，怎敢把我来顶撞？她也是太太，我也是太太，你含混唤一声太太，我晓得你是唤谁？"

周妈冷笑道："一位老爷怎有两位太太？你不害臊，我倒替你害臊。"

姨太太骂道："放你的陈年宿垢辣臊臭狗屁，你懂得什么屁事？一家有两位大太太，有什么稀罕？堂堂正正的中华民国也有南方大总统、北方大总统！"

念诵心经的洪太太嘴里念经，耳朵里却听得清切，不觉怒从心上起，恶向胆边生，骂里带经，经里带骂地吵道："反了反了，贱人放肆到这般地步，怎还了得？受相行识，亦复如是，舍利子……待我念完了这遍心经，揭破你的皮，撕破你的嘴……不生不灭，不垢不净，不增不减。"

老头儿在厢房里暗暗唤声不妙，南北争做大总统，开火便在目前，敢怕又是我老百姓的晦气。

姨太太对于大老婆向来惧怕三分，现在有了小小的徽章，胆气却壮大了十分，今天拼闹个马仰人翻，这叫作江湖郎吞铁剑，俺这里偏偏吃硬。当下便把方才摸出的徽章佩挂在衣襟上面，挺胸凸肚，大模大样地走到大老婆面前，指指点点地嚷道："你骂谁？谁配你骂？"

洪太太啐了一口道："我便骂你这贱人。"重又念道："无无明，亦无无明尽。"又骂道："贱人这般大胆，天没有箬帽儿般大了。"重又念道："乃至无老死，亦无老死尽。"

姨太太也骂道："瞎了乌珠的老婆子，你敢骂我，你道我是谁？我是赫赫有名的废妾会名誉会员，你敢辱骂会员，该当何罪？明儿开个全体大会，判决你的罪名……"

话没说完，恼得大老婆跳将起来，一串百八牟尼珠向小老婆脸上直掼。姨太太喊将起来道："好好，你竟辱打会员了，老婆子，你不要撒野，和你到会里讲个理去。"

说时，便伸手来拉大老婆的领圈。尚没拉得到手，突见斜刺里钻出一个和事佬，把姨太太的手腕拦住，颤声儿说道："有话好好儿讲，休得动手动脚，伤了和气。"又回头向大老婆说道："太太，别着恼，看我分上，别和她一般见识。"说时，下死劲地把姨太太拖回厢房。

姨太太指手画脚，赖着不肯走。老头儿满头极汗，滴溜溜从花白胡须上滚下。洪太太气得脸都发青，和成精的冬瓜一般，喘吁吁地说道："好一个男子汉大丈夫呀，把小老婆纵容到这般地步，还成什么人家呀？"又指着姨太太道："你要和我讲理，我便请到了洪姓的亲戚族长，先和你讲一个理。毕竟谁的理长，谁的理短？"又提高着嗓子唤周妈道："你替我把诸亲百眷都去请来！"

周妈道："太太要请谁？"

太太扳着指头道："本家老太爷、十字街太舅老爷、二舅老爷、石皮弄大姑太太、丁家巷三姑老爷，你一家家都去走一遭，说我们家里小老婆造反，请他们快快前来判个是非、定个曲直。"

周妈暗暗好笑，又不报什么丧，叫我东奔西走，哪里来得及？小老婆也嚷道："老婆子，凭你兴兵召将，俺这里拳头上立得人，胳膊上跑得马，却怕谁来？"

嘴里这般说，脚步却向厢房里走。原来她毕竟怀抱着几分鬼胎，自己的废妾会尚不曾正式成立，小老婆的名目尚不曾正式取消，要是请到了诸亲百眷，毕竟大老婆的理长，小老婆的理短，她既这般着想，怒火便打灭了一半，退到厢房里，呜呜咽咽地哭将起来。

权媛瞧见娘哭，便也跟着同哭。老头儿见小老婆躲过一旁，便知这场大决斗可以幸免，惊魂略定，额上汗点子也干了一半，抹了一抹脸，透了几透气，搭起唱喏架子，向着大老婆接二连三地打躬作揖，忙不迭地说："太太息怒！"又凑到太太耳朵边，轻轻说道，"这贱人这般无礼，我须大大地把她责罚管教，不出三天，在太太面前磕头请罪。"

说时，又眼瞧着厢房那边，生怕被小老婆听在耳朵里，到了晚间，又要闹个无休无歇。周妈在旁问道："毕竟可要到这几家去报信？时候快要晚了，路又很远，哪里来得及？"

老头儿道："说说罢了，谁要你去报什么信？"

太太道："胡说，说得到，干得到，谁做些假意？"

老头儿又连连打了几个躬作了几个揖，又凑到耳边说道："太太，你权把气按捺一下子，过了三天，她不向你磕头请罪，我便替你把几家亲族一齐请到，也不算迟。"

太太却不过丈夫的几番央求，才解了胸头恼怒，拾起百八牟尼珠，依旧念那未完的心经。老头儿把大的一方面疏通就绪，然后回到厢房里，又去疏通小的，一方面却见小老婆凄恸凄恸哭得泪人儿一般，点点泪颗打从胸前滚下，直把初出风头的废妾会员徽章也沾染了泪点。老头儿摸出手帕替小老婆拭泪，轻轻说道："你别哭，你哭了，我这一颗心比着刀割还疼。"

姨太太带哭带说道："你别人前说人话，鬼前说鬼话，她待我这般凶横，你枉做男子汉大丈夫，却不说一句公道话，颠倒向她打躬作揖。"

老头儿抵赖道："冤哉枉也！哪有这桩事？"

刁嘴的权媛在旁边做那证人道："爹爹打躬作揖，吾都瞧得清清楚楚，拢总打了七个躬，作了八个揖。"

老头儿笑了一笑，便向小老婆道："我便照这数目，也向你打七个躬，作八个揖，你该没的什么说了。"

说时，果然七拱八揖，连连向小老婆施礼。姨太太方才破涕为笑，停止了哭声。老头儿又凑到小老婆耳边，轻轻说道："你要争做太太，也该暂缓几天，且待废妾会成立，废妾章程通过以后，你才是堂堂正正的太太。她便吃醋，也奈何你不得。若在这时便争做太太，宛比不经国会选举的总统，只算得一个非法总统，稀什么罕？"

姨太太也觉得自己过于性急，便纳了老头儿的忠告，不再淘气，一块名誉会员的徽章暂时藏着，且待九月十三号再出风头。老头儿挨了一身臭汗，才把大小双方疏通就绪，只落得腰背都疼，手脚齐酸，躺在藤榻上，大大地休息一会子，肚里盘算道：好在三天以内，便要开会，废妾通得过通不过，到了那时，自有眉目。通得过时，大的倒霉，通不过时，小的晦气，好好歹歹，都看她们的运气，和我没相干。又想道：我洪竹坡只有一妻一妾已经闹得眼暗头昏、人困马乏，现在政界里的一等阔人，谁不讨纳一打半打的偏房，专在家庭里面调和醋潮，早已忙个不了，哪有闲工夫去干那为国为民的事？没怪时局一团糟，糟到这般地步。

欲知后事，且阅下文。

第五回

旗影飘扬正式开幕
琴声断续全体唱歌

却说时光容易，一眨眼便是九月十三号，轰轰烈烈的废妾会便择定在这天开幕，全体会员一个个精神抖擞，意气飞扬，上半天举行示威运动，下半天宣告正式开幕。一俟大会成立，废妾议案在省宪议会里完全通过，便要选择本月二十一日酉时举行提灯大会，庆祝女界大胜利，做个特别纪念。从此援以为例，每逢是月二十一日酉时，唤作废妾纪念日，须得年年庆祝，永志弗谖。

编书的写到这里，笔尖儿大起忙头，端怕说了这桩，丢了那桩，千头万绪，一时间诉说不清，因此上耐着性儿，只得一桩桩、一件件，按部就班，逐层交代。

且说废妾消息，自经石权娥一辈女士遍张告白，广发传单，一传十，十传百，城内城外，四乡八镇的男男女女，谁不播作新闻，诧为奇事。又听得开会以前，有结队游街的示威运动，闭会以后，有二十一日酉时的提灯庆祝，似这般兴高采烈，耀武扬威，益加惹起种种社会的注意。

到了九月十三的一天，废妾队尚没出发，大街小巷，逐户挨家，堵墙也似的排了许多看客，没老没少，没村没俏，大家盼得眼穿，望得颈酸，比着看赛会、看出丧还要加倍热闹，异常起劲。这轰轰烈烈的废妾队示威运动，全体出发，约莫有四五百人，就中划分三队：一是本校同志，男权学校里一百多名生徒，一体列入；二是女校同志，附近的女校生徒陆续加入，也有一百多名；三是社会同志，无论新旧社会的妇女，只要赞许废妾，便可列队游行，人数有二百多名，热心做太太的洪一志便是其中的一分子。废妾队的前面，有全部军乐，大吹大摆，他们装腔作势，耀武扬威。军乐队的后面，飘飘扬扬，张起一面六尺见方的白绸大旗，长幡竿，锡葫芦，连同旗帜，足有一丈多高。旗帜中央四个剪绒大字，叫作"废妾运动"，左右还缀着十个小字，叫作"推翻男子阀，巩固女儿权"，出发的当儿，浩浩荡荡，直向大街小巷而来。

两旁看客万头攒动，春雷也似的喝起彩来。可惜美中不足，却有两桩缺点，不免讨人家议论，惹人家笑话。

第一桩便是前导的军乐队，完全都是男子充当，只为这一辈英雌虽则英气勃勃，目空一世，然而要她们吹起尺许长的大喇叭，擂起车轮般的大铜鼓，一时却甚难其选。没奈何，楚材晋用，雇用几名专做婚丧营业的军乐队，头蟊白缨，肩荷金章，在前面惊天动地地鼓吹起来，却惹得人丛里面几位酸溜溜、文绉绉的先生一时间嘴痒难熬，各各擦着鼻尖，你一言我一句地议论不休。甲说："怎么妇女们的废妾运动却用着男子在前面鼓吹？"乙说："当然要用着男子在前面鼓吹，男子不替她们鼓吹，这废妾议案便经一百年也不会通过。"丙说："这辈男子也忒煞没宗旨，呜呜呜，咚咚咚，拼命地替她们鼓吹，这叫作长他人的志气，灭自己的威风。"丁说："军乐队本是营业性质，金钱便是他们的宗旨。今儿受废妾队里雇用，呜呜呜，咚咚咚，拼命地鼓吹；明儿受纳妾团里雇用，呜呜呜，咚咚咚，也是拼命地鼓吹。"众人对于军乐队都是冷嘲热骂。

军乐队过去，又有第二桩的缺点映入众人眼帘，早惹起一片笑声，异常喧闹。原来掮着这一面废妾大旗的不是女界的英豪，却是男界的奴隶。依着石权娥的主张，这面光明正大的旗帜，关系重要，定要在女同志手里执掌，无如这辈女同志，愿力虽然宏大，腕力却甚薄弱，平时挽着绸制小行囊，提着纺绸女伞，尚觉得累赘笨重，现在叫她们执掌这一丈多高的大纛旗，分明是蜻蜓摇石柱，哪里执掌得住？便算执掌得住，一经那秋风拂拂，把旗吹刮得紧，掌旗的一阵乱晃乱摇，险些连人带旗一齐扑翻在地。权娥没奈何，只得把掌旗的职役唤那校里挑水的痢痢阿三舞动大旗，一些不费气力，旗竿上的锡葫芦和他头顶上的油葫芦，亮晶晶一般光滑。人家见这情形，要是不识字的，还不觉得什么可笑，偏有几位拘文牵义的学究先生少见多怪，瞧瞧旗帜上的字样，又瞧瞧掌旗的人物，忍不住拍手大笑。许多瞧热闹的便也和在里面混笑。

学究先生道："这掮旗的真是个混账人物，旗上写的推翻男子阀，掮旗的便是个男子，莫非他自己要推翻自己？"

旁边站着几个善说冷话的酸秀才，冷冷地说道："有什么好笑？现在的时髦人物，都和这掮旗的痢痢一般，本身便是个军阀，却掮着推翻军阀的旗帜，本身便是个民贼，却掮着讨伐民贼的旗帜。"

按下旁人议论，单说掮大旗的过去以后，接着便是一对对的废妾同志，胸前都佩挂着秤锤形的徽章，手执着五色小旗，旗上标题着很激烈的字样，什么"不废妾毋宁死"唎，"纳妾制度死不承认"唎，"妻与妾不两立"唎，个个趾高气扬，精神焕发，从队首直至队尾，绵亘有一里多长。

最后押队的便是这位石权娥女士，她手里掌着一面绸制的大楯，大楯上面题着"总离婚"三个大字，这便是把总离婚做后盾的意思。然而许多不识字的见了这副奇形怪状，都猜不出是什么道理，只道是提着一块遮丑牌遮在前面，叫人家瞧不见她的满脸麻斑。

会员洪一志列队游行，打从自己门前经过，瞧见老头儿、老婆子都在门前闲看，她便伸伸脖子，挺挺腰，眼睛瞧着云端里，大模大样地走过了，不向老夫妇打个招呼，惹得老头儿胡须乱翘，老婆子鬼火直冒。

又珩携着纤纤，也在门前瞧热闹，瞧见他们这般声势，老大地不服气，却向纤纤说道："他们打干废妾，俺这里偏偏打干纳妾，明儿纠集几个同志，开一个纳妾大会，也好雇着全部军乐，大吹大擂，实行那纳妾团的示威运动。毕竟她强过我，还是我强过她？"

废妾队游行街市一周，沿途又散派着许多传单。金权姑、鲍权贞、汪权宝、蔡权坤四位女士，打扫着嗓子在街坊上轮流呼唤道："列位女同胞呀，快到我们会里来听演讲呀，会场的地点是在河东街狮子桥呀，这是千载难逢的机会，空前绝后的盛举！女同胞，女同胞，休得当面错过这良缘呀！"

又唤道："今天开的大会叫作废妾成立大会呀，一点钟开会，五点钟闭会呀，来呀来呀！无论男宾女宾，都是一律欢迎的呀！再过八天，我们便要举行提灯庆祝会呀！庆祝废妾的纪念日期，便是二十一日酉时呀！列位男女同胞呀，擦抹着眼睛细细瞧呀！"

似这般的叫唤，恰和卖叫货的货郎一般，自然人人留神，个个注意。游行街市完毕，废妾队凯旋会场，用过行餐，准备摇铃开会，和男子阀宣战。一班女同志在这当儿，舌剑唇枪，跃跃欲试，真叫作一百个起劲，十二分高兴。谁料暗幕里面却有一个冤桶，为了开会的事，足足挨着四五个黄昏，替他的绞尽脑汁，用尽心思，只落得精神疲乏，眼目昏花，好好的青天白日，却是睡思昏昏，拜佛般地打起盹来。这人是谁？便是废妾会的会长吴倦夫先生。

权娥那天曾和吴先生定个预约，说会中经费，不费先生一草一木，唯有会中的文件，须得借重大笔，酌量修改。倦夫只道是修改文件，轻而易举，便把这事一口承诺了。谁料承诺以后，雪片也似的文件都要吴先生一手包办，什么宣言咧、警告咧、旗帜的标题咧、会场的联额咧，五花八门，已够了几天受用，后来花样愈多，手续愈繁，竟把她们的演说稿都要吴先生代撰代拟。好容易撰拟成就，交给生徒，宛如释了重负一般，叵耐生徒们没有著作文章的本领，却有批评文章的眼光，这句不妥帖，那句不圆到，一阵乱批驳，又要吴先生重绞脑汁，再用心思，依着她们的主张，大大地费一番修改功夫。列位试想，这新纳小星千金一刻的吴先生，怎有许多闲工夫干这纸片上的勾当？无奈被生徒们催促得紧，左一句义不容辞，右一句应尽义务，牛不喝水强按项，哪由吴先生自己做主？在那荧荧一灯嗖嗖下笔的当儿，辜负了几许绣户春光，抛却了多少香衾酣梦。越是意马心猿，越是笔下不成一字，好容易赔着小心，添着好话，央求小老婆上床先睡，他便收敛着心思，凝聚着精神，趁着夜窗寂寞，料理这重重叠叠的笔债。

　　小老婆一忽醒来，伸头瞧时，却见倦夫依旧伏在临窗的一张桌子上，嘴里嘤嘤嗡嗡，又似蚊虫做市，又似苍蝇钻纸。小老婆一时没好气，轰的一声摔去了夹被，直坐起来，指着倦夫骂道："你这糊涂虫，有福不会享，坐着等天亮。人家新做亲的男子，都巴巴地盼到天晚，和新娘子做一对儿，没的挨着深更半夜，一个儿嘤嘤嗡嗡，做出这般痴癫模样。我把终身嫁了你，是嫁你这个郎，不是嫁你这张床。你催我上床，却把我这般冷待，你娶我进门做甚？我又不曾干什么七出之条，你不该把我贬入冷宫守这有夫之寡。糊涂虫呀，你再挨延着时刻，惹我性起，便要把你面前摊的一张纸扯一个粉碎！"

　　倦夫挨了这一场骂，不觉得什么，单觉得寸心如醉，当下抛撒笔墨，熄灭灯火，从了小老婆的心愿，却不免拖欠了会里的笔债。比及明天到校，劈面遇见了石权娥，伸出手来便向先生索那演说稿，倦夫不能交卷，只说暂缓一天，定可脱稿。权娥虽不曾说什么，然而悻悻之色，早见于面，满脸的麻斑都激得高高地坟起。倦夫到这地步，真叫作左右为难，进退维谷，又要联络学生的感情，又要满足小老婆的欲望，一方面欠的笔墨债，一方面欠的风月债，两方面都受挤轧，险些被她们挤一个坍，轧一个瘪。好容易东挪西凑，把双方的逋负勉强清偿，挨到开会那天，早已疲倦得不成模样，只在会场的休憩室里拜佛般地打盹。

　　讲到这所会场，算得城里数一数二的巨厦，面向河东街，门临狮子桥，里面七开间的大厅，层层密密，都排列着座位，一个广大的石板天井，也把座位布满，全场的席次，足足可容八九百人。会场中央，高挂着四字匾额，叫作"废妾万岁"，两旁挂着一副对联，叫作"打倒五千年三妻四妾家庭，凭我辈空拳赤手；传播九万里单夫独妇主义，祝诸君偕老白头"。讲坛上面张挂着开会秩序单：一奏乐，二祈祷爱神，三开会词，四全体唱歌，五全体宣誓，六会长演说，七会员演说，八来宾演说，九摄影，十闭会。

　　这天的大会采取公开主义，无论何人都可入场听讲，才敲过十二下钟，一班赴会的男男女女潮水般地拥将进来，无多时刻，早把许多座位尽行坐满。阳历九月十三日，约莫阴历八月上旬，桂子香中含着熏蒸气味，更兼人数过多，热度增长，会场里的天气比着外面寒暑表相差在十度上下。陆续赴会的来宾，十成里面倒有七八成是女宾，女宾里面，年老的居少数，年轻的居多数，未嫁的居少数，已嫁的居多数，声应气求，自有一种无形的结合。里面还有几个痛痒相关的人物，抱着怀疑态度，特地来探听动静，暂时按下，以后自见分晓。

　　石权娥在屏门背后探出头来，把满座来宾望了一望，只觉得人头挤挤，热气烘烘，地窄人多，大有实不能容之势，心头十分快乐。原来登高一呼，有这么大的吸引力，废妾前途，定有大大的希望。那时早交开会钟点，外面的来宾兀自争先恐后挤入会场。权娥一壁吩咐挂着"座位已满，谨辞来宾"的粉牌，一壁吩咐摇铃开会。铃声才停，那呜呜呜、咚咚咚的军乐又竭力地鼓吹起来，就这表面而论，发扬蹈厉，很有些尚武精神，然而会场里面，有几个知音识曲的来宾心头暗暗奇怪，怎么军乐里鼓吹的既不是爱国歌，也不是进行曲，却是几支靡靡之音的时新小调？在这奏乐声中，权娥忙到休憩室里请吴先生准备登台，报告开会宗旨。倦夫擦抹着眼睛，疲倦得不成模样，懒洋洋地向权娥说道："开会宗旨，便请石女士登台报告，横竖没多几句话，越是简单越得体。我今天觉得精神不济，须得休息一会子，才能够提起精神登台演说。"

　　说时，连连地打了几个呵欠。权娥见这光景，也不相强，比及军乐奏毕，大会开幕，权娥独立在讲台中央，仰着脑袋，合着眼睛，喃喃讷讷地行那祈祷爱神式道："爱神爱神，我那最尊贵、最荣耀的爱神，今天我们这废妾大会，宛似替你爱神爷爷造一座高大的庙宇，替你爱神爷爷塑一尊丈六的金身。爱神爱神，我那最尊贵、最荣耀的爱神，数千年相传的多妻制度，分明是你爱神爷爷的恶魔，天天和你作祟，分明是你爱神爷爷的仇敌，天天和你起衅。爱神爱神，我那最尊贵、最荣耀的爱神，我们替你扫除恶魔，剪灭仇敌，愿你爱神爷爷永远不要离着我们。阿门！"

　　祈祷完毕，权娥才把眼睛张开，点了一点头，转身下台。众人见这不僧不道、非驴非马的祈祷式，只落得人人奇怪，个个诧异。男宾席里的卫又玠几乎笑得嘴歪，女宾席里的纤纤暗暗替这位麻脸奶奶肉麻。在这当儿，权娥重上讲台，当众报告道："诸君，今天我们开这废妾大会，宗旨是很正大、很光明的，所有本会的宣言，早经在诸君面前按份分送，废妾的宗旨，宣言书上都已说明，无须鄙人赘说。不过按照开会秩序，合该由本会的会长吴倦夫先生登台报告宗旨，只为吴先生主持会场十分忙碌，暂时委托鄙人说明大意。停一会子，轮到会长演说，吴先生当然上场和诸位讨论一切。"

　　说罢，把头一点，返身下台。大众听了，都不甚注意，然而女宾席上早恼动了一位白发婆婆，咬牙切齿，肚里暗地骂道："这个没良心的狗奴，我正候着他上场，当着许多人把他大大地羞刮羞刮，他偏会装腔作势，不肯早些上场。哼哼！丑媳妇难免见公婆，他躲到哪里去……"

　　你道这肚里骂人的是谁？原来不是别人，便是倦夫的岳母张老太太。她在数天以前听得有一位男教员提倡这废妾大会，她把这位男教员崇拜得和神圣一般。她想：男子里面竟有这般天字第一号的正人君子，倘和自己的没良心女婿相比，一个宛比登着三十三天堂，一个宛比落在十八层地狱，她便拼着工夫，东也打探，西也打探，定要探出这位废妾会的会长端的姓甚名谁，是怎么样的一个好男子。比及探访确实，气得冷了半截，说什么好男子，原来就是这宠妾欺妻的没良心女婿。原来他一个脑袋生就两种面目，一面宠妾欺妻，一面又是主张废妾。张太太又恨又恼，候到开会日期，定要当着众人揭破倦夫的假面目，评一个是非曲直。她今天赴会，却不曾给女儿和外孙女知晓，端怕她们知晓了，不免从中劝阻，她只约了对面门婶婶、隔壁赵嫂嫂做个帮手，评理的当儿，多了两张嘴，也好壮一壮胆儿，看这没良心的东西上了场，怎样下场。

编书的补叙当儿，讲台上却没有停顿，说时迟，那时快，第四节的全体唱歌早已随着风琴悠悠扬扬地唱将起来。唱歌的女士四十八名，共分四组，每组的衣裙各各不同，第一组衣裙一色海棠红，第二组衣裙一色竹叶青，第三组衣裙一色葡萄紫，第四组衣裙一色苹果绿。轮班唱歌，拍子是相同的，词句却是各别。第一组穿海棠红衣裙的唱道：

> 一马由来配一鞯，哪用妾与婢？威妻四妾是何意，狼心与狗肺。万恶男儿众所弃，弃弃弃！

唱时，众女士的目光都向着那男宾座里注射。洪竹坡、卫又玠一班人，各各肚里寻思道："明明是道着下官，骂得刻薄，骂得恶毒。"接着，第二组穿竹叶青衣裙的唱道：

> 樛木蠡斯戒妒忌，周公不成器。提倡多妻忒诧异，不是周婆意。周婆兀自胸头气，气气气！

唱到末一句，各把手揉着胸脯，表明气愤的意思。男宾里面有几位圣门之徒，摇着头，暗暗道："这辈女学生太没规矩，无端把元圣周公先师一场而痛骂之，真叫作非圣无法者也。"接着，第三组穿葡萄紫衣裙的唱道：

议员代表真民意，敢把吾曹戏。反对废妾是狂吠，怎配算代议？只算当场放狗屁，屁屁屁！

唱到末一句，各把手捻着鼻尖，表明掩鼻而过的意思。那时，男宾座里恰有一位金钱运动簇新当选的省议员，众人都瞧着他好笑，笑得这位议员先生两片脸和猴子屁股一般红。接着，第四组穿苹果绿衣裙的唱道：

姊姊妹妹快伸臂，大家吐口气。生死关头非儿戏，坚持要到底。反对纳妾赞成废，废废废！

唱到末一句，琴声停止，按琴的石权娥女士向着女宾宣言道："列位姊姊妹妹，赞成废妾的快快伸臂。"经这一说，女宾座里顿竖起许多胳膊，只有两个人却不曾随众伸臂，这两个人毕竟是谁？
欲知后事，且阅下文。

第六回

听演说撩蜂拨蝎
闹会场叱燕嗔莺

　　一个便是卫又玠的侍妾纤纤，一个便是会长吴倦夫先生新讨的小老婆。吴先生对于废妾运动，向来讳莫如深，在他的小老婆面前，从不吐露半字。小老婆见他忙碌情形，怎不奇怪，便问他忙些什么，他只推说是学校里的功课。

　　小老婆道："啊咦！你在学校里，该把功课干，你回到家里，也有家里的功课，怎么丢着家里的功课不干，冷坐到三更半夜，只干学校里的功课？毕竟是什么功课，值得这般无休无歇？"

　　吴先生被逼不过，才说是预备开会。小老婆忙问："开什么会？"

　　吴先生信口开河，捏造些话哄她，明欺小老婆不识字，断然不会破露。谁料自有耳报神把吴先生提倡废妾的情形一一向小老婆说了，小老婆怎不生气，便打定主意，他既瞒着我去开会，我也瞒着他去赴会，听他上场时诌些什么混话。所以小老婆今天赴会，吴先生丝毫不曾觉察。

　　唱歌完毕，紧接着第五节全体宣誓。又见石权娥单独登坛，向众一鞠躬道："今天权娥代表五百二十有三名姊妹，当众立誓。为什么要立誓？只为我们的废妾运动，成败利钝，今天便见分晓。堂堂的省宪会议对于我们的废妾议案毕竟通过不通过，全在今天解决。权娥预嘱杭州诸同志探听确实消息，无论运动成熟，运动失败，赶快拍电前来知照，大约我们的会场未散，那边的电报早已飞也似的传将过来。要是运动成熟，我们便该积极进行，仗着法律做个保障，放胆做去，哪怕一辈没廉耻的贱丈夫不和他小老婆脱离关系；要是运动失败，我们便该和杭州诸同志联络一气，实行那总离婚主义，哪怕一辈没廉耻的贱丈夫不俯首依从我们的主义。"

说到"贱丈夫"三个字，权娥的眼光只向男宾座里的卫又玠注射。又玠心里明白，暗想：骂便由你骂，我只看你这篇废妾文章怎样的一个结束。那时，台上的权娥正朗诵着誓词道："维大中华民国十年九月十有三日，废妾团发起人石权娥等五百二十有三人，谨掬至诚告尔上下四方司盟司誓之神：凡我同盟，一乃心力，从事于废妾运动，斩妾苗，除妾根，塞妾源，断妾种，信誓旦旦，昭告有神。幸而克济，全国无一妾；不幸而不济，全国无一妻。有渝此盟，上下神祇，司盟司誓，五百二十有三人之祖，是纠是殛，勿使能活，历亿万年，不见天日。"

众人听着，不知她胡诌些什么，谁来注意。单有纤纤仰着头，又在那里和权娥相面，见她麻腔忽起忽伏，抿着嘴暗暗好笑。

权娥下台后，这位废妾会会长吴倦夫先生合该上台演说，他在休憩室里将息了好一会儿工夫，精神上渐渐复原。权娥朗诵誓词的当儿，他在里面细听这篇誓词，原是他的大笔，却让给权娥去出风头，他自觉太不值得，分明出了油火钱，独在黑暗里坐。现在轮到自己上场，便想淋漓痛快地演说一番，博得多数来宾噼啪噼啪地鼓一会子掌，没的买了爆仗，只让给别人去放。

倦夫一上讲台，女宾座里的眼光都一齐向他注射，都在暗地里把他佩服，都说似这般的男子，识得妇人甘苦，才不愧是好男子。然而卫纤纤只别转了头，把倦夫恨得牙痒痒的，人家纳妾不纳妾，和他有什么相干，谁要他来嚼舌？纤纤怀恨犹可，最可怕的是多数眼光里面，飞出四道火绰绰的视线，只在倦夫身上打转。两道视线是张老太太眼睛里射出，两道视线是倦夫的小老婆眼睛里射出，火线已燃，炸裂便在目前。

要是倦夫识得风云气色，再也不敢撩蜂拨虿，讨这一场没趣。叵耐他目光甚短，女宾座里的人物，他都瞧不清切，因此放大着胆儿踱上讲台，滔滔汩汩，发表他的高谈阔论。他显出很庄严、很诚恳的态度，向众宣言道："诸君，今天的废妾运动，是女界应争的权利，和我们男子本没相干，岂但没相干，并且女界争得一分权利，男界便减少一分权利。就利害问题上说来，男界对于废妾运动，不加反对，已是极端的让步，哪有表示赞成的道理？既然这么说，鄙人又何必气吁吁地在这里充当会长，岂非违反了男子的心理，剥夺自己的权利？诸君诸君，须知鄙人充当这废妾会会长，并不在权利上着想，却出于自己良心上的觉悟。"说时，把胸膛一摸道，"鄙人这一颗心，端端正正地放在腔子里，并不曾变换着色彩，依旧是丹砂一般红。"

女宾听着，大多数在那里点头，难得这位吴先生存着这般的好心。张老太太暗骂道："你的心早偏在胳肢窝里，你的心比着炭团子还黑。"

"鄙人对于废妾运动，初时还不敢十分赞许，后来在那五更鸡唱的当儿，摸着这一颗心细细地忖量一下子，才觉得废妾运动很有重大的关系，不但做妇女的合该出一番死力推翻这纳妾制度，便是我们做男子的，也该加倍出一番死力，推翻这纳妾制度。要是纳妾制度果然根本推翻，妇女所得的利益左不过增高人格罢了，若论男子一方面，实行废妾以后，所得的利益却是一言难尽。约略计算起来，可以分作五项：第一，忏除罪恶；第二，减轻负担；第三，解释争端；第四，延长寿命；第五，消弭家丑。鄙人对于纳妾制度，向来深恶痛绝，宛比骨鲠在喉，须得一吐为快。今天待要讨论废妾的利益，须得先把纳妾的弊病一桩桩地从头说起。诸君诸君，世间最可耻、最可鄙的行为，莫如男子讨小老婆。"

女宾座里，掌声顿起。张老太太暗骂道："没良心的浑蛋，你便是最可耻、最可鄙的男子，亏你还说得嘴响。"

男宾座里的洪竹坡、卫又玠闷气吞声，面皮涨得猪血一般红。倦夫的小老婆暗暗奇怪道："兀那失心疯的男子，怎么自己辱骂着自己？"

"诸君诸君，须知男女平权，夫妇敌体，双方的爱情叫作神圣爱情，什么人都不得侵犯，要是讨了小老婆，这叫作轻蔑神圣，损伤爱情，做男子的便负了违法的行为。你想可恼不可恼，可恨不可恨？"

女宾座里又噼啪噼啪地鼓起掌来。张老太太暗想道："你越是说得嘴响，我便借你的拳头捣你的嘴，看你待怎样？"

"讲到那些甘心做妾的妇人，也是自己丧失人格。"

这句话投鼠忌器，不但洪一志生嗔，卫纤纤发恼，直把倦夫的小老婆恼恨得不成模样，险些丹田怒气直拉到囟门，囟门怒气冲破了青天。

"俗语道得好，宁可田里做只鸟，不愿房里做个小。做了人家的小老婆，简直连一只鸟都不如。"

这几句话分明是炉中添炭，火上浇油，他自己的小老婆一腔怒气再也按捺不住，突从人头挤挤中间拔烛也似的站将起来，圆睁着双眼，骈着两个指头，下死劲地向着倦夫一指，指尖动处，一种又尖又脆的声浪道出一句："放你的狗屁！"

这一唤不打紧，却把讲台上的吴会长吓得面色如土。他和小老婆的座位距离很远，瞧不清面庞，却听得出声音，半空里飞下狮子吼。凭你滔滔雄辩舌头，早僵了半截；凭你从容镇定，这一颗心偏偏作怪，逼卜逼卜，却在方寸地开着跳舞大会。

那时，全场的眼光又都移射到小老婆身上，张老太太暗暗诧异道："原来这婆娘也在这里。"

说时迟，那时快，小老婆早絮絮叨叨骂个不绝道："天杀的呀，你嚼什么舌，喷什么粪呀？你敢当着和尚骂贼秃呀！你讨我进门时，道些什么来？你说目今世界，人人平等，分什么大老婆、小老婆，都是一律看待，一色打扮，做大老婆的算不得尊贵，做小老婆的也算不得轻贱。你今天当着许多人却把小老婆说得一钱不值，天杀的呀，你放什么屁呀！便是狗屁也没有这般臭呀！"

小老婆吵骂时，会场秩序大乱，男宾座里的洪竹坡、卫又玠连连鼓掌称快，还有方才挨骂的省议员立时眉飞色舞，一迭声地喝起彩来。

废妾会发起人石权娥见闹得不成模样，提高着嗓子唤道："诸君诸君，尊重会场秩序，请弗喧闹！"

凭她唤得口干舌燥，依旧是骂的骂，笑的笑，鼓掌的鼓掌，喝好的喝好。台上的吴会长慌得不成模样，和吓呆的松鼠一般，只是瑟瑟缩缩地抖。

权娥忙问倦夫道："这个妇人和先生有什么关系？怎么夹七夹八只指着先生恶骂？"

倦夫颤声答道："我……我不认识她，多分是个痴婆娘，她竟瞒着我来赴会，我却不认识她。"

权娥心里明白，这先生满口胡柴，前言不接后语，多分是干着亏心事，因此嘴响不得。好一个光明正大的废妾会，怎么推戴这个暧昧男子来做会长？第一个爆仗便不响，看来废妾运动定没有圆满的结果。

小老婆的骂声才停，满腹不平的张老太太也从人丛里站将起来，颤巍巍、气吁吁地骂道："没良心的吴倦夫，你满口讲的仁义道德，你这一颗心却比着蛇蝎还毒！你听信着小老婆，竟把二十年的结发妻房、十九岁的嫡亲女儿撵逐出门，你这人怎还有丝毫的人心？简直是个衣冠禽兽，披毛戴角的下贱畜生！"

大众眼光又移射到张老太太身上来，见她白发飘飘，约莫有六十多岁的年纪，头发虽白，面皮却涨得红红的，多分是满腔怒火渲染而成。小老婆眼光转处，也见了张老太太，暗暗奇怪道："原来这婆子也在这里，会场挤挤，我倒不曾早见她。"后来听得张老太太辱骂倦夫，却牵连到自己身上，她又怎肯相下，赶把相骂架子立时搭就。什么叫作相骂架子？原来泼妇骂街也有一定的姿势，脚步一纵一横叫作丁字式，身躯前俯后凸叫作弓弧式，手臂忽伸忽缩叫作猜拳式，头儿一答一拜叫作摇橹式，必须四项兼备，才合着相骂的姿势。小老婆本是骂街的惯家，相骂架子一搭便成，只恨会场人多，表现姿势时却不能宽展自由。

话休絮烦，且说小老婆指着张老太太骂道："老婆子，你骂女婿由你骂，你不该拖泥带水，含血喷人，怪树弗着，便怪丫杈，吃弗着黄狼，便想吃鸡。"

张老太太也指着小老婆骂道："你这搅家精呀，我便骂你，你待怎么样？你这搅家精呀，你进了吴姓两扇门，搅得黄河水不清，你便是金鱼缸里的黑鱼精。"

小老婆怒冲冲地答道："你这贼婆子！贼婆子，你早晚要做阎王的点心，还敢在人前逞强，出口伤人！你道我是搅家精，我搅了你的什么来？"

说时，轰地撞将过去，要向张老太太拼命。亏得两人的座位距离很远，会场里人多手快，拖拖拽拽，把小老婆强纳在座位里面。那边张老太太气得不可开交，左一把鼻涕，右一把眼泪，向着众人声诉道："你们瞧呀，瞧瞧这泼辣货呀，她当着众人这般凶横，她在家里怎还了得呀！下贱的小老婆，委实不是个东西呀！"

嘴里说时，臂一伸一缩，在那人前做手势。蓦地里，左近座位跳起一个艳妆少妇，指着张老太太的面皮大骂："瞎却乌珠的婆子！"

你道这人是谁？便是卫又玠的宠妾纤纤。张老太太口骂指画地当儿，纤纤听了，本来觉得刺耳，谁料张老太太乱做手势，指头上挂着的鼻涕竟扑地飞上纤纤的脸蛋儿。纤纤是个喜修饰、爱清洁的人物，又黏又脏的鼻涕扑上又娇又嫩的面庞，因此怒火直冒，指着张老太太的面皮大骂。亏得和张老太太同来的李婶婶、赵嫂嫂赔着小心，从中解劝，而且掏出洁白的手帕替纤纤擦去鼻涕，又说了许多道歉话，纤纤才不发话。蓦地里，会场中间一片声地嚷着："会长哪里去了？会长跑了！不要脸的会长，出乖露丑的会长……"

似这般的呼声，都从男宾座里发出，领袖的便是方才挨骂的省议员、洪竹坡、卫又玠一辈人，随声附和，喧闹得不成模样。

原来会场里女宾斗口，大家贪瞧热闹，都不曾向讲台上注意。现在经这一唤，众人的视线齐向台上注射，只有空空的一座讲台，却不见会长吴先生的影儿。当下七张八嘴，益加喧闹不休。

石权娥生怕拆散了会场，把这多天的心血一齐付之流水，赶忙委托几位会场干事员，分头劝解，竭力地维持秩序。她自己又跳上讲台，左一个鞠躬，右一个鞠躬，声声请男女来宾原谅，尊重会场规则。好容易费了许多唇舌，满头满脸挂了许多极汗，全场的喧闹才渐渐平些。

哪料一波未平，一波又起，男宾里的省议员却又提出口头质问，说会长演说未毕，不该私自退席，定要他重上讲台结束这一篇演说。权娥答称："吴先生陡患重症，早已送回家里，他不过是本会的临时主席，算不得正式会长。我们的正式会长尚待公举，所以吴先生退席不退席，和这废妾会没甚关系。"

小老婆听说倦夫托病回家，她胸头的怒气还没发泄净尽，便也离了会场，赶回家里，和倦夫吵个马仰人翻，不在话下。

张老太太听说倦夫走了，便嚷着："这个没良心的东西，明明情虚逃走，却推说是害病。他便跑了，我也要把他的劣迹当着列位面前抖一抖叉袋底儿。"

权娥道："你有什么委屈，且待会场散后再作理论，现在秩序单上轮到第七节会员演说，请你们息心静气，细听演说则个。"

众人七七八八，都说我们不要听演说，却爱听这位老太太的报告。权娥没法阻止，便道："老太太，你有什么话，请你简单说明，不要误了我们会场的时刻。"

张老太太气急败坏，越是要说，越是说不清楚。亏得李婶婶、赵嫂嫂帮同报告，才把倦夫怎样地宠爱偏房、怎样地虐待妻女，清清楚楚地报告一遍。众人听着，暗暗嗟叹不已。张老太太又擎着涕泪诉说女儿在家时怎样地敬爱丈夫，外孙女在家时怎样地孝顺老子，说时，又不住地演那手势。慌得纤纤连连摇手道："别做手势，别把脏东西又撩在人家面上。"众人听着，忍不住地好笑。

权娥和一辈同学听这报告，恍然大悟。原来吴先生是个口是心非的人，我们请他做废妾会会长，分明是造屋请了箍桶匠，酒肉和尚去取经。

在这当儿，突见外面的门役高擎着一封信，从人丛里挤将进来，只为会场人多，那门役侧着身体，螃行蟹步，不能便到里面。权娥眼快，早见封套上有"电报"字样，笑嘻嘻地向女宾报告道："列位姊姊妹妹，杭州的电报到了，我女界的生死问题，全在这电报上判决了。列位姊姊妹妹，只求废妾议案在省宪议会里完全通过，那么说不尽的快活，二十一日酉时的提灯庆祝会……"

说到这里，门役已挤到讲台左近。权娥忙不迭地接取信封，拆开细看，谁知不看犹可，打开一看，急得目瞪口呆。隔了片晌，方才倒抽了一口冷气，眼眶里面亮晶晶滚下双行泪点，提灯大会不曾举行，却先在眼神庙里举行那提灯小会。无多片刻，这亮晶晶的小灯离却眼神庙，从脸蛋儿上滴将下来，只为脸上的凹凸太多，节节停留，却不能急转直下。众人都看得呆了，热心废妾的妇女更是面面相觑，猜出这个电报一定是不祥消息。唯有卫又玠满怀快乐，卫纤纤十分起劲，看这石榴皮奶奶今天怎样下场。

隔了一会子，权娥哭丧着声调道："列位姊姊妹妹，我们的希望完全失败了，杭州来的电报说，废妾议案已被否决，从此纳妾制度仗着法律的保障，再也不能推翻的了。可怜我们高尚纯洁的女子，依旧被那臭男子当作玩物看待，再也不能扬眉吐气的了。我们预备举行的提灯大会，只落得烟消火灭，再也不能兴高采烈，同申庆祝的了。列位姊姊妹妹，我们绞着许多脑汁，费着许多心血，到头来一齐抛付东流，完全化作春梦。痛哉痛哉！不亦痛哉！"

一阵捶胸顿足，哭得异常酸楚，女宾里面很有几个陪着她淌泪。谁料一波未平，一波又起，权娥正哭得热闹的当儿，冷不防一块亮晶晶、薄嚣嚣的东西向她身上掷来。说时迟，那时快，会员席里早钻出一个中年妇人，三脚两步地跨上讲台，一把拖住权娥，怒气冲冲地嚷道："我把这个劳什子还你，你却还我这一双五两六钱七分重的赤金手钏。"

原来这个妇人便是打干升任的洪姨太太。权娥正没好气，便恶狠狠地答道："这是你自愿捐助会费，会中开支一切都有报销，你的一双金钏业已充作开会经费，怎便可以索还？我又不是抢你的，我又不是骗你的，你向我缠绕做甚？"

洪姨太太却也捶胸顿足地哭将起来道："你还说不是骗人呀！你说什么这事干得成，小老婆便升作了大老婆；这事干不成，大家便要总离婚呀！怎么在这紧急当儿你却不和你男子离婚呀？你原来都是些假意呀，腊月里的茶壶，独出一张嘴呀！命里该做小老婆，便拼做一辈子的小老婆，也不要唤什么洪一志呀，也不要充什么名誉会员呀，也不要挂什么半铜半铅的徽章呀！我只要索还这一双五两六钱七分重的赤金手钏呀！"

这一片哭闹声音委实厉害，惹得人人侧目，个个摇头，满座来宾十停里面走去了三四停，霎时间讲台上的地板震得擂鼓般响。权娥和洪姨太太两不相下，竟厮扭厮打起来，一双英雌比较武力。毕竟权娥出身学校，体育发达，洪姨太太腕力虽强，脚力却是不济，她这一双脚，早年曾受过束缚，哪里是天然脚的对手？编书的写到这里，自己也看出了破绽，只得更换一个字道，哪里是天然脚的对脚？

权娥不慌不忙，提起一尺零五分的天然脚，向着姨太太的人造脚上猛踢一下，人造脚吃了痛苦，再也站立不牢，一个倒栽葱势，把姨太太从台上撞将下来。姨太太抱定"要倒一齐倒"的主意，却把权娥的衣襟死不放松，姨太太落地，权娥也随着她同时落地。台上台下相距不过数尺，当然不会跌伤，只这马仰人翻的情形，早惹得会场来宾哈哈大笑，在那笑声里面，又夹着刁嘴洪权媛的哭喊声音，连喊着："不好了，不好了！倦卧鸡打我妈妈咧！"

众人见这闹乱模样，十停里面又走去了二三停。洪竹坡和卫又玠为着颜面关系，免不得上前相劝，里面许多女会员七手八脚把权娥和洪姨太太一齐扶起，一个扶在这壁，一个扶在那壁。

一个麻腔高高哼起，喃喃骂道："你这没廉耻的小老婆，我一片好意，要把你的人格增高，你颠倒使出这般泼悍手段，希图敲诈，你真抱不上树的鸭蛋，你真贱骨难医，只合一辈子做人家的小老婆！"

一个揉着痛脚，带哭带骂道："你这麻婆娘呀，你嘴里说出糖来，腰里拔出刀来呀！你骗了我的金钏，还要把我扭打呀！"

男宾座里的省议员尚没退席，一个点头拨脑，自言自语道："没酒没浆，不成道场，不骂不打，不成会场，没怪我们的省议会里面动辄捣乱，原来女界开会也是这般模样，这真算得千篇一律。会场中应有的点缀，只这握着涕泪、且哭且骂的态度，却是女界的特色，我们省议会里的议员，未免望尘莫及。趁这当儿，何妨细细研究一下子，将来省议会里有甚冲突，我便如法炮制起来，倒也算得一种捣乱的妙法。"

不表省议员肚里打算，且说会员中间，金权姑、鲍权贞、汪权宝、蔡权坤一辈女士纷纷聚议，都说今天的会场越闹越糟，不如趁早宣布散会，也好少造些笑话。大家都表赞成，公推权姑登台，宣布散会。权姑挺着瘦长身子，跨步上台，向着来宾宣告道："今天规定的顺序共分十节，现在演到第六节，不幸发生了种种变端，以下四节便不再演，请诸君格外原谅，就此退席。"

经这一番报告，会场来宾纷纷退出，轰轰烈烈的废妾会竟没个

177

结果。

洪姨太太回到家里，垂头丧气向大老婆赔一个罪，履行了三天赔罪的预约。权娥回到家里，又玠沉着脸，冷冷地说道："我是贱丈夫、臭男子，你别和我相亲，快快尊重你的誓言，实行解除婚约。"

权娥笑道："你别生嗔，民国时代的宣誓，完全是儿戏，当不得真。你是美丈夫、香男子，我从此再不去运动废妾，打消了这条野心，我只要春色平分，依旧和你做那半夫半妇。"

倦夫回到家里，挨着小老婆一顿臭骂，半夜没有停过嘴。待到来朝，男权女学校里送来一封辞信，说："生徒全体反对先生，此后毋庸来校授课。"倦夫嗒然丧气，不待细表。

城内城外的男男女女盼到了二十一日酉时，都纷纷来看提灯庆祝会，谁料呆守了多时，竟丝毫没有影响。大家叹了一口气道："万盏明灯，庆祝废妾，原来没有这桩事，依旧是个黑暗世界，依旧是个妾妇当权的世界。"

滑 头 国

开 卷 语

　　这部滑稽的游历小说，是给小朋友看的，可爱的朋友，你们欢喜游历吗？我想你们一定是这样回答："我们欢喜游历的，游历以后，可以见到许多不曾见的东西，可以听到许多不曾听的事情。但是，我们年纪很轻，怕走大远路，又怕离开我们亲爱的爹爹妈妈，心里很要游历，却恨我们没有游历的本领和能力。"

　　小朋友，不用忧虑，我来引导你们去游历，一不要走大远路，二不要离开你们的爹爹妈妈，人家游历要翻山越岭，你们游历不要翻山越岭，人家游历要漂洋过海，你们游历不要漂洋过海。来来来！不要你们身子跟我来，只要你们眼睛跟我来！

　　很有许多发笑的国度，给你们游历过了，一定要噼啪噼啪地鼓掌不停，嘻嘻哈哈地大笑不止。但是，小朋友，笑歪了你们的嘴，打痛了你们的手掌，这是不干我事的，要请你们自己当心。

　　国度是很多的，游了一国，又是一国，小朋友，小朋友，第一个国度来了，这个国度，便是滑头滑脑的滑头国。

一　三兄弟登舟

　　有一个渺渺茫茫的海洋里面，有一只漂洋过海的船，里面有三个小游历家，就是张姓三兄弟。大哥张阅世，二哥张涉世，三弟张问世。

　　他们的爹爹叫作老张，为着他们的年龄慢慢地大了，阅世十五岁，涉世十四岁，问世十三岁，身子一天一天地长大，但是外面的事情一些也不知晓，坐在家里只是一副孩子气，将来怎样会得干事？所以老张的心里闷闷不乐。

　　何老大是一个老游历家，常常驾着扯篷的船到海外各国去做生意，他是老张的好友，每逢回国，便要来探望老张，每逢出洋，又要来和老张作别。

　　这一次，是何老大第三十六次出洋，他为着自己的年纪老了，他的意思，出过这一次的洋，将来回国以后，便要安坐在家中享福，不再出洋做生意了。

　　他到好友老张家中来作别，却见老张满面都是愁容，他很奇怪，问道："老友，你是有福的人，三位令郎都在你身边，为什么要愁眉苦脸？"

　　老张叹道："唉！休要说起，看他们的身子一年长比一年，但是个个都是孩子气，什么都不知晓。我的意思，不要他们常在我身边，只要他们出门游历，得些经验，将来可以成家立业，才是好咧。"

何老大听了，忽然想到自己这次航海以后，不再航海了，正要指导几个年轻的人习练练海上的生活。既然老张要他三个儿子得些游历的经验，我可以看着老友面上，带领他们三兄弟一同去航海，便可以增长他们的见识。

于是，何老大把自己的意思告诉了老张，喜得他扯开了嘴，良久合不拢来。他向何老大说："老哥肯带领他们出去游历，再好也没有，旅行的一切费用都归我担当便是了。只是他们年幼无知，倘有什么错误的地方，老哥总要随时教训，我便永远感你的恩了。"

何老大连连答应道："在我身上，在我身上。"说时，把胸膛拍得扑扑地响。

三兄弟动身的时候，老张送着他们登舟，唠唠叨叨地叮嘱了许多话。父子分别，有一番舍不得分别的情形，直到水手催促开船，方才挥泪而别。

三兄弟都把何老大当作老子看待，何老大说什么话，他们没有不依的。三兄弟里面，张阅世是个急性的人，张问世是个慢性的人，唯有老二张涉世的性子不急不慢，最为合宜，何老大也是最欢喜他。

这船在渺渺茫茫的海洋中，不知行了有多少路，也不知行了有多少日子。这一天，天朗气清，风平浪静，船行海面，一些不觉颠动。张阅世在船中观看风景，但见当空的太阳照在远远的一个海岛上面，光线万道，一一地反射过来，耀得眼睛都不能睁开，不觉呼奇道："奇啊！奇啊！这是什么岛，难道是玻璃岛吗？"

何老大笑道："阅世，你怎么知道这是一个玻璃岛？"

张阅世道："不是玻璃岛，怎么这般光油油地耀人眼睛？"

何老大告诉他道："这不是玻璃岛，这是一个滑头岛，滑头岛上有一个滑头国，国里的人民都是滑头滑脑。太阳照在滑头滑脑的山岛上面，所以会得反射出许多光来。"

张阅世听了大喜，恨不得立时便去登这滑头岛，游这滑头国。张问世摇着头，以为滑头滑脑的地方，还是少去游玩的好。

张涉世道："旅游也好，现在世界上的滑头码子很多，我们必须参观参观，究竟滑头怎样的滑法。我们知道了，也可多添些见识，将来不会吃那滑头的亏。"

船又行了许多路，滑头岛便在面前了，忽的一阵油腥气，好像油坊里面打翻了几百只的油篓子一般，顺风吹来。三兄弟嗅着，都是连连地打着恶心。

张阅世道："三弟，你闻闻这气味，是什么油的气味？难道滑头国的民人，都靠着卖油生活？难道男的都是卖油郎，女的都是卖油娘子？"

张问世慢慢地答道："的确不错，这是油的气味，也不像豆油，也不像菜油，也不像麻油，也不像桐油，也不像柏油，到底是什么油，我实在不知晓。"

张涉世笑道："三弟说了许多话，好像没有说一般。据我看来，滑头国里的民人，男的既不是卖油郎，女的也不是卖油娘子，只为他们的头都是油头滑脑，他们的嘴都是油嘴滑舌，所以一阵阵油滑的气味混在空气里面，使我们嗅了，便要连打着恶心。"

何老大拍着手道："你们三兄弟里面，到底二老官最有见识，这一阵阵的油滑的气味，的确是从滑头国的民人头上吹送过来的。我们没有进这滑头国，便嗅得出这一阵阵油滑的气味，我们一进了滑头国，和那些滑头滑脑的人做了朋友，便嗅不出这一阵阵油滑的气味了。"

二　叮嘱三件事

这真奇怪，离着滑头国在数十丈以外，这些油的气味的确有些难闻。后来，这只船渐渐地近了滑头国的海岸，倒也不觉得有难闻的气味，不过细细地嗅着，还有些油滑的气味罢了。

船已停在岸边了，三兄弟都预备上岸，要何老大陪着同行。何老大笑着说道："这是你们第一次出外游历，多少总要吃些亏，吃了一次亏，便是学得一次乖。你们放胆上岸，不用我做引导，但有几句话叮嘱你们，好孩子，须得牢牢地记着。"

三兄弟都说："何伯伯，请说请说，我们一定记着你的教训。"

何老大道："你们这次上岸，必须多带些银钱，只为滑头国中的人惯会敲人的竹杠，钱带得少了，便要受着他们的欺，这是第一件你们须要记着。"

张阅世道："何伯伯的话，我们自然要听从的，但是我们带去的钱，都被他们骗去了，以后到了别的国度，我们袋里空空，没有钱用，如何是好？"

何老大道："大老官休得性急，我还有说话告诉你。倘使你们袋中钱空，都被滑头国人骗去了，这也不要紧，只为滑头滑脑的人天不怕，地不怕，只怕假痴假呆。我有两个朋友，一个叫作贾痴，一个叫作贾呆，他们本是兄弟两人，从别的国度到这里来经商的。滑头国人看见他们兄弟俩有些土头土脑，便用了种种滑头计策，要骗

185

他们兄弟的银两，兄弟俩装作痴呆模样，似乎受了他们的欺骗。谁料到了后来，倒是滑头国人失败，贾痴、贾呆兄弟俩得着大大的胜利。为着这个缘故，滑头国人见了贾痴、贾呆，宛比老鼠见了狸猫一般，十二分地害怕。你们吃了滑头国人的亏，只需去访问贾痴、贾呆，提起着我的名字，他们自会看我的情分，替你们出力。所以被滑头国人骗去的银钱，贾痴、贾呆自会替你们向滑头国人索还，使你们不受损失，这是第二件，你们须要记着。"

张阅世道："请问何伯伯，贾痴、贾呆兄弟俩，怎样地得着胜利？"

何老大道："大老官又要性急了，你们见了贾痴、贾呆，自会知道他们怎样得着胜利，倘使他们不告诉你，我也会讲给你听。现在不用多问，且收拾收拾你们的银钱，上岸去吧。"

兄弟们听了何老大的话，各各收拾银钱，预备上岸。老张给付儿子的游历费，每人三百元，张阅世、张涉世都已收拾好了，张问世还在那里慢吞吞地收拾银钱，他想都带上岸，又想藏了一半，只带一半上岸。

涉世笑道："三弟，你舍不得把银钱都带上岸吗？这是不要紧的，钱用完了，自有贾痴、贾呆替我们出头。只需依了何伯伯的话，我们到底不会吃亏的，你放心便是了。"

何老大点头道："你们三个人里面，到底二老官最有决断，你们进了滑头国，遇有什么事和二老官商量商量，也可少吃一些亏，这是第三件。你们牢牢记着，时候不早，上岸去吧。我不上岸，只在船里面守候你们回来。"

三　快快停步

　　三兄弟辞别何老大上岸，且行且嗅，觉得油滑的气味比方才好了许多。约莫走了三里路，滑头国的城门便在面前。好一座城关，比别处的城关不同，只为别处城关不过把砖头砌的城墙罢了，唯有滑头国的城墙，周围数十里都是揩着亮晶晶的油漆，城门上挂着一块油漆的木牌，上面用粉笔写着："入内参观，不要你们一块银钱，也不要你们一角银钱，也不要你们一只铜板，朋友们，放心进去吧。"

　　三兄弟见了大喜，以为真个不要他们的钱，便即大踏步走入城门，却被守城门的兵卒当面拦阻，高声喊道："快快停步，你们要进城，必须交出进城的捐！"

　　三兄弟便即停了脚步，和那兵卒讲起道理来。张阅世道："你们的牌上不是写着不要人家一块银钱吗？"

　　兵卒道："是的。"

　　张涉世道："不是写着不要人家一角银钱吗？"

　　兵卒道："是的。"

　　张问世道："不是写着不要人家一个铜板吗？"

　　兵卒道："是的，不错。"

　　三兄弟听说都不错，又是大踏步地向前行去，又被兵卒喝止道："停步停步，快快交出进城的捐！"

张阅世大怒道："你这兵卒，太不讲道理，既然不要我们一块银洋、一角小洋、一只铜板，怎么又向我们要起入城费来？"

兵卒笑道："你自己不讲道理呢！牌上写的不要你们一块银钱，但是十块百块的银钱，我们是要的；牌上写的不要你们一角银钱，但是百角千角的银钱，我们是要的；牌上写的不要你们一只铜板，但是几千只几万只的铜板，我们是要的。朋友，你须知道，我们所不要的，只有一块银钱、一角银钱、一只铜板罢了。"

张阅世才知上了一个大当，但是又舍不得出这十块百块的捐钱。张问世连唤倒霉，也想不出什么对付的方法。

彼此商量了多时，张涉世道："多出进城捐，我们既不愿，少出进城捐，他们也不肯。既然他们不要一元一角一铜板，我们只给他们二元二角二铜板便够了。"

阅世、问世都道："好！好！"

于是，给了守门的兵卒二元二角二铜板，他们便没有说话了。

张涉世道："大哥、三弟，我们以后须要处处当心。滑头国的民人，实在十二分油滑，第一次上当，便用去了二元二角二铜板的冤枉钱，以后的冤枉钱正多咧。"

阅世、问世都道："我们只上他们一次的当，以后留心，绝不再上他们第二次的当。"

四　一塌糊涂

　　张阅世、张涉世、张问世吃过一次的亏，第二次便要注意了。

　　进城以后，只见男女人等的头发上面，都是不惜工本地涂着许多史丹康和生发油，他们的头颅滑上加滑，倘有苍蝇蚊虫躲到他们头上，一定滑跌一跤筋斗，跌得七死八活，所以滑头国的里面，蚊虫苍蝇都没有的，为什么没有？只为都在滑头的头上跌死了。

　　到了滑头国中，休说人滑，地皮也滑，幸而三兄弟的手中都执着司的克，撑住着身子，总算没有滑倒在地。于是商量住在哪一家旅馆里面，凡是招牌上写着"滑头饭店""滑头旅馆""滑头客栈"，他们都不敢住，只怕上那滑头第二次的当。后来看见一家旅馆门前横上着四字匾额，都是斗大的金字，叫作"真不二价"，兄弟们见了这四个金字，知道滑头国的里面还有这"真不二价"的旅馆，要是住在里面，大概不会吃亏的了。于是三兄弟便决定住在这家旅馆里面。

　　这家旅馆里面，地方倒也清洁，张阅世便问茶房道："这里的房间，多少钱住一夜？"

　　茶房答道："七块钱住一夜的房间也有，八块钱住一夜的房间也有。"

　　三兄弟吐了吐舌头，暗想：这里的房间，比着上海的旅馆还贵。于是吩咐茶房开着七元的房间。茶房答应了，便领着他们走入七元

189

一夜的房间。三兄弟都是连摇着头，只为这间房间太不行了，所有的桌子、椅子、床铺，没有一只是平平整整的，都是一面高、一面低、一面凹、一面凸，坐也坐得不适意，睡也睡得不舒服。便吩咐茶房另换一间房，只好贵一些，换一间每夜八元的房间了。

茶房又引导他们走进八元一夜的房间，桌子、椅子、床铺果然是平平整整的了，但是破旧不堪，桌子有了破洞，椅子有了裂缝，床铺的棕垫上面，坏得七穿八洞。三兄弟见了皱眉，仍旧不能在这里过夜。

张阅世发怒道："你这茶房，太觉欺骗客人！七元、八元的房间，若在上海地方，便是很考究的房间了，为什么这里的房间，七元一夜的，床铺家生都是凹凸不平，八元一夜的，床铺家生都是有了裂缝？唉！太觉欺人了！"

茶房笑嘻嘻地答道："这里的旅馆，最是公平交易，不会欺骗客人，所以房间的价钱都是照着通行的俗语而行。俗语说得好：七翘八裂。我们的房间也是七翘八裂。七元房间自然是翘的，床铺也是翘的，家生也是翘的；八元房间自然是裂的，床铺也是有了裂缝的，家生也是有了裂缝的。客人客人，你难道忘记了'七翘八裂'的俗语吗？"

三兄弟听了，知道又上了滑头的当，你看着我，我看着你，想不出什么主意。还是张涉世有见识，便向茶房说道："我们不知这里的规矩，究竟几块钱的房间才能够坐得适意，睡得舒服？"

茶房笑道："这也不算贵，开一间十块钱的房间吧，俗语说得好：十全十美。开了十块钱的房间，包管你们三位客人一齐满意。"

张阅世道："好，好，便是十块钱的房间吧。"

茶房又领着三兄弟进那十块钱一夜的房间，果然床铺、桌椅极其整齐和清洁，比着方才的两个房间美了许多。但是仔细一看，又不能满意，只为有了桌椅，没有茶壶、茶杯、面盆、手巾，有了床帐，没有被头、褥子、便桶、夜壶，这般的房间，如何可住呢？

张阅世又埋怨茶房道："你这滑头，实在不是好人，你说十块钱的房间可以使我们满意，你看房里的床铺家生都不完全，好算十全十美吗？"

茶房不慌不忙地说道："客人，你又错怪人了，我说的十全十美，其中有两个十字，便是二十。你只出了十块钱有了十美，没有十全，你要又全又美，必须再出十块钱，一共要二十块钱，那么十块钱买一个美字，又出十块钱买一个全字，出了二十块钱住一夜的房间，才能够十全十美呢。"

三兄弟没奈何，只得先付了茶房二十块钱，茶房才把应有的东西都一一搬入房中，什么茶杯、茶碗，以及其他种种的东西都完全了。

张涉世唤声："啊呀！"他见房中只有一张铜床，他们却有三个人，同卧在一张床上，不免挤轧，便唤茶房到来，要他在房中多添一张榻床。

茶房笑道："可以，可以，但是请客人先付下房钱，至少必须先付二百块钱。"

张阅世大怒道："你这滑头，太糊涂了，我们的房钱方才已先付与你了，如何还要向我们讨取房钱？"

茶房道："客人休要瞎说，我没接受你们的房钱。"

张阅世道："这二十块钱是我亲手交付与你的，难道你忘了吗？你这人真糊涂！"

茶房不认先收房钱，而且要他先付二百块钱。张问世也奇怪道："你太胡闹了，我们所定的房间，是二十块钱住一夜，不是二百块钱住一夜，你这人糊涂至此，如何做茶房？"

茶房连连摇头，不认是二十块钱，一定要二百块钱。

三兄弟里面，究竟张涉世最聪明，他想：这个茶房方才是很清楚的，为什么一时糊涂起来？其中定有道理，我不如试他一试。于是，想定了主意，便向茶房说道："我们三兄弟同卧一床，便是挤轧也不要紧，方才说的要添一张榻床，现在不要了。究竟这房间是多少钱一夜，我们可曾付过你房钱？"

茶房道："你们既然不要添什么榻床，我便不会糊涂了，这间房是二十块钱的房钱，你们已先付了。"

茶房去后，张阅世、张问世都很稀奇，忙问张涉世道："这茶房真好笑，怎么一时糊涂，一时清楚？"

张涉世笑道："为着我们要添一张榻床，这茶房便假作糊里糊涂，后来不要他添榻床，他便不糊涂了。"

张问世道："二哥，这是什么道理？"

张涉世道："这茶房也有他的滑头滑脑的道理，他又照着俗语而行，俗语叫作一塌糊涂，我们要一榻，他自然要糊涂了。

五 唐诗做菜吃

张姓三兄弟住了这二十块钱一夜的房间，明知上了滑头茶房的当，但是无可如何，只好在这里住下。房间里面，也有些对条字画，中间一顶立轴，上面写着四句唐诗，叫作"两个黄鹂鸣翠柳，一行白鹭上青天。窗含西岭千秋雪，门泊东吴万里船"。

问世年纪最轻，看了这四句诗，不懂解释，请教他哥哥张涉世。涉世讲给他听道："黄鹂就是黄莺，白鹭是一种喜欢吃鱼的鸟，'泊'字便是停船的意思。"

正在解释时，茶房入内问道："现在是十二点钟了，客人用些什么饭菜？"

张阅世道："你们的饭菜，是多少钱一桌？"

茶房道："我们的饭菜，名目不同，价钱也不同，最便宜的是福建菜，五块钱一桌，只怕客人们吃不惯。"

张阅世道："便是福建菜吧，从前在上海吃过福建菜的，五块钱一桌，的确不贵。"

茶房答应了一声，去不多时，早把一桌福建菜送上来了。三兄弟见了，又好气，又好笑，有什么福建菜，只有四碗白汤，淡而无味，和开水没有两样。

张阅世埋怨茶房道："你这滑头茶房，实在可恶，这四碗白汤算什么菜呢？只见汤，弗见菜。"

193

茶房道："这里的福建菜，又叫作弗见菜，只有四碗清汤，弗见一些菜，所以叫作弗见菜。'弗见'两个字，和'福建'差不多，所以我们把弗见菜叫作福建菜。"

张阅世摇头道："四碗白汤，如何下饭？另外可有什么菜，再添一桌来。"

茶房道："客人先付了这一桌的菜钱，才可以添菜。"

张阅世没奈何，付了他五块钱，再叫他添菜一桌，须得道地一些。茶房道："若要道地，须吃广东菜，每桌十块钱。"

张阅世道："就是十块钱一桌的广东菜吧，须要道地些。"

茶房答应而去。张问世慢吞吞地说道："恐怕又要上当吧。"

张阅世道："这一回不会上当了，广东菜很好吃，十块钱一桌，贱虽不贱，贵也不贵。"

正在谈话时，茶房又搬了一桌菜来，唤道："客人们，广东菜来了。"

三兄弟看了这一桌菜，又好气，又好笑，说什么广东菜，只有四碗白汤，上面放着一些萝卜，在碗里漂漂荡荡，仍旧淡而无味，不好下饭。又埋怨这茶房道："白汤上面，浮着一两片萝卜，好算广东菜吗？"

茶房笑道："客人们，这便叫作广东菜，又叫作咕咚菜，但看这几片萝卜浮在白汤上面，碗一动，萝卜便咕咚咕咚地动起来了，所以叫作咕咚菜。'咕咚'两个字，和'广东'差不多，所以我们把咕咚菜叫作广东菜。"

三兄弟知道又上了当，胸中都是闷闷的气，没奈何，又要他添菜一桌。茶房要付了广东菜的钱，才肯添菜。张问世给了他十块钱，问他："到底要办什么菜才能下饭？若照方才的两桌菜，我们完全上当，一桌福建菜，只有四碗清汤，一桌广东菜，清汤上面咕咚咕咚地浮着几片生萝卜，一共十五块钱，宛比抛在水里一般。"

茶房道："小客人，你们肯出二十块一桌的菜，我便可以通知厨房，办一桌特别道地的唐诗菜，管叫你们好吃。"

张涉世道："什么叫作唐诗菜，我们从来没有听过。"

茶房指着居中挂的一项立轴道："我们所做'唐诗菜'，便是照着立轴上的四句诗意，每一句诗，做一样菜，又好玩，又好吃，这是我们厨房里的上等菜肴，客人不信，可要试这一试？"

张涉世是喜读唐诗的，听说唐诗可以做菜吃，便要试他一试，忙说："好好！就是唐诗菜吧，做得道地一些。"

茶房答应着去了。隔了片时，茶房先搬上一碗菜，指说："这是第一句唐诗'两个黄鹂鸣翠柳'，客人你看好不好？"

三兄弟仔细看时，原来是一碗长条的韭菜，算是青翠的杨柳，上面放着两块蛋黄，算是两个黄鹂。其实呢，不过一碗韭菜炒蛋，有什么大不了事，倒说是一句唐诗，岂不可笑？

搬了一碗菜，又搬第二样出来，茶房道："这是第二句唐诗了，叫作'一行白鹭上青天'，你看做得多么像啊！"

三兄弟看了一眼，彼此都叹了一口气。原来第二样菜益发不好了，用一只青色的盆子，上面拖着一条蛋白，把蛋白当作一行白鹭，把青盆当作青天，尤其可笑了。

张涉世知道又上了当，前两句唐诗菜做得这般，后两句唐诗菜一定不好吃，这是不问可知的了。果然不出所料，茶房把第三样菜放在靠窗的一边，算是"窗含西岭千秋雪"。说也可笑，一只碗里满满地堆着豆腐渣，以为这是山岭上的雪了，豆腐渣是喂给猪吃的东西，如何可以下饭呢？第四样菜，尤其放屁了，是一碗开水，上面浮着两个分开的蛋壳，茶房把这只碗放在靠门的一边，算是"门泊东吴万里船"的一句诗意，其实呢，蛋壳是垃圾桶里的东西，怎么可以当作菜肴吃呢？一共四样菜，计算价值，不满二十只铜板，分配起来，一个鸡蛋十铜板，四两韭菜两铜板，一堆腐渣一铜板，四样之中，只有两样可吃。可怜三兄弟花了许多钱，只吃了一个鸡蛋和四两韭菜。他们自从会得吃饭以来，没有花过这么多的银洋吃一顿饭，也没有吃过一个鸡蛋要做三个人饭菜的一顿饭，三兄弟勉强吃了一碗饭，黄鹂也没有了，翠柳也没有了，白鹭也没有了，盆碗里面，只剩着青天和山上的雪、水面的船。大家叹了一口气，付给茶房二十块钱，为着吃这一顿午饭，拢总花了三十五块钱，真正倒霉之至了。

六　走路缠错膀

张涉世和他哥哥、弟弟商量道："这家旅馆既然挂着'真不二价'的横匾，便不该这般欺人，你们坐在这里，我倒要去调查调查，看他们对付别的客人可和我们一般？要是一般，我没话说，要是专欺我们三个人，对于其他的客人并不和我们一般，那么便不是'真不二价'，我便可和旅馆里的老板讲道理了。"

张阅世、张问世都道："好好好，请你去调查以后，再定方法。"

张涉世便在这家旅馆里到处调查，又是心中闷闷地气。原来这家旅馆欺生不欺熟，熟客来住旅馆，住也便宜，吃也便宜。出了一块钱一夜的房钱，便住着上等房间，房中器具件件精良；出了半块钱一客的饭钱，四样饭菜，有鸡有鸭，有鱼有肉。张涉世心中气极，回到房中，告诉阅世、问世知晓，大家都是不平，便去寻那老板，大讲理性。

张阅世见了老板，便发怒道："你们这家旅馆，实在可恶，大家都是客人，为什么只欺着我们？人家出了一块半的钱，住得好，吃得也好，我们出了这五六十块钱，三个人共睡一张床，三个人合吃一个鸡蛋。老板，老板，太觉欺侮我们了。"

旅馆老板笑道："客人错怪了我们，这里的房钱饭钱，本来有两样价钱的，熟客般般便宜，生客处处吃亏。"

张阅世气塞了咽喉，一时开口不得。张问世慢吞吞地说道："老板，请问你既然房钱饭钱有这两样价钱，你们旅馆门前，不该挂着'真不二价'的横匾啊！"

老板笑道："客人看错了，我们的门前没有'真不二价'的横匾啊！"

三兄弟见老板图赖，便托着他去看这四字匾额。张阅世指着金字问道："老板你瞧，这不是'真不二价'四个字吗？"

老板道："呸！这是'价二不真'四个字，客人读颠倒了，这里的读法，是右面读到左面的，先读'价'字，再读'二'字，再读'不'字、'真'字。你从左面读到右面，读作'真不二价'，那么大大地错误了，我们只是'价二不真'，不是'真不二价'，客人可明白啊？"

张阅世道："什么叫作'价二不真'？"

老板答道："'价二'，便是价钱有两样，'不真'，便是不向你们说真话。我们早把'价二不真'四个字挂在门上，所以同样的饭钱和房间价钱是不同的，熟客可以便宜，生客定要吃亏。"

三兄弟听了，没话可说。到了晚间，要吃夜饭，但是这般的饭菜，他们都吃怕了。

张阅世道："三弟，你到外面街上去买些酱鸭酱肉来吧。"

张问世答应了，正待出门，张涉世叮嘱道："三弟，你到街上，须得留心细看肉铺子里的横匾，这里规矩，横匾上的字，是右面读到左面来的，不是左面读到右面来的，你须记着，不要读颠倒了。"

张问世道："二哥放心，吃了一次亏，学得一次乖，我自会留意，请你放心便是了。"

张问世到了外面，留心看那店铺门前的横匾，凡是挂着"真不二价"的，他都不敢去买，后来看见一家熟肉店的门前，匾额上有四个字，叫作"味变不久"。张问世暗想：这四个字，倘从右面读到左面，便是"久不变味"，可是这里的酱鸭酱肉，烧得异常考究，永远不会变味的，不如多买几黄篮回去，当作饭菜，横竖不会馊的，

198

今夜吃不尽，明天后天都可吃，免得去吃那不好吃的福建菜、广东菜，和那说得好听见得平常的唐诗菜。

张问世上店问那酱鸭酱肉多少钱一篮，听那肉店伙计的回复，不禁吃了一惊。酱鸭每篮洋四元，酱肉每篮洋二元，而且都是很起码的黄篮，若在苏州著名肉铺子里去购买，酱鸭只需两角小洋一黄篮，酱肉只需一角小洋一黄篮，怎么这里的价值增加了二十倍呢？但是仔细一想，却又替这家肉铺子原谅起来，只为陆稿荐、三珍斋这些出名的肉铺子里所买的酱肉酱鸭，隔宿以后，不免变味，这里的东西，既然久不变味，料想和那罐头食物一般，尽管可以搁着不吃，便是价钱贵些也不妨，只为久不变味的酱肉酱鸭是别处没有的。

他在袋里摸出一个皮夹，这袋是做在裤子上的，他从皮夹里取出一张十元钞票，买了三黄篮酱鸭、四黄篮酱肉，仍把皮夹放入裤袋里面，拎着七只小黄篮，慢吞吞地回那旅馆。路过一家门首，点着一盏纸灯，上面贴着许多纸条，黑压压地挤着许多人，在那里看那纸条。张问世暗喜道："滑头国里也有打灯谜吗？我是欢喜猜谜的，何妨猜几个谜玩玩，取得些赠品，也是好的。"于是挤入人丛里看那谜条，但见一条灯谜写的是："虫入凤中飞去鸟，七人头上戴草帽，大雨落在横山上，半个朋友不见了。"下面还写着："请猜四字，猜中者可得橄榄三千、福橘二百，但须纳费大洋两元。"

张问世暗思：滑头国的灯谜一些不滑，却是很老实的，这是一个老灯谜啊，所猜的四个字，便是"风花雪月"。这般很容易的灯谜，却有很多的赠品，橄榄三千、福橘二百，照着市价计算，至少也要七八块钱，我便纳费两元，也是很值得的。

张问世想定了主意，高声喊道："第一号灯谜，可是'风花雪月'四个字吗？"

里面应道："猜得不错，真好心思，快来领赠品，请纳费大洋两元。"

张问世很起劲地去纳费，交付了两块钱。张问世以为所得的赠品，至少须装着两个大荷包，谁料那人取出的赠品，只有一个黄胖橄榄，上面插着三根剔牙签，一只劈成两爿的烂福橘。张问世在先以为那人取出的橄榄、福橘，不过给他看看样子，谁料那人高声说道："这便是橄榄三千、福橘二百，快快取去吧！"

张问世奇怪道："先生弄错了，只有一个黄胖橄榄、两半爿的福橘，怎说是橄榄三千、福橘二百？"

那人一声冷笑道："你休假痴假呆，我们滑头赠品的橄榄三千，不是真个三千，只是橄榄上插着三个签子；我们滑头赠品的福橘二百，不是真个二百，只是把福橘擘成两爿。你若要，快取去，你若不要，我们便可另赠他人。"

张问世知道又上了当，便斗气不要这赠品，恨恨地走了。

走了数十步路，走到一条巷口，谁料背后一人抢先走上，和张问世平肩而行。张问世暗自着急，只为裤袋里面藏着二百多元的钞票，怕有失错，连忙向着热闹的地方行走。谁料那人也是急急而行，总和张问世的肩相并。张问世一手拎着酱鸭酱肉，一手保护着大腿上面的这个裤袋，走了一程路，恰是热闹市街，道旁还站着警察，张问世方才放心，料想这里不会有歹人抢他的钞票了。

张问世不再把这只手保护裤袋，以为可以没事了。谁料和他并行的那个人老实不客气地伸手在张问世的裤袋里面挖去这只皮夹。张问世大惊道："做什么？这皮夹是我的！"

那人高声道："放屁！这皮夹是我的！"

张问世道："胡说，这皮夹不是从我的裤袋中取出的吗？"

那人道："放屁！这皮夹是藏在我的裤袋中的。"

张问世拍着自己的大腿道："你看，你看！这不是我的裤袋吗？"

那人也指着张问世的大腿道："你看，你看！这不是我的裤袋吗？"

张问世听了，又好气，又好笑，便道："你这人可是有神经病的？这裤袋明明在我的大腿上，怎说是你的？"

那人道："放屁！这大腿也是我的，不是你的。"

张问世虽然是好性子，到了这时，也有些忍耐不住，便拉着那人去见道旁的警察，声说那人在自己裤袋里面夺去一只藏有二百元钞票的皮夹，向他理论，他把我的皮夹当作他的皮夹，甚至把我的裤袋当作他的裤袋，把我的大腿当作他的大腿，你想那人可是害了神经病吗？

警察呵呵大笑道："若照你这般说，这皮夹便该由他取去。"

张问世发急道："你这警察也是岂有此理，难道我的皮夹便是他的皮夹吗？我的裤袋便是他的裤袋吗？我的大腿便是他的大腿吗？"

警察道："不错，不错，一些也不错。"

张问世道："这是什么规矩？"

警察道："这是我们滑头国的规矩，滑头国里的人民，一举一动都依着俗语而行。俗语说得好：走路要缠错膀。所以你的膀便是他的膀，你的银钱便是他的银钱，这是你不好，谁叫你藏在大腿上面的裤袋里呢？倘使你藏在衣袋里面，他便无权取去了。"

警察说罢，便放着那人扬长而去。可怜的张问世，随带的银钱都被取去，只是垂头丧气地拎着这一串小黄篮，回到旅馆中去。

张阅世、张涉世久等他三弟回来，眼睛都要望穿了。待到张问世回来，哭丧着脸，见了他二位哥哥，连唤倒霉倒霉！张阅世惊问道："什么倒霉？难道你上街去买酱肉酱鸭，又上了大当吗？"

张问世道："酱鸭酱肉虽然贵了二十倍，但是不好算上当，只为这东西比众不同，可以久不变味的。"

张涉世道："既然没有上当，为什么这般愁眉苦脸呢？"

张问世便把打灯谜吃了亏，走路又缠错了膀，以致所有银钱完全化为乌有，一一向他二位哥哥说了。张阅世、张涉世听了，也没有法子可想，只是连连摇头罢了。

七　三套秘诀

倒霉的张问世，被滑头码子取去二百多块钱，只拎着小黄篮里的酱肉酱鸭回来，以为这两样东西一定可以久不变味的了。谁知又出乎意想以外，解开小黄篮，恶味直冲。原来这酱肉酱鸭都馊了，不但是馊，而且多出了狗屎毛，嗅都难嗅，如何可以吃得？

张阅世埋怨兄弟道："三弟，你一定把横匾读颠倒了，这是要从右面读到左面来的，你一定忘却了我们的叮嘱，依旧从左面读到右面。横匾上的字，我再三叮嘱，你要向这一面读，你为什么又向那一面读呢？"

张问世道："大哥，你冤枉我了，我的确是从右面读到左面，才知道是久不变味，我没有读颠倒啊！"

三兄弟辩论不决，便去请问旅馆老板："既然匾额是要从右面读到左面来的，为什么熟肉铺子里的横匾依旧欺人？"

老板道："这家熟肉铺子的门面是向南的呢，还是向北的呢？"

张问世道："记得是向北的。"

旅馆老板笑道："那便客人自己不小心，不能埋怨这家熟肉铺子了。为什么呢？我们滑头国里的规矩，铺子门前的横匾，不是一定从右面读到左面去的，须看这家的门面究竟向南向北，宛比我们的旅馆是向南的，读那横匾上的'真不二价'要从右面读起，当然是'价二不真'。客人买肉的这家铺子，既然是朝北门面，那么匾额上

202

的字便要从左面读到右面，他们既然挂着'味变不久'的横匾，他们已明明白白地告诉你了，这里的熟肉是变了味的，是不能经久的。假使客人买了就吃，虽然味道变了，还可勉强吃下。你买了不肯就吃，在路上又耽搁了许多时候，回到栈房里，这酱鸭酱肉当然要生着狗屎毛了。这是客人自己不好，怎好说是店家欺人？幸而他们没有听得，要是听得了，他们便要说你毁坏他们的名誉，和你打官司。客人客人，这是三五百块的罚金，只怕又要你破费了。"

三兄弟听了，都是吐了吐舌头，只好自认晦气，当然没有什么法子可想了。

过了一夜，三兄弟闷坐在旅馆里，觉得没有趣味，想到外面去走走，又怕遇见滑头，上他们的大当。

张阅世道："我不愿闷坐在这里，我一定要到外面去玩玩，只需把钞票放在搭膊里面，系在腰间，便不怕滑头码子走路缠错膀了。"

张涉世道："大哥，还是不出去的好，昨夜三弟吃了这个大亏，前头的人跌筋斗，后头的人须得防滑。"

张阅世道："二弟说什么话？我们是出来游历的，要是怕着滑头码子，躲在栈房里不想出门，这不是出来游历，是出来坐监牢了。你既不愿出门，我便和三弟同去玩玩。"

张问世道："大哥，我也不愿去，爹爹给我的三百块钱都被滑头码子骗去了，裤袋里空空如也，出去也没有趣味。"

张阅世道："你们都不去，我便一个人去游玩，总比你们坐在栈房里好。"

张阅世将要出门，张涉世向他叮嘱道："大哥，你出去要留心，身边藏着的银钱万万不要给人家露眼。昨夜三弟的皮夹被人夺去，只为他在打灯谜时取出皮夹，给人家露了眼，所以吃这苦头。大哥须得牢牢记着。"

张阅世大笑道："二弟，你太小心了，须知银钱不放在裤袋里，便是给那滑头码子露了眼，他们也没法抢去。我的银钱缚在我的肚子上，只有走路缠错膀，没有走路缠错肚皮。二弟，放心吧，我不比三弟，怕什么滑头码子？"

张阅世不听他二弟的劝告，竟离了旅馆，到各处散步去了。

路上依旧是滑里滑跶，幸有手中司的克，不怕跌筋斗。路上的行人，男男女女，个个是滑头滑脑。张阅世不敢和他们接谈，只怕又要上了他们的当。走了几条巷，路过一处，但见高张着白布旗子，上写"传播滑头秘诀一学便会"十个大字。张阅世便停了脚步，要想学习几套滑头秘诀。

张阅世为着吃过了滑头的亏，究竟做滑头的有什么秘诀，这是他急于要研究的一个问题，他便走入高挂旗子的房屋而去。走到里面，果然有三三五五的人在那里研究滑头秘诀，而且墙头上贴着许多广告，什么"千载难逢的机会"，什么"三言两语便可学成滑头秘诀"，什么"每学一件只需大洋一元"，什么"学得滑头秘诀，终身利益无穷"……

张阅世看了，异常满意，便起了决心，要学成几套滑头秘诀。

于是走到秘诀室的门外，见挂着一块黑板，上面写着："今日传授秘诀，共有三件：一、眼睛里会得伸手写字的秘诀；二、耳朵里会得生出嘴来，嘴会得动的秘诀；三、嘴里会得出儿子来，生出的儿子便有胡须的秘诀。传授每套秘诀，特别廉价，只取大洋一元，包管一学便会，倘然不会，原洋奉还。"

张阅世大喜道："这般奇奇怪怪的秘诀，每套只需一块钱，的确特别廉价，我何妨出了三块钱，把三套秘诀一齐学会了呢？回到旅馆中，见了二弟、三弟，我可以骄傲他们，好叫他们见了眼热，懊悔不和我同出外游玩。"他想定了主意，便付了三块钱，这是从搭膊里挖出来的，他忘记了二老官的叮嘱，竟把搭膊里的钱给人家露了眼。

他付了三块钱，便有人引他进那秘诀室，轻轻地向他说道："我把三套滑头秘诀一齐传授于你，你便可以成为一个滑头大家，将来也可以传授他人，说不尽有许多利益。"

张阅世道："若得如此，异常感激，请你快快传授这三套秘诀吧！"

那人笑道："你倒是一个性急朋友，来来来，我不卖关子，一齐传授你吧。什么叫作眼睛里会得伸手写字？这便是猜那'目录'，你看每部书的前几页都有'目录'两个字，目是眼睛，录是抄录的意思，你想眼睛会得抄录，这不是眼睛里伸手写字吗？第一套秘诀我已告诉你了。什么叫作耳朵里会得生出嘴来呢？这便叫作'耳语'，从前文言的课本上，凡是凑着耳朵说话，叫作'耳语'，你想耳会得语，这不是耳朵里生出嘴来吗？第二套秘诀我又告诉你了。什么叫作嘴里会得生出有胡须的儿子来呢？这是说的一句俗语，宛比这个人说起话来，有一副老气，这便叫作'口子老'，若把这三个字拆开来讲，就是嘴里的儿子老了，这不叫作嘴里会得生出有胡须的儿子来吗？第三套秘诀我又告诉你了。性急的朋友，我把这三套秘诀已一股脑儿传授于你，你可以出去了。"

张阅世听了，老大失望，便道："先生，这便可以叫作秘诀吗？"

那人冷笑道："不叫作秘诀，叫作什么？"

张阅世道："这是说的几句'死话'啊！"

那人怒道："我们滑头秘诀，不过传授你几句死话罢了，你若唠唠叨叨，还不出去，耽搁了我的宝贵光阴，我要和你算'谈话费'。谈话五分钟，须出大洋五元，谈话一点钟，须出大洋六十元。"

张阅世暗想：这真了不得，谈话一点钟，须出六十块钱，比着时髦律师还要厉害，我只好自认晦气了。横竖三块钱，损失还不大咧。便即叹了一口气，离开这里而去。

张阅世走了半里路，忽见有人迎面走来，肩上甩着一只叉袋，恶狠狠地把他一把拖住，喝一声："还我搭膊。"

张阅世大惊道："我和你素不认识，怎么向我讨起搭膊来？"

那人道："你休抵赖，我的搭膊，便缚在你的肚子上。"

张阅世道："这是我自己的搭膊啊！"

那人道："放屁！凡是搭膊，都是我的，快快解下来，搭膊里的东西都是我的。"

张阅世怎肯解下，连唤："岂有此理！"

那时围着许多人来问情由。张阅世细诉情形，求他们说句公道的话，但是他们都帮着甩叉袋的人，谁也不肯帮着张阅世。他们都说："先生，这是你自己不好啊，你的银钱该放在衣袋里面，不该放在搭膊里面，再者，你便放在搭膊里面，也不该在人前露眼，给人家知晓。这里的风俗，一切都照着俗语而行，相传的两句俗语叫作：叉袋养搭膊，一代不如一人。照这么说，叉袋既会养着搭膊，那么叉袋是老子，搭膊是儿子了，儿子遇见了老子，当然要跟着老子同行，搭膊遇见了叉袋，当然要跟着叉袋同行。我劝你识相一些，还是解下搭膊，送给那个甩叉袋的吧！"

张阅世怎肯依从，待要逃回旅馆，但是，众人怎肯让他脱身，一齐把他围住了，用着强权，逼他解下搭膊，交付与这个甩叉袋的，方才放着他回去。

可怜的张阅世哭丧着脸回到旅馆，见了两个兄弟，很惭愧地说道："二弟、三弟，我愧悔不听你们之言，带去的钞票完全被人抢去，我实在气极了，总要想个报仇的方法，方才可以平我这一口气。"

于是把方才的情形，一一告诉了他的两个兄弟。

张涉世道："我们三兄弟各带着三百元来到这里游历，现在大哥和三弟的银钱都被滑头骗去，已骗得空空如也，我带的三百元虽没有完，但是在这里耽搁，房钱也贵，饭钱也贵，不到两三天，也要用得一个不剩。记得何伯伯曾经叮嘱我们，假使随带的钱都被滑头骗去了，何伯伯有两个朋友，一个贾痴，一个贾呆，那些滑头码子天不怕，地不怕，只怕贾痴、贾呆来作恶。我们过了一天，便可以同去访问贾痴、贾呆，请他们出场去和滑头码子理论，他们看着何

206

伯伯的面上，一定肯替我们三兄弟出力，只为何伯伯在滑头国做买卖，都由贾痴、贾呆做经手人的，所以和他们的感情很好，他们的住处，何伯伯曾经悄悄地告诉我，住在滑头路滑头里痴呆弄，第一家便是。过了一天，我们同去拜望他们，只要他们肯抱不平，那么我们这一口气便可以平了。"

阅世、问世听了，都赞成二老官的主张。

八　丈母娘识相

　　痴呆弄贾姓的家中，果然有三个小客人前来拜望，贾痴、贾呆迎着三兄弟到客堂中坐定。

　　贾痴笑道："你们都是何老大指导前来的吗？"

　　张涉世很恭敬地说道："我们都是何伯伯指导而来的，贾先生如何知晓？"

　　贾呆说道："你们上岸的那一天，何老大早已写信前来，说有张姓兄弟三人，初到这里，不免吃着滑头码子的亏，倘有什么损失，要托我代你们索还损失。小朋友，你们到了这里多天了，可曾损失了多少？"

　　张涉世道："一言难尽，我们在这里受骗了好多回，三兄弟各带三百块钱，已被滑头码子骗得干干净净。"

　　于是张阅世、张问世都把自己受骗的情形一一告诉与贾痴、贾呆知晓，请他们相助。

　　贾痴道："小朋友，不用慌，你们所受的损失，我可以向滑头码子一一索回，你们只在这里守候便是了。"

　　三兄弟听了，异常感激，便谢了贾痴，看他急匆匆地出门了。

　　贾痴出门以后，自有贾呆陪着三兄弟闲谈。张涉世提起："这里的油腔滑调、油头滑脑真叫人防不胜防，唯有走到这条痴呆弄，和外面油滑的街道大不相同，人人可以踏稳着脚步而行，不比滑头路滑头里的地方，都是滑里滑跶，一不小心，便要扑地一跤滑倒在地。而且见了你们两位贾先生，便知道都是正人君子，只为两位先生的头颅，既没有涂着司丹康，也没拓着生发油，一举一动，都是很大方的，不似他们这般贼头狗脑。但是我们不明白，为什么两位先生不怕滑头，滑头反而惧怕两位先生?"

贾呆道："小朋友，你问起的事，说来话长，趁着空闲无事，我可以细细讲给你听。我们兄弟两人，都不是滑头国人，滑头国的对面，有一个老实村，我和方才出门的贾痴哥哥，并非同胞，却是堂房兄弟，彼此都是老实村的财主。滑头国的人民虽然滑头滑脑，但是富翁很少，只为他们用着油滑手段骗来的钱财，到了后来，也是被人家用着油滑手段骗去，来也来得容易，去也去得稀奇。倒不如我们老实村中的人，大家老老实实，靠着勤俭成家，其中很有几家富户过着很舒服很快活的日子。滑头国中的人，看想我们贾姓的富有钱财，便派着人到我们村里来，知道贾痴哥哥欢喜开店，便撺掇贾痴哥哥到滑头国里去开店，知道我贾呆没有娶妻，便撺掇我去做滑头国柴大先生的女婿，而且花言巧语，说得异常好听，以便我们上当。我和贾痴哥哥明知滑头国中的人诡计多端，这番上门相劝，一定不怀着好意，但是我们也不怕这些滑头码子，何妨答应了他们的请求，贾痴哥哥便允许去开店，我也允许去做柴大先生的第三女婿。

"贾痴哥哥到滑头国去开店的历史，待他回来了，自己向你们报告，至于我贾呆怎样去做柴大先生的女婿，这其中笑话很多咧，听我从头说起。滑头国中的柴大先生倒是个好好先生，虽住在滑头国，并不和滑头一般油滑，唯有这位丈母娘柴太太做人很是油滑，我们三个女婿，大女婿、二女婿都是滑头码子，和柴太太通同一气，唯有我做了三女婿，出言吐语，句句老实，不肯掉什么枪花。我的娘子见我老实，也跟着我老实，夫妻俩的感情很好。但是丈母娘心中，以为第三个女婿不成才，第三个女婿是个呆子，所以她见了大女婿、二女婿，总是堆着笑脸，很亲热地唤着大姑爷、二姑爷，唯有见了我贾呆，她便另换着一副面孔。我很亲热地唤她一声丈母娘，她却冷冰冰地说道：'呆子，做了你的丈母娘也倒霉，我的三小姐误嫁了你，好一朵鲜花插到狗屎上了。'"

三兄弟听了，都替着贾呆先生不平。

"小朋友，莫怪你们替我不平，我自己也觉得不平。三个女婿里面，大女婿是个穷鬼，二女婿也是个光棍，他们见了丈母娘，只有几句'花马屁'讨好她。我虽不会'花马屁'，但是在丈母娘身上用去了许多金钱，她要吃什么东西，我买给她吃，她要做什么衣服，我做给她穿，谁料总是不讨好，她总是冷冰冰地唤我一声呆子。而且遇见了人，总说：'大女婿怎样玲珑，二女婿怎样聪明，唯有呆子不成才，我们三小姐好一朵鲜花插在狗屎上。'

"小朋友，我和贾痴哥哥都不是呆子，我们只是看看滑头国的人民怎样对付我们罢了。倘使我们很诚实，他们也跟着我们诚实，这是没有话说，倘使我们诚实待人，人家一味把我们欺骗，那么我们也该行使几条计策，征服这一辈滑头码子，好叫他们得些教训。

"这一天，恰是丈人、丈母六十双寿，大女婿、二女婿送的寿礼只会送几个'花马屁'，空着两只手，只是嘴里好听，把柴大先生比着老寿星，把柴太太比着王母娘娘，左一句'福寿绵绵'，右一声'长生不老'。唯有我贾呆不喜在嘴上好听，却花着五百块钱，替丈人、丈母做寿。但是，柴太太的心里依旧欢喜着不拔一毛的大女婿、二女婿，对于我这花着五百块钱的三女婿，依旧当作呆子看待。我这五百块钱不是花得太冤枉吗？

"三个女婿陪着丈人、丈母吃寿酒。筵席是我出的钱，大女婿、二女婿却会向柴太太鬼讨好，敬酒敬菜，忙个不了。柴太太只见他们的情，左一句'多谢大姑爷'，右一声'多谢二姑爷'。我花了筵席费，柴大先生还明白，说了一句'贤婿破费了'，却被柴太太喝住了，她说：'呆子费些钱，这是应该的，谢他做什么呢？'

"后来席散了，时候不早，三个女婿都住在丈人家里，但是，柴太太端整的床铺分着好歹。大女婿、二女婿睡的床铺是一张很讲究的大号铜床，而且还套着洁白的帐子，唯有我贾呆的床铺只有两张长凳搁着一扇板门，放一副很齷齪的铺盖，和大女婿、二女婿睡的绸被绸褥大不相同。待到床上安眠以后，大女婿、二女婿不多一会子便即睡着了，唯有我翻来覆去再三地睡不着，只为想着丈母娘的冷待情形，实在令人气满胸脯，不能入梦。

　　"约莫深夜时候，但听得一阵脚步声愈走愈近，这是我听熟的脚步声，知道来的便是丈母娘，不觉暗暗奇怪道：半夜三更，丈母娘走到这里来，做什么呢？便假装着入梦，鼻息声连连不绝。待到灯光一闪，知道丈母娘进来了，便把眼睛闭着，直僵僵地仰睡在板门上面。

　　"丈母娘掌着灯，一路走，一路自言自语道：'大姑爷、二姑爷料想已睡着了，不知可曾盖着被头而睡？'我听了气闷，暗想：房中的女婿共有三人，她只记挂着大女婿、二女婿，实在太偏心了。

　　"丈母娘走到铜床旁边，似乎在那里拽开帐门了。又听得她自言自语道：'原来两位姑爷都没盖着被头，防着受冷，我来先替大姑爷盖好了。原来大姑爷睡在这头，啧啧啧！大姑爷的睡相正好，大姑爷是两手捧着头颅而睡的，这般的睡相，叫作"狮子捧头"，相书上说起"狮子捧头"的睡相，实在妙不可言，叫作"狮子捧头，其人富比王侯，家中有三千粒珍珠、四千粒金豆"。'我听了好笑，再听她怎样批评二女婿。

　　"又听得她自言自语道：'看了大姑爷，再看二姑爷，二姑爷也没有盖上被头，我来替他盖上了。原来二姑爷睡在那头，啧啧啧！二姑爷的睡相正好，二姑爷是两手撑腰而睡的，这般的睡相，叫作"老虎撑腰"，相书上说起"老虎撑腰"的睡相，真个妙不可言，叫作"老虎撑腰，其人定开银号，家中有三千万现银、四千只元宝"。'我忍着笑不敢开口，知道丈母娘看过了他们，一定要来看我了。

"果然不出我的预料，丈母娘看过了大女婿、二女婿，便走到我的卧处来了。我依旧装睡，鼻息连连，但听得丈母娘略一停步，便即走去，口中自言自语道：'莫怪他做呆子，睡时也有些呆相，这般睡相，叫作"黄狗伸腿"，相书上说"黄狗伸腿"的睡相，不是个好相，叫作"黄狗伸腿，到处坍台，永无出息，非痴即呆"。'我听到这里，膨胀着一股闷气，几乎把肚皮都气破了。

"丈母娘去后，又隔了一会子，才听得大女婿翻身，又听得二女婿也是一瞑初醒。大女婿忽地暗暗连声道：'今天多吃了东西，我要去大解了。'二女婿道：'你要大解，我也要大解，两人同去上坑缸，便不寂寞。'说罢，两个人匆匆下床，同到外面登坑去了。

"我暗自快活，报仇的机会到了，他们要大解，我也要大解，他们到外面去登坑，我便在里面去登床。登的什么床？登的是他们所睡的铜床。我悄悄地从板门上跨了下来，又悄悄地跨上了铜床，先在大女婿睡的被窝里当作坑缸，老实不客气地大便起来，做了一半的工作，又在二女婿睡的被窝里照样地做那一半的工作。我拆了这个大烂污，知道他们要进来了，赶紧拭抹干净，悄悄地下了铜床，又悄悄上那自己的板铺，依旧'黄狗伸腿'般地睡在上面，默默地想：看那两个滑头码子来了，怎样办法？"

贾呆把自己的历史讲到这里，他的哥哥贾痴已回来了，向着三兄弟说道："你们被人家骗去的金钱，都被我索取回来了。"说时，从怀里取出一大卷钞票，一份一份地物归原主，向着三兄弟说道："这一份是旅馆多收的房饭钱，这一份是'走路缠错膀'时骗去的钞票，这一份是'叉袋养搭膊'时骗去的钞票，还有零碎的几块钱，是'打灯谜''学秘诀'的时候被他们骗去的，现在都被我索取回来了，你们都拿去吧。"

三兄弟听了，感激不尽，彼此凑了一百块钱，送与贾痴做谢意，贾痴大笑道："小朋友，我贾痴是不贪这非义之财的，要是贪了非义之财，便不成其为贾痴，而成为滑头码子了。小朋友，这是你们自己的银钱，快不要客气，藏好了吧。"

三兄弟见他不受谢意，益发感激不尽了。

九　滑头变作了滑脚

张阅世急于要听贾呆讲的本人历史，便问贾呆道："先生在床上拆了烂污，后来怎么样呢？"

贾痴笑向他兄弟贾呆说道："原来你把自己的历史讲给小朋友知晓，待你讲完了，我也要把自己的历史向这三位小朋友报告。"

张阅世连连拍掌道："这是我们很欢迎的，听了贾呆先生的历史，还要听贾痴先生的报告。"

于是，贾呆续讲道："我是素性不肯拆烂污的，但是要征服滑头码子，非得拆他一个烂污不可，只为滑头是专喜拆人家烂污的，我也来以毒攻毒，孝敬他们一个烂污。我听得大女婿、二女婿都进房来了，我依旧假装着熟睡，看他们怎样办法。大女婿先上床，闻着了臭味，移灯去看，看见了被窝中的尿屎，便埋怨着二女婿拆烂污，吃得太饱了，以致在梦中出尿出屎。二女婿揭开自己被窝，也看见了被窝中的尿屎，又埋怨着大女婿，说他太不应该在床上出尿出屎。

"两个滑头你怪着我，我怪着你，大家分辩不清，他们再也想不到这个烂污是睡在板门上的呆子拆的。只为他们当我是个呆头呆脑的人，绝不会干这促狭的事，所以他们只是互相埋怨，并不疑到我的身上。

"他们抱怨了一会子，只好坐待天明。比及东方发白，他们恐被丈人、丈母知晓，面子上不好看，便即开了后门，急急忙忙地逃走

214

了。我看他们这两个滑头都已滑脚逃走，心中好不欢喜，便舒舒服服地睡到十点钟还没有起身。丈母娘不知道两个女婿都已滑脚，还以为他们睡着未起，待到十点钟后，丈母娘又到房里来看大姑爷、二姑爷，连叫了几声，不见答应，拽开帐门，臭气直冲，不见大姑爷、二姑爷，只见被褥上的污秽东西，才知道两个女婿在睡梦里出尿出屎，醒后无颜见人，所以逃走了。

"丈母娘呆呆地立在床前不作声，我却耐不住了，口号高喊着：'狮子捧头，其人当场出丑，被窝里湿淋淋的一场尿，臭烘烘的一个屎连头。老虎撑腰，其人尿屎直浇，被窝里画着一条龙，藏着一段香蕉。黄狗伸腿，干净铺盖，尿无一场，屎无一堆。'"

张姓三兄弟听取，都是笑个不止。张阅世便问："以后怎么样？"

贾呆道："到了后来，丈母娘知道我不是真个呆子。'要是呆子，怎会假作睡眠，听我的说话？怎会学着我的论调，借我的拳头凿我的嘴？'不瞒小朋友说，我的丈母娘是个蜡烛脾气，以前我处处孝敬她，她却不知我的好处，自从这一天被我把她取笑了一番，她吃了欠的亏，反而倒来亲近我，不叫我呆子，叫我三姑爷了。那大女婿、二女婿自从这一天逃走以后，有一个月不敢上门，待到上门，丈母娘也换了称呼，不唤大姑爷，唤他'出屎坯'了，不唤二姑爷，唤他'出尿坯'了。而且大女婿、二女婿也都是蜡烛脾气，从前我处处退让，倒受他们处处欺侮，现在他们都知道受了我的暗算，反而向我讨好起来。我先把这两个滑头征服了，后来其他的滑头都见了我惧怕三分，这便是我征服滑头的历史。我的历史讲完了，小朋友再要听时，须得听我贾痴哥哥的报告了。"

张姓三兄弟都是很高兴地说道："贾痴先生，我们要听你的报告咧。"

贾痴不慌不忙地说道："小朋友，不要吵，待我慢慢讲给你们听。我到这里来，和我的兄弟不同，他是为着亲事而来，我是为着开店而来。我来的时候，看他们怎样待我，要是把我当作'阿木林'，用着油滑的手段对付我，存心要欺骗我的银钱，我便假作痴癫，由着他们骗我。骗我一次，我不计较，骗我两次，我不计较，要是他们贪心不足，骗我三次，我便要翻我的本，报我的仇了。到了那时，他们便不能怨我手段狠辣，只为他们的手段先狠辣了，我才行这报仇的计策，他们自己不好，怨我什么呢？

"滑头陈不良第一次约我合开一爿钱庄，每股五百块，我认十股，一共五千块钱，他也认五千块钱，写了一纸议单，许我每年可分一半红利，而且在议单上面写着'诚实不欺'四个字，我以为靠得住了。谁知到了年底，他赚了两千块钱，一块钱都不肯分给我。我指着议单上'诚实不欺'四个字向他诘问，他道：'痴子，你读错了，这四个字，要从右面读到左面的，分明写着"欺不实诚"，这是说明我的议单是欺人的，是不实的，是不诚的，言明在先。痴子，你怪不得我的。'"

张阅世大笑道："我们所吃旅馆里的亏，也是用的这个方法。"

贾痴又讲道："我吃了第一次亏，不和他理论，陈不良以为我是'好吃的果子'了，又约我开店，我不敢答应。他说：'现在定的合同议单，上面写着"欺不实诚"，你可以放心了。'我想：'欺不实诚'四个字，从右面读过去，便是'诚实不欺'，那么真个诚实不欺了，我何妨答应他呢？于是，又出了五千块钱，合开米店。谁知到了后来，他依旧不肯分给我红利。我指着合同上面的'欺不实诚'四个字道：'你再也不能欺骗我了，从右面读去，不是"诚实不欺"吗？'陈不良大笑道：'痴子，你又弄错了，上次的合同是向南面写的，所以要从右面读起，这次的合同是向北面写的，依旧要从左面读起，依旧是"欺不实诚"四个字。痴子，你知道吗？'"

张问世大笑道："我们所吃熟肉店里的亏，也是用的这般方法。"

贾痴又讲道："我吃了他两次亏，损失了一万块钱，只落得被他唤了几声痴子。过了一会子，他又要约我开店了，我再三不答应，他没有法子可想了，但是，他的兄弟陈无良知道我裤袋里面藏有一千块钱的银行存折，他们也用着'走路缠错膀'的方法，把我的存折挖去了。小朋友，你们看这滑头码子的手段，很恶不很恶呢？我便不能不用法子征服他们了。"

贾痴讲到这里，略作停顿。三兄弟便催着他报告这征服滑头的法子。

贾痴道："我要征服他们，我便先给他们得着些好处，宛比用着好吃的东西骗那鱼儿上钓钩。我便开着一爿'辩论店'，每天挂着一句诗，倘然有人驳倒我这句诗，我便输了，情愿奉赠一千块钱。第一天所挂的诗句叫作'风吹杨柳千条线'，挂不多时，便有人上前扳驳道：'痴子，你这句诗作错了，你又不曾去数过那线一般的杨柳，也许是一千零一条，也许是九百九十九条，你怎么知道是整整一千条呢？'我听了，便自认为错，把一千块钱输给那人。

"到了第二天，我又挂着诗句'雨打荷花万点珠'，而且上面写明：'有人把这句诗驳倒了，情愿输给他大洋二千元。'昨天的这个人又来扳驳道：'痴子，你又弄错了，你不曾数过荷花上的雨点，也许是一万零一点，也许是九千九百九十九点，你怎么知道是整数一万点呢？'我又向他认错，输给他二千块钱。小朋友，到了第三天，我便报我的仇，而且可以应着一句俗语，叫作'翻本出赢钱'。"

十　割头和割股

　　三兄弟听到这里，个个兴奋，都是急于要知道这"翻本出赢钱"的方法。

　　贾痴不慌不忙地说道："到了第三天，我又挂着一句很奇怪的七言诗句'尊头六斤四两重'，上面写明：'有人把这句诗驳倒了，情愿输给他大洋三万元，要是不能驳倒，也须照数输给我大洋三万元。'这条诗句挂出以后，大家都不敢前来尝试，只为扳驳不倒，便要输给我三万块钱。他们赢是赢得进的，输是输不出的，所以不敢前来尝试。

　　"从前骗我两次开店的陈不良，他本来是一个穷小子，自从两次骗得一万块钱，还加着钱店米店连年赚钱，他居然是一个小小的富翁了。他听得我挂了这条诗句，便起了贪财之心，他向人说道：'这痴子又在发痴了，要驳倒这一句诗，是很容易的，这三万块钱一定是我的了。'陈不良既夸下这大口，他便得意扬扬地来见我，很骄傲地说道：'痴子，这三万块钱将要不保了。'我说：'为什么呢？'他说：'你写的一句"尊头六斤四两重"，是说谁的头颅？'我说：'就是尊驾的头颅。'他便哈哈大笑道：'痴子错了，你难道称过我头颅的吗？也许是六斤三两，也许是六斤五两，怎么不多不少，说定我的头颅恰恰重六斤四两？'

　　"我这时已有预备了，预备着一杆秤、一把快刀，便不似以前

218

的痴呆模样，很爽快地向他说道：'陈不良，你休想驳倒我一句诗，我算定你的头颅只重六斤四两，一两也不少，一两也不多。陈不良，你若不信，请你自己割下头来，待我称这一称。'说罢，便把快刀授给陈不良，叫他割下头来。陈不良面色都变了，怎肯接受这柄快刀？但是，我连连催逼，要不把头割下，便须输给我三万块钱。

"其时，旁边有许多看热闹的滑头码子，他们都是蜡烛脾气，以前见我痴癫，便帮着陈不良欺侮我，现在见我不痴癫了，又帮着我逼迫陈不良。一面催着陈不良割头，一面去取了一杆秤，以便称他的头颅是不是六斤四两，称得不错是我赢，称得错了是我输。陈不良吓极了，无可如何，便写了一纸笔据，情愿在三天内输给我大洋三万元。

"众人一齐拍掌，贺我得了胜利。但是，其中有一人不拍掌，而且慌慌张张，似乎要想逃走。小朋友，可知道这人是谁？原来便是陈不良的兄弟，叫作陈无良，从前自称'走路缠错膀'，挖去我一千块钱存折的便是他。

"我见了陈无良，便想起着前仇，取着一柄快刀，拉住了他的膀，要割他膀上的肉。陈无良大惊道：'你无缘无故，怎么要割我膀上的肉？好没道理。'我说：'陈无良听着，我有很大的道理，只为我的妈妈有病，求神问卜，这就须得做儿子的在自己膀上割取半斤肉煎给他老娘吃，那么病便会好了。所以我拉住了你，须割下你膀上的半斤肉来。'

"陈无良发急了，忙道：'你休胡闹，你要孝顺你老娘，须得割你自己的股，怎么割起我的膀来呢？'我冷笑道：'这是学着你的乖，叫作走路缠错膀啊！'陈无良无言可答，再三求饶。我板起着面孔，不肯答应。后来，经了众人相劝，罚他赔给我二千块钱，方才没事。这件事，又是我得了胜利。从此滑头国中的人，个个怕我，并且怕我的贾呆弟弟，所以他们有这几句口号，叫作'天不怕，地不怕，只怕贾痴、贾呆来作恶'。"

　　三兄弟听了，个个满意，便即告辞回船。贾痴、贾呆还怕有人欺侮他们，便送着他们下船，和何老大相见了。何老大得悉情由，便向贾痴、贾呆道谢不绝。这番何老大上岸做买卖，都是贾痴、贾呆陪着他做生意，彼此公平交易，不曾受那滑头国人的欺侮。

健 忘 国

开 卷 语

老张有三个儿子，阅世、涉世、问世，都是十余龄的童子。老张要使他们知道些世事，所以央托一位惯会漂洋过海做生意的老友何老大挈带他们出门。何老大是很重交情的，一口应允，便把他们带到帆船上面，去游历四方奇奇怪怪的国度。

第一国是滑头国，第二国是糊涂国，一国有一国的笑话，一国有一国的趣闻。滑头国的人民，都是滑头滑脑，糊涂国的人民，都是糊里糊涂。爱阅"儿童游历丛书"的小朋友啊，你们爱游哪一个，便去购买那一国的丛书，好在一国一册，买全各册也好，单买一册也好，非但引动你们发笑，而且可以使你们得到许多阅历。

小朋友，你们记得两句俗语吗？叫作"忘记度，自吃苦"，这一册的《健忘国》，便是描写这一种人物啊。

闲话少说，但看下文，好戏来了。

一　吃鸡心

　　这几日，又是风平浪静，何老大和三兄弟又在船舱里闲谈。

　　张阅世道："何伯伯，我们这一番游历，越游越有无穷的趣味，似这般的国度，非但万国地图上所没有的，便是前人的小说，无论《山海经》《镜花缘》，也不曾听得有什么滑头国、糊涂国，我们所游的国度，都是前头人所不曾游过的国度，所以觉得有无穷的趣味。"

　　何老大道："大老官这么说，二老官、三老官怎么说呢？"

　　张涉世道："我的意思和大哥不同，大哥以为这些滑头国、糊涂国，是地图上所没有的，我以为现在的社会上到处都有滑头国、糊涂国，只是人们不曾注意罢了。我们经过一国，便增长一国的知识，将来遇了糊涂虫和滑头码子，就不会吃亏了。"

　　张问世道："我是个慢性的人，既没有大哥这般爽快，也没有二哥那般能干，三兄弟里面，唯有我是个饭桶。这番游历，幸亏有大哥、二哥同游，要是只有我一人游历，何伯伯啊，那么苦了我这只饭桶啊！"

　　何老大拍手笑道："你自知是饭桶，你便不是饭桶了。"

　　张涉世正待要问何老大，这只漂洋船要在什么地方泊岸？前面隐隐看得见地平线的，又是什么国度？他想定主意，便向何老大动问道："何伯伯，前面不是隐隐地看得见海岸吗？这是……"

224

说到这里，忽地里一阵暖阳阳酥迷迷的好风，直向船舱中吹来。到底何老大是老出门的人，知道风来，早把衣袖掩着口鼻，直待风过了，方才放下。张姓三兄弟怎知风的厉害，毫无防备，任着它迎面吹来。经这一吹，把张涉世要说的话完全吹忘记了，他只向着何老大呆看，他觉得这位老人家十分面熟，但是想不起他的姓名。

说也可笑，很能干的张涉世，变作了一个毫无记性的人，他呆看了何老大一会子，便道："老翁，你姓甚名谁？为什么和我同坐在一只船里？"

何老大笑说道："你休问我姓甚名谁，你可知自己姓甚名谁？船舱里还有两个小朋友，你和他们是什么称呼？"

张涉世经这一问，忙向阅世、问世两人呆看。说也稀奇，他们本是同胞兄弟，经这怪风一吹以后，谁也不认得谁了。

张涉世道："请问两位朋友，你们姓甚名谁？和我是什么称呼？我觉得面熟，但是再也想不出在什么地方和你们同居过的。"

谁知阅世、问世也受了这怪风的影响，阅世是性急的，忙道："你不认识我吗？我是……"

说到"我是"两个字，以为劈口便可以回答姓名，然而好像就在口头，却一时说不出来，只把手拍着自己的脑袋道："该死！该死！怎么想来想去，只是想不出来？"

张涉世问不出张阅世的姓名，又问问世道："你可以告诉我吗？"

素性迟慢的张问世，吹了怪风以后，益发呆头呆脑。张涉世问了他两三遍，他方才有要没紧地回答道："朋友，你不认识我，我也不认识你啊！"

在这当儿，何老大忙着开那手提皮箱，在箱中取一个纸包。打开纸包，里面都是一个个烧熟的鸡心，取出三个，授给三兄弟道："每人吃一个，快吃快吃。"

三兄弟各取了一个鸡心，宛比吃鸭肫肝般地放在嘴里咀嚼，嚼到一半的当儿，他们的记性已渐渐地恢复了。待到嚼完鸡心，他们宛如梦醒。

张阅世道："奇怪奇怪，方才一个人都不认识，现在都唤得出姓名了，你是何伯伯，他俩是二弟、三弟。"

张问世道："我也都记得了，舱中四个人，何伯伯以外，便是我和大哥、二哥。"

张涉世道："我记得方才要问何伯伯一句话，说得半句，被这阵风吹忘记了。现在却已记起，我要问何伯伯，前面的海岸是什么国度的地方？"

何老大道："前面的国度唤作健忘国，又唤作无记性国。只为健忘国中所养的鸡都没有心，他们又都是爱吃鸡的。大户人家，每天要杀十只八只的鸡；小户人家，每逢三天，也要杀鸡一只。但是鸡肚皮的肝脏件件完全，所少的只是这个鸡心。他们吃了无鸡心的鸡，便成了无记性的人，所以这个国度里的民众，一百个里面倒有九十九个没有记性。若要有记性，每月需吃一个鸡心，本国的鸡既没有鸡心，需到别国去购取。我的纸包里的鸡心，是预备他们吃的，每个鸡心售价五十块钱，只有富贵的人有力购买，中等以下的人家便买不起了。所以，他们的国里，有记性的只有最少的一部分，便是每月吃得起五十块钱一个鸡心的人。"

张阅世道："何伯伯，我们每人吃你一个鸡心，不是三五一百五十块钱吗？我们只是嚼得几嚼，便嚼去你许多钱。"

何老大道："这算什么呢？你们多是自己人，我便破费些，也是应该的。何况这鸡心又不值钱，只不过到了健忘国里，这鸡心便觉得名贵罢了。"

张问世慢吞吞地说道："何伯伯，这个健忘国不是好地方，我们快不要去游玩吧，吹得一阵风，我们便彼此都不认识，甚至自己也不认识自己。将来上岸以后，在健忘国里住了几夜，只怕也成了个没记性的人了。何伯伯，我们不用上岸吧！"

何老大道："三老官不用忧愁，你们已吃过鸡心，便是到了健忘

226

国，也不会健忘。方才的一阵风，叫作健忘风，凡在健忘国中，每月总要吹过这一阵健忘风，风来时，只需把袖子遮住了口鼻，便可以没事。要是不及遮蔽，变作了没有记性的人，只需吃一个鸡心，便可以恢复记性。你们尽可放胆上岸，吹过了这一阵健忘风，本月便不再吹了，怕什么呢?"

二　背心和水牌

　　漂洋船泊岸了，张阅世、张涉世、张问世三兄弟各各携带了银钱钞票，预备在健忘国小住三四天。

　　何老大道："你们好好儿上岸去游历吧，老夫不能和你们同行，只为一切经验，要你们自己去寻求的。"

　　张涉世道："何伯伯不能陪着我们同游，也该荐几位朋友替我们招呼招呼，遇到尴尬的时候，也好帮助一二。"

　　何老大道："你们游历健忘国，大概没有什么困难的事。倘然有什么尴尬地方，我自会前来帮助的。小朋友，放大着胆，去寻觅你们的快乐之园。"

　　三兄弟上岸以后，走不到三五里路，那边便是一个乡镇，来往的男男女女，个个都罩着一件号衣式的背心。背心上面写明是男是女，姓甚名谁，多少年纪，住在哪里，家中有多少人。而且，每人胸前都挂着一块粉牌，牌上横写"勤笔免思"四个字，以下便是写着本人为着何事而出门。有些写的是"买点心"，有些写的是"张望娘舅"，有些写的是"妻儿生痛出门唤老娘"。三兄弟暗暗好笑，真正"忘记度，自吃苦"，一切都要写在背心和粉牌上，这支笔实在太忙了。

　　谁知可笑之中，更有可笑。其中，识字的写在背心上和粉牌上，当然不再忘记了。其他不识字的，背心上写了姓名籍贯，粉牌上写了出门缘故，仍旧不免要忘记，只好放在口中，念佛般地念个不停。但见一个白发婆婆，手执着拄拐，一路走，一路喃喃地念道："我这婆子本姓赵，今年七十不算老，家住尼庵对小桥。无男无女真苦恼，专做佛婆把香烧。今天奉了师太命，出门去买猪油糕。"张涉世暗想：这佛婆奉了师太之命去买猪油糕的，原来尼庵里的尼姑并不吃素。

又见一个小孩子，也在路上喃喃自语道："我是张姓小狗子，我的妈妈是缺嘴，我的爹爹已死了，妈妈姘了王老四。我是一个拖油瓶，今年年纪一十四，家住对河健忘里，两楼两底小房子。今天晚爷来吃饭，晚爷爱吃炒鳝丝，特地出门买黄鳝，切记切记休忘记。"

三兄弟听了，一齐好笑，健忘国的民众简直一切公开，并不瞒人的。娘是缺嘴，肯告诉人，娘的姘夫，也肯告诉人，自己是拖油瓶，也肯告诉人，真叫作"事无不可对人言"了。

那个孩子走过以后，又来了一个摩登女郎，打扮得虽然考究，可惜她也不识字，一路忸忸怩怩地走，一路唱着四字的山歌道："自家非别，姚氏桂香，年纪十八，有爷有娘，住在对岸，黑漆门墙。有个哥哥，出外经商，有个嫂嫂，面貌漂亮，姘个银匠，又姘铜匠，名声难听，沸沸扬扬，我的心中，好不悲伤。今朝出门，去看寄娘，讲讲气话，谈谈家常，寄娘住宅，劈对桥梁。"

张阅世笑道："又是一个在那里宣布家庭的丑事。健忘国的男女，真个开口便见喉咙，提起尾巴便是雌雄。"

忽地一个挑菜的乡下人，放下菜担，拦住着张阅世道："先生，请问你，我是姓张，还是姓李？我的名字叫阿三，还是叫阿四？"

张阅世道："你这人倒好笑，自己的姓名自己不知晓，倒来问人。"

那乡人道："我的姓名本来念得很熟的，只为方才有人唤住我，称了几斤菜去，被他一打扯，把我念熟的口诀有些记不清楚，我好像姓张，又好像姓李，我好像叫阿三，又像叫阿四。先生，请你告诉我吧!"

张阅世道:"你越说越笑话了,你自己都弄不清楚,叫我怎样告诉你呢?"

张涉世瞧见那乡人的背心上也有两行字,便道:"大哥,你把他背心上的字读给他听,他便可以明白了。"

张阅世便叫那乡人掉转身子,看他背心上的字道:"王阿二,年三十三岁,住在黄石山,他的妻子叫小妹,夫妻都靠着种菜生活。"

王阿二很快活地说道:"多谢你先生读给我听,我才明白了。原来我不叫作张阿三,又不叫作李阿四,我是姓王名阿二。对的对的,我果然是王阿二,先生告诉我以后,我越想越是王阿二了。不错的,不错的,我的几句口诀也记起来了。我是王阿二,今年三十三,住的小房子,就在黄石山,有个家主婆,名字叫小妹,我们夫妇俩,家有三亩菜,出门卖菜去,挑了一副担。"王阿二挑着菜担,一路地唱歌而去。

三兄弟正在好笑,忽地一个小孩子手执着一只空碗,哭哭啼啼地走来,连喊着:"不好了!不好了!"

自有人问他:"为什么啼哭?"

小孩子道:"妈妈差我上街买东西,我在人丛里面一挤,要买什么东西,我都忘记了。"

又有人指着孩子的胸前道:"你不要哭,你只看着这块水牌上是写的什么字,便可以记得了。"

孩子道:"水牌上本来写得很清楚的,只为我方才在人丛里走过,把水牌上的字在人家身上挤轧的当儿,弄糊涂了。我右手执着一只空碗,左手执着五十个铜圆,想来想去,想不出要买什么东西,买油买酒呢?买酱买醋呢?买酱瓜和糟乳腐呢?买猪头肉和肉百叶呢?究竟是怎样,我越想越糊涂了。不好了!不好了!"

张涉世笑道:"孩子,不要哭了,你记不清所买的东西,你不会到家里去问一声吗?"

孩子摸了摸头颅道："先生的说话不错，我要买什么东西，我可以回家去问的。但是，不好了，我住在哪里呢？我姓什么，叫什么呢？方才还记得，现在忘却了，如何是好呢？啊呀，不好了！我要变作无人收管的野小儿了。"

张涉世道："叫你不要哭，你又要哭了，你背心上的字还没有糊涂，我可念给你听。"

孩子道："我记得了，我的姓名、年岁、住址都写在背心上，先生，请你念给我听。"

张涉世便把他背心上所写的字一一地念给他听。那孩子的鼻涕、眼泪还没有干，早已笑嘻嘻地去了。

三　健忘城中的铺户

三兄弟经过了健忘村，前面便是健忘城了，进了城门，见里面的街道还算宽广，人家还算热闹。只为这里是市街，来往的人们比着健忘村中的居民尤其众多，凡是富贵人家男女，身上既不披着有字的背心，也不挂着记账的水牌，这是有钱买了鸡心吃，所以他们都有记性。和那健忘的平民不同，姓名不必写上背心，事情也不必写上水牌。

两旁的店铺，也和其他的地方差不多，但是买东西时异常麻烦。三兄弟看在眼里，暗暗好笑。宛比有人上店买一包白糖，先要看看胸前水牌上所写的字，见上面写着"白糖一百文"，才向店伙说明了自己要买的东西。店伙胸前也挂着一块水牌，收了他的一百文，随手取笔在自己胸前水牌上记了一笔"收到白糖钱一百文"，然后才把白糖包给那个主顾，又替主顾佩挂的水牌上面添了一笔道："白糖已交付你了。"

为着这个缘故，健忘城中的铺户总是门前立着许多买客，这不是他们的生意热闹，只为买卖东西都要记水牌，太费工夫了，所以比着寻常的铺户忙了许多。非但铺户里做交易，无论大小，都要记上水牌，便是挑葱卖菜的人也要随带着笔砚，写在水牌上面。自己不会写，自有路上的文丐替他们写上水牌，每写一次，取笔资两铜圆。健忘城里文丐特别加多，是专靠着替人家写水牌生活的，而且

232

许多店铺里面，笔店、墨店、做背心的成衣店、做水牌的漆盘店，也比别处特别加多。

三兄弟最要紧的便是寻一家旅馆寄宿，但是寻来寻去，各种店铺都有，独不见有一家旅馆。

张阅世发急道："寻不到旅馆，我们住在哪里呢?"

张问世慢吞吞地说道："没有旅馆也不妨，我们便不要在这里停留，回到船中去住吧。"

张涉世道："三弟，不是这般说，我们特地到这里来游历，岂有不在这里停留的道理? 热闹地方寻不到旅馆，我们再到冷静的地方去寻，大约总可以寻得到的。"

于是，过了热闹市街，转了一个弯，只见一家住宅的门上贴着一纸"招租"。三兄弟停了脚步，看那"招租"上写道："内有地板房一间，器具、床铺一应完全，贵客要租，每天租价洋两元，先付后住，概不赊欠，特此告白。"

张涉世道："好了，好了，这里租屋，是算日子不算月份的，这便和旅馆没有两样。我们就去租一间地板房住下吧。"

三兄弟想定了主意，推门进去，访问房东，预备租这房间。

那房东是个白须老者，见了三兄弟，把他们的胸前背后看了一遍，很奇怪地说道："三位小朋友，你们既不挂着水牌，又不披着背心，难道你们都吃过了鸡心的吗?"

张涉世道："好叫老先生得知，我们都是漂洋过海来的，而且新吃过鸡心，都是记性很好的。"

老先生叹道："三位小朋友好福气，这般年纪，已吃过鸡心。老汉枉活了许多年纪，只有结婚的一年吃过一次鸡心。这真是好东西，吃过一次以后，在一个月中，无论大小的事，都记得清楚。可惜吃了这一次，以后不曾吃了，所以依旧是个'忘记度，自吃苦'。"

张涉世道："请问老先生尊姓大名，多少高寿?"

老先生听了并不回答，却把三人的胸前背后又看了一遍，又问他们为什么不穿背心，不挂水牌。张涉世又把自己吃过鸡心的话述了一遍，老先生又羡慕了一会子，又提起自己在结婚时候吃过一次鸡心，以后便不曾吃了。张涉世耐着性子，又请问他姓名年岁，老先生又不回答，又细看着三人的胸前背后，又是第三次问起他们为什么不挂水牌、不披背心了。

张阅世是急性的人，便拉着涉世道："二弟，我们不要在这里租屋吧，我们又不曾吃人参，和这老头儿缠到何时才休？他问了一遍，又问一遍，好曲子不唱三遍。他已问过三遍了，他没有记性，我们是有记性的，快快走吧，不要虚费着光阴吧。"

张问世道："大哥又要性急了，横竖闲着没有事，同这位老先生讲几句倒黄霉的话，也是不妨的。"

张涉世正在进退两难，幸亏旁边有一个孩子，向着三兄弟说道："你们和老先生的问答，都要录在账簿上的，不见老先生的胸前挂着一本账簿吗？你们把一切的话都写在上面，老先生再问时，你们只需指指他胸前，他自会翻着账簿看，不用你们回答了。"

张涉世看那老先生的胸前果然挂了水牌，又挂账簿，便讨了他的账簿，把方才回答的话一切都写在上面。又付了两块钱的房金，替他写上了水牌，便不敢再问老先生的姓名、年岁，免得他前说后忘，又要虚费着光阴了。

一切写完以后，自有那孩子领他们去看房间，见里面收拾得还算洁净，床帐器具，一切完备，两块钱的房金，还不十分昂贵，比着滑头国的房金便宜得多了。所有饭食，另由左近包饭作送来，饭菜也不昂贵，只不过每顿须得先付饭钱，又须写上水牌，多些麻烦罢了。

三兄弟打听这孩子，这里租户共有多少人家。孩子也记不清楚，便去取了老先生所挂的账簿，翻给三兄弟看，才知道这里同居也有四五家，各家的姓氏，账簿上写得明明白白。三兄弟看了一遍，也都记得了，便把账簿还了孩子，叫他仍旧去替老先生挂在胸前，免得他记忆不清。

过了一天，三兄弟洗面漱口，吃过点心，待要出门去散步，忽听得对门房间有妇人在那里哭骂道："你这没良心的丈夫，叫你买木梳，你怎么买了一个小老婆回来啊？"

还有男子的声音，似乎向妇人分辩道："你不要哭，我没有错啊，你要我替你买一样东西，和天上的月儿一般。我恐怕忘记，便写在胸前的水牌上面，叫作：'妻要我买物，但看天上月。'这几天出城以后，在亲戚人家住了多天。昨天，我在海边散步，仰首看见了一轮团圆的明月，低头在水牌上看了一下，在月光中看见了'妻要我买物，但看天上月'十个字，我想，这是一个难题目，和圆月一般的东西是有的，只是没有圆月的光明，叫我买些什么回去呢？我正在打算时，忽见海岸旁边停着一只大船，船舱里坐着一位老人，灯光很亮，那老人手执着一个和明月一般圆的东西，在灯光下一照一照，也和圆月一般地光明。我见了大喜，以为你要买的便是这样东西，于是踏上船头，去访问这位老人，要想买他手中的明月。老人倒也客气，把我迎进船舱中坐定，问明来意。老人自称叫作何老大，手中的明月，是他自己照面用的，并不是卖品。我把水牌上的字给他过目，向他再三哀求，总得要把他手中的明月买回家去，不惜出着重价。何老大见我央求不已，他便答应了，我才出了五十块钱，向他买得这明月般的东西。我请他把那交易的情形替我细细地写在水牌上面，免得我过了一天完全都忘却了。何老大回说：'写水牌是很麻烦的，你要忘记，我可以使你暂时记得，不会忘记。'我说：'你用什么方法使我暂时记得？'他说：'只需给你吃一片鸡心，你便可以有三天的记性。'说时，他便取出一个鸡心，切了一薄片，向我说道：'这整个的鸡心，是卖给你们富贵人吃的，每个需洋五十元，向来不肯切碎零卖的。现在，看你分上，切了十分之一卖给你，该洋五元，不折不扣，你要吃吗？'我听了十分快活，只为鸡心的功效很是灵验，吃了一个，足够有一个月的记性，吃了一片，当然有三天的记性。我便付了何老大五块钱，把这一片鸡心吃在肚里，果然十二分地灵验，昨夜的事都记得清清楚楚，我的话句句是实，并没有半句谎言。"

四　和镜子相骂

　　三兄弟听了，个个肚里明白，原来他在何伯伯手里买了一面圆镜子，花了十块钱，这价值要算昂贵了。但是他可称屈死，怎么连镜子都不识，他的婆娘尤其可笑，索性把镜子当作小老婆了，难道镜子会得变化为人吗？

　　三个人正在奇怪的当儿，那婆娘又在怒骂道："放你的屁，你不要说胡话，算你吃了一片鸡心，可是欺侮我没有记性吗？我虽没有记性，但是你动身时，我吩咐你的话都记在账簿上，待我翻出来给你看。"

　　张涉世笑向哥哥、弟弟说道："健忘国的人家，都叠起着很厚的账簿，原来他们的一言一动都要记在账簿，甚至夫妇相骂，都要去翻账簿，可称麻烦之至了。你听对门房间里，现在寂然无声了，大约那妇人忙着去翻账簿，待到翻着了，一定还有什么冲突呢。"

　　张阅世道："夫妇俩都不识镜子，好笑煞人。"

　　张问世道："我到处留心，这里的人家般般不缺，单单缺少了镜子，所以夫妇俩见了镜子，都是大惊小怪。"

　　张涉世叹道："唉！怪不得他们自己都不认识，原来缺少了一件照面的东西，所以时时忘却了他们的本来面目。"

　　正在谈论时，对面房间中的妇人又在大声吵闹了。

　　妇人道："天杀的，你还要口硬吗？我已翻出账簿来了，你动身的一天，是本月初三的傍晚时候。我说：'男的，你出城去有多天的耽搁，回来的时候，可以替我买一只木梳来。'你说：'我的记性不好，到了那时，只怕容易忘记。'我手指着天边的一钩新月，正和木梳一般，便向你说：'男的，你可以写在水牌上的，只需看了天上的月，便会记得我吩咐你买的木梳。'你怎么不买木梳来，买了一个小老婆来了呢？天杀的，我一定不和你甘休的。"

男子辩论道："娘子，你错怪我了，你指着天边的明月做榜样，却不知明月有圆有缺的，你吩咐我买木梳时，天边的明月和木梳一般。后来，我想着替你买东西时，明月是团团的圆了，不像木梳一般了。我好容易觅得这个照面的明月，我要给你第一个照面，所以把这明月包好了，自己不敢私下里照面，须得你先照了，我才敢照。我是何等敬你爱你啊！况且这个圆如明月的东西，实在是人间罕有之物，便是走遍了健忘国，也寻不出第二个。我以为买了回来，你一定欢喜的，谁料你无端动怒，不唤我亲爱的，却唤我天杀的，你究竟是什么意思啊？"

张涉世轻轻地说道："原来健忘国里真个没有镜子的，这是何伯伯不好，卖给他一面镜子，卖出祸殃来了。"

说这话时，对房的妇人又在那里絮絮叨叨了。

妇人道："天杀的，你买了一个小老婆来气我，你的良心放到哪里去了？这个小老婆真可恶，她知道我抹着雪花粉，她也抹着雪花粉；她知道我点着胭脂，她也点着胭脂；她知道我搽着史丹康，她也搽着史丹康。"

张涉世笑向他哥哥、弟弟说道："我们听了良久，这才听出其中的线索来了。原来那妇人不认识自己的面貌，在圆镜子里瞧见了自己，却忘了自己，只道是丈夫娶来的小老婆，她便吃起醋来了。"

阅世、问世都把头点了一点。那时，对面房间吵得益发厉害了。

那妇人道："没廉耻的婆娘，我在这里骂你了！咦！可恶，你也学着我骂人吗？你也张开着这张骂人的嘴吗？没廉耻的婆娘，我在

238

这里笑你了！咦！可恶，你也学着我笑人吗？你也扁起着这张笑人的嘴吗？"

三兄弟在自己房中，几乎放声大笑，那妇人和镜子里的面貌争论，分明自己笑着自己，自己骂着自己。他们勉强忍住着笑声，竟越听越有滋味了，听那"忘记度"的妇人吵到何时才休。

那妇人且哭且说道："天杀的啊，我决计不和你甘休啊！小丫头啊，你快到隔壁去请我的妈妈三太太到这里来啊！罢了，罢了！我要和天杀的离婚了！"

三兄弟都是吐了吐舌，这事越闹越大了，竟要闹到离婚了。

妇人又骂道："没廉耻的妇人，你也学着我挂下眼泪来吗？我是满肚皮的悲伤，所以要挂下眼泪，你有什么悲伤呢？你把我男子迷住了，你是睡梦里都要笑醒，你也会学着我哭吗？你这狐狸精，你这臭婊子！"

这一阵臭骂，又是自己辱骂着自己。

三兄弟益发听得有趣了，便走出自己的房间，站在房门口，看他们表演这趣剧。那男子约在三十左右的年纪，站在对面房中，俯着头，一言不发。妇人的年龄比较轻一些，手执着何老大所照的小圆镜，挂着满面的眼泪，仍在那里絮絮不休。忽地一个小丫头扶着一个白发飘飘的婆子从外面到来道："三太太来了。"

那妇人听得是娘来了，便执着镜子，出房门迎接她的母亲。但是，见面的时候，大家都像不相识的一般。妇人先去看三太太所穿的背心，见上面书写的字并无错误，便道："你真是我的妈妈了。"三太太也不敢叫唤女儿，也在那妇人的背心上看她的姓名，果然并无错误，便回答一句道："不错，不错，你果是我的女儿了。"于是，妇人陪着三太太同到房里去谈话。只为房门没有闭上，所以三兄弟在门口窥望，看得很是清楚。

三太太见了房中的男子，便问道："女儿，这个男子是谁？好像有些面熟陌生。"

239

妇人道："妈妈，他是你的女婿啊！你不见他的名字叫作王仁卿，写在他的背心上吗？"

三太太忙去看她女婿的背心，果然写着"王仁卿"三个字，便帮着女儿把王仁卿破口大骂起来。

五 失去了一个我

　　三太太先问女儿，为什么夫妇相骂。那妇人便把丈夫没良心，带了小老婆回来的话，一一向母亲说了。

　　三太太道："女婿娶来的小老婆，究竟是美不美呢？"

　　妇人道："我看一些不美，三分像人，七分像鬼。却又丑人多作怪，也涂着粉，抹着胭脂，搽着史丹康，学着人笑，学着人哭。这般怪模怪样，见了也肉麻。"

　　三太太指着女婿骂道："仁卿，你这人太没良心了，我的女儿嫁给你，有什么亏待了你？她的面貌既美，人又贤惠，你不该抛弃了她，另娶一个三分像人、七分像鬼的小老婆。仁卿仁卿，你不像是个人了，你是毒蛇，你是恶兽，老娘把你告到官厅，办你一个大大的罪名。"

　　王仁卿向他丈母娘说明昨夜的情形，怎样地海边散步，怎样地举头见了明月，怎样地低头见了水牌，怎样地遇见了何老大，怎样地买了一个明月回来，怎样地娘子缠错了，怎样地向他吵闹不休，详详细细地说了一遍。

　　三太太道："这倒弄不明白了，女儿说的是买一个小老婆，女婿说的是买一个明月，究竟是明月，还是小老婆？待我看过了，自会分晓。"

　　那妇人便把圆镜子授给她母亲道："妈妈，你瞧这是妖形怪状的小老婆，你不见吗？"

　　三太太捧着镜子，照见了里面一个白发妇人的面容，赶紧吐了一口涎沫道："呸！仁卿该死，我的女儿是花一般的美人，你倒不要，却到外面去娶一个丑婆子来，你的眼睛可是瞎了吗？女儿说她三分像人、七分像鬼，据我看来，这婆子十分像鬼，没有一分像人。仁卿，亏你会得买到家里来。你不见她的头发都白了吗？她的额上都起着皱纹吗？她是阎罗大王的点心，她早晚要做棺材里的馅，她的面貌简直比鬼还丑，我不要看了，我越看越生气了。女儿，快快拖着这没良心的男子，到县长衙门告状去。"

　　于是，三太太和她女儿不由王仁卿分说，便扭住他的衣服，径到县长衙门去告状。三兄弟越看越有趣了，不肯错过机会，便跟着他们同去看审官司。

　　三太太和她的女儿到了门前，便雇着一辆马车，把王仁卿解上马车，如飞地向县长衙门而去。

　　张阅世道："不好，不好，他们去得远了，我们也唤了一辆马车，快快地追上去。"

　　张问世连连摇手道："忙什么？看得见，便看了，看不见，便不要看了。"

　　张涉世道："倒是三弟的话说得不错，我们和打官司的非亲非戚，何必紧紧地追上去，惹人家疑心。况且这里又没有第二辆马车，待到觅得马车，他们已去得远了，还不如我们慢慢地步行吧，沿路看了风景，也是很有趣的。"

　　才走得一条巷，却见前面空场上团团地围住着入场多人，在那里瞧热闹。三兄弟便即挤将进去，却见有一个中年男子似乎乡下农人模样，坐在地上放声大哭。身边放着雨伞一把、包裹一个，头颈上套着铁链一条，胸前挂着水牌一块，上写着两句五言口诀，叫作："水牌包裹我，雨伞链条僧。"那人的背心上也写着一行字，叫作："张阿七，年四十岁，健忘村的农人，家中有妻有子。"

张阿七摸着自己很光滑的头颅，且摸且哭道："啊呀！不好了，一个我不见了，我到了哪里去呢？寻不着我，怎么样呢？"

有人问着他道："你真胡闹了，只有走失了人，没有走失了我，怎么寻起我来呢？"

张阿七拭着泪道："我记得清清楚楚的，有六件紧要的东西，一水牌、二包裹、三我自己、四雨伞、五铁链条、六和尚。我恐怕忘记，便把六件东西编着两句口诀，叫作：'水牌包裹我，雨伞链条僧。'我每天起身，总把六件东西点个明白，谁料今天检点时，五件东西都不缺，只缺了一个我，这便怎么样呢？"说罢，他又哭起来了。

又有人问他："这个我，怎样地失去的？你且详细告诉我听。"

张阿七把那随带在身的账簿查了一下，才把详细情形讲给农人知晓道："我是健忘村的农民，很有些田产，近来村中到了一个和尚，不是本国的人，胸前不挂着水牌，背心上也不写着名字，不知哪里来的和尚。他知道我们健忘村中的人个个都是'忘记度，自吃苦'，便时时向我们村中人借柴借米借银钱，借了不想还，问他讨时，他总说已经还过了。可怜我们健忘村中的人，除却我张阿七，谁都不识字，谁都不会记账。虽然知道他借去的东西没有还清，但是为着健忘的缘故，到底记不清楚，况且又没有账簿可查，所以便宜了和尚，借了再借，永远没有还的日子。唯有我张阿七会得写字记账，他问我借过五斗米、一丈布，言明三天归还，却没有还。又向我借一担柴、五十个鸡蛋，言明五天归还，他又没有还。所以我和村中人商议安妥，把那和尚捉住了，铁链锁着，预备到县里打官司，叫我把他押解进城。从健忘村到这里有两天路程，第一天我起身，六件东西都没有缺，到了今天，那便不好了。我起身时，看看包裹、雨伞都在这里，看看水牌、铁链都在这里，摸摸光滑的头颅，和尚也在这里。数来数去，只有五件东西，其中少去了一件，少去的是什么东西呢？我把这两句口诀'水牌包裹我，雨伞铁链僧'念了三五遍，才知六件东西里面，失去了一个我。我的头发久没有剪了，蓬蓬松松地披在肩背上，所以人人唤我'蓬头张阿七'，谁料今天失去了一个蓬头张阿七，光头的和尚倒没有失去，这便如何是好呢?"

众人听了，个个在那里奇怪。有的说："的确不错，蓬头的不见，光头的却在这里。"有的说："快快在报纸上去登一条'寻我'的广告，把那遗失的我寻觅回来，不惜重谢，自然便有下落了。"有的说："一面登报'寻我'，一面还要把光头的和尚扭到县长衙门去告状，休得便宜了这贼秃。"

张涉世忍不住地要笑了，拉着哥哥、弟弟离开了这里，到那空旷的地方，不禁哈哈大笑。笑了一阵，才问阅世、问世道："大哥、三弟，你们可知道蓬头张阿七究竟失去了没有?"

张阅世道："我听了半天，越听越不明白了，既然失去了张阿七，为什么张阿七又在那里痛哭?"

张问世道："这件事一定很稀奇的，不过我却想不出什么道理，二哥既然这般大笑，料想你已明白其中的情形。"

张涉世道："这件事很容易明白的，张阿七何尝失去，逃走的仍旧是这个欠债不还的和尚。张阿七为着健忘，写着这两句口诀，放在嘴里念个不停。那和尚是很滑稽的，他想定了一个脱身之计，趁着张阿七夜间睡熟的时候，悄悄地把张阿七的头发剃光了，又把自己颈上的铁链换在张阿七的颈上系着，他却悄悄地走了。待到来朝，张阿七起身以后，检点六件东西，单单缺少了一个蓬头，他便以为自己走失了。这般健忘的人，怎不叫人哈哈大笑呢?"

说罢，三兄弟各各大笑了一阵。

六　浴堂面前

　　三兄弟自由散步，又走了一阵路，经过"龙泉池"白石浴堂的门前，又有许多人在瞧热闹。

　　张阅世道："一定又有什么新鲜话巴戏了，我们横竖没事，挤进去看个仔细。"

　　三兄弟挤到里面，只见两个人在那里互相争论。一个花白胡须的老者，胸前挂的水牌上写着："娘子青春二十岁，替她出外买胭脂，只为多日不洗澡，今朝来洗龙泉池。"背心上写的字样："方望山，今年二十一岁，住本城健忘里二十一号，有妻二十岁，未生子息。"

　　三兄弟都觉奇怪，怎么花白胡须的人，年龄只有二十岁呢？又看那一个年纪在二十左右，面貌很是漂亮，但是胸前水牌上写着："老婆今年五十七，差我出外买丝绵，只为借此耽搁歇，特地洗澡到龙泉。"背心上写的字样："计老老，今年六十三岁，续妻五十七岁，住城外健忘桥北堍，家中有三子、五孙、三孙女。"这便益发使三兄弟奇怪了，二十左右的人，会得有这么年龄的老婆，会得有这许多子孙吗？

　　那个方望山捋着自己的花白胡须道："倒也有趣，我觉得我内人的年龄很老了，原来并不算老，只有二十青春，她要我买胭脂，我便该赶快去买，好叫她欢喜。"

这个青年计老老拉住了白发方望山道："且慢，且慢，好像我的内人是二十岁，今天要我去买胭脂，怎么你的夫人和我一般？"

　　白发方望山道："你拉住我做什么？你的夫人要买的东西，你只需看自己胸前的水牌，便会记得了。"

　　青年计老老道："我看了水牌，好生疑惑，我这么轻轻的年纪，怎会娶一位老太太做妻室呢？"

　　旁边有人笑着说道："计老老，你的面貌虽然很嫩，你的年龄已是不小了。你忘却了背心上所写的字吗？"

　　青年计老老呆了半晌道："我真个叫作计老老吗？我又不老，怎么有这称呼呢？"

　　又有人说道："计老老，你既不相信，可脱下你的背心看这一下，便会明白了。"

　　青年计老老真个脱下了背心，看了上面的字，益发疑惑了。他说："我的真姓名，虽然记不清楚，好像不姓计吧，好像不叫作计老老吧。有这许多子孙，益发可疑，我好像没有子孙的。"

　　说时，便去看那白发方望山的背心，见了上面的字，恍然大悟道："你的背心上的姓名年岁，才是我的姓名年岁，不错不错，我的妻子才是二十岁，不曾生育过儿子，今天吩咐我上街买胭脂，都是我妻的事。怎么我的姓名年岁会得写在你背心上呢？怎么我妻吩咐我的事会得挂到你胸前来呢？"

　　众人见了，个个称奇，就中有一个比较聪明的人，拍手说道："你们争论的事，我都明白了，原来年轻的不叫作计老老，白发的也不叫作方望山，只为两个人都在龙泉池洗澡，淋浴的时候，不曾把自己的照片挂在衣服上面。须知我们浴堂里的规矩，都挂着一块黑漆金字牌，上写：'脱下衣服，须挂照片，若不挂照，容易缠误，贵客当心，与店不涉。'倘然你们都把照片挂上了衣服，那么浴罢出来穿衣，堂倌看着你们的面貌，比着你们的照片，才把衣服替你们披上，自然不会缠误了。现在呢，你们都不曾挂上照片，所以计老老

246

误穿了方望山的衣服，误挂了方望山的水牌，白头人有了青春的娇妻。方望山误穿了计老老的衣服，误挂了计老老的水牌，年轻男子有了老婆婆做妻房。待我来替你们调和了吧，请你们重入浴堂，各把衣服和水牌调正了，那么白发的就是计老老了，年轻的就是方望山了，计老老去买丝绵，方望山去买胭脂，大家都不会缠误了。"

众人听了调和之言，除却那个白发人以外，个个全体赞成。

那个白发人经这一说，自己也醒悟了。自己确是计老老，而不是方望山，但是今天的缠误，计老老以为很有利于自己。只为他的家况十分贫困，他的子孙都不会赚钱，专靠他一人养活全家。今天穿了方望山的衣服，他便是方望山了。方望山的衣服既然漂亮，方望山的妻房又是年轻，方望山又没有子孙的牵累，方望山的家计很轻，只这四桩，计老老认为很有利于自己，不妨将错就错，自己便永远做那方望山吧。他想定了主意，捋着花白胡须，倚老卖老地说道："老汉确是方望山，老汉的娘子确是青春二十岁，那个年轻娘子，和老汉十分恩爱，她要胭脂，老汉立刻要去买。"

年轻的怎肯罢休，扭住着白发人，连说："岂有此理？岂有此理？我是方望山，你是计老老，这不过一时缠误，如何可以缠误到底？"

白发人大怒道："你这无赖的计老老，怎敢看想我的年轻娘子，阻住我买胭脂的工夫，还当了得！还当了得！"

年轻的听了，破口大骂道："你这浑蛋，竟敢侮辱我的娘子！我的娘子今年二十岁，生得美貌非凡，柳叶般的眉，秋水般的眼，鹅蛋般的脸，和我这小白脸方望山天生的一对、地生的一双，你配有这美貌娘子吗？你的老婆今年五十七岁了。"

白发人年老性不老，也指着年轻的骂道："你这该死的计老老，不知羞耻的计老老，你嫌着自己的老婆貌丑，要和我的娘子调换吗？请你放下这条痴心吧。二十岁的是我的娘子，五十七岁的才是你计老老的老婆。我的娘子是柳叶眉，秋波眼，鹅蛋脸。你的老婆是扫帚眉，鳞鲅眼，外加一副横肉脸。你想把你丑的换掉我好的吗？嘿！你这瘟贼计老老、狗头计老老，你在那里做梦吗？"

一老一少，都是声势汹汹，各不相让，弄得旁观的人也不能调和了。闹了一会子，一老一少彼此扭住了胸脯，要到县长衙门中告状去了。三兄弟饱看了这一幕新鲜话巴戏，又往前面行去，且行且谈那方才的一幕新鲜话巴戏。

张阅世道："这计老老真不是个东西，误穿了方望山的衣服，在先还算是无意缠误，后来既有人证明了，便该调还衣服和水牌，才是正大光明的办法。他不该将错就错，要把丑婆子调换美娇娘，这真叫作癞蛤蟆想吃天鹅肉了。"

张问世道："他明明是计老老，却在那里骂什么'瘟贼计老老、狗头计老老'，这不是自己骂着自己吗？"

张涉世叹道："唉！现在世上正多着计老老一般的人，自己明明是奸商，却口口声声骂奸商，自己明明是卖国奴，却口口声声骂卖国奴，这不是和那计老老口口声声骂着'瘟贼计老老、狗头计老老'一个样子吗？"

三兄弟正在嗟叹的时候，忽听得马铃声响，接着连连吆喝道："马来了，让开！马来了，让开！"

张涉世道："大哥、三弟，我们让过一旁吧，又有什么新鲜话巴戏来了。"

七　马上少年

　　但是骑在马背上的是一个白面书生，一手执着一只马鞭子，一手执着一柄指挥刀，正在迎面而来。三兄弟避在一棵杨树下面，看那马上少年干些什么。

　　比及马到杨树旁边，那书生忽地勒住了马，连称："腹痛，腹痛！我要大解了。这里没有厕所，我便在草地上大解吧。"

　　书生说罢，便即跨下了马背，把马系在杨树旁边，又把鞭放下，把指挥刀插在泥中，自言自语起来。

　　那书生喃喃自语道："今天出门，没有挂着水牌，休把自己的事忘却了，待我念了一遍吧。"

　　但见他略定了一定神，方才自报姓名和来历道："我是李三官，为着朋友赵大官的娘子有病在床，说是鬼魂缠绕。赵大官写信给我，要向我借一柄指挥刀，以便挂在病人床头压邪。我的娘子和赵娘子很是要好，所以吩咐我骑着快马，把指挥刀送到赵娘子那边，须要紧去紧还。赵娘子的家里，一直向西去，须有五里之遥，我的家里，便在东面，只不过半里光景。赵娘子是个瘦长身子，我的娘子是个矮胖妇人。我是容易忘记的，尤其在大解的时候，一经大解，往往把一切的事都忘怀了。且慢且慢，待我把所有的事连念三遍，才可以舒舒服服地大解呢。"

　　于是，李三官把所说的话念了又念，连念了三遍。三兄弟都忍着笑，退后十余步，站得远远的，看他大解以后，可还记得他所说的话。

李三官老实不客气地扯下裤，竟在大杨树底下大解起来。隔了一会子，方才大解完毕，李三官提好了裤，整整衣服，闭目想了一想，重又喃喃自语道："我是谁呢？哦！记得了，我是李三官。我来做什么呢？哦，记得了，我是去探赵娘子的病的。"说到这里，摸了摸自己的头颅道，"我的记性还好。"

李三官走了几步，忽见明晃晃的一把指挥刀插在地上，不觉失声惊呼道："危险，危险！谁把飞刀飞到这里来？幸而离我三四尺，要是不然，飞到我身上来，我的性命便不保了。"

李三官且说且向后退，一个不留心，一脚踏在方才自己所排泄的一堆粪上。他忙把鞋底在青草地上擦个不休，且擦且骂道："哪个拆烂污的瘟贼，撒这一堆断命屎在地上，踏污了我的鞋子！"

三兄弟见李三官这般没记性，都捂着嘴，忍着笑，益发不肯走开，须得看完了这一幕新鲜话巴戏。但见李三官擦了一会子的鞋子，又往杨树旁边走去。却见方才自己所系的马、所放的鞭子，他又喜形于色地说道："运气，运气，哪个没记性的糊涂虫，把一匹马系在那里，也会忘记了。既是无主的马，我可以顺手牵了去，把它代步，岂不是好？"

于是，李三官一手执鞭，一手牵马，一步一步地向东而去。

三兄弟知道他走了回头路了，方才是从东面来的，怎么登了一个坑，又向原路回去呢？好在他没有跨上马背，容易跟着他走。于是，李三官牵马前行，张姓三兄弟紧紧地跟在他后面。

走了不多路，却见一个矮胖妇人站在一家门首，远远见了李三官，她便迎上前来道："男的，你已回来了吗？为什么不骑着马，反而牵着回来呢？"

三兄弟知道这妇人一定是李三官的娘子，只为他在大解以前曾经说过，他的娘子是个矮胖妇人。谁料李三官见了他娘子，反而呆

250

了半晌，又把她上身看到下身道："你这位嫂嫂，料想是赵大官的娘子了。听说你有病，你怎么站到门前来呢？听说你是个瘦长身材，你怎么变了矮胖妇人，和我的娘子一样的身材呢？"

那妇人笑道："你怎么连自己的娘子都不认识呢？我不是赵大官的娘子，我是李三官的娘子呀！你若不信，但看我胸前的水牌、背心上的字，你便可以明白了。"

三兄弟忍不住要笑了，便离开了这里，捧腹大笑。

八　镜子里绅士说情

三兄弟笑了一阵，又是一路地向前行去。

大家都觉得腹中饥饿，便在附近面馆中吃了一碗面，暂当午饭。大家吃饱了肚皮，都想到县长衙门中去看审官司，正待向路上行人打听衙门的地点，谁知事有凑巧，路上行人都纷纷地在说："你快走啊！去看县长坐堂啊！今天审问的官司很多：第一起，王仁卿私娶小老婆；第二起，计老老和方望山为着缠错了本身打官司；第三起，张阿七为着失去了本身前来告状。这都是新鲜话巴戏，且看县长老爷怎样地审问这三起官司啊！"

三兄弟不肯错过了机会，便跟这一群人去看审官司。

张涉世且走且问着一个老者道："这里的县长，是清官呢，还是瘟官？"

老者叹了一口气道："我们的县长本来是很清的，只为他是按月吃一个鸡心的，所以记性很好。"

张涉世假意问道："这鸡心是哪里来的呢？"

老者道："这是从漂洋船上买来的，县长为着这里的人民都是记性不好，所以往往误会，易打官司。县长是一位好官，他凑集五千元的公款，曾在上年向一位何老大买得鸡心一百个。他自己每月吃一个，逢到审问官司时，原告、被告缠绕不清，他便把鸡心切成细块，给他们每人吃一块。凡是打官司的，都会记起他们已忘的事，

252

所有缠错的地方，都会弄得清清楚楚，他们的官司便不打了。所以人人都说这位县长是清官，但是一百个鸡心，现在都已吃完了，休说打官司的没有鸡心吃，便是县长所吃的鸡心也吃完了。最后的一个鸡心，已吃了三十多天，那县长也变作没有记性的人了。你想，没有记性的县长去审问没有记性的原告、被告，这官司怎会审得清楚呢？"

前面一座大房子，便是健忘国的县长衙门。这些看热闹的都向里面去看审，三兄弟也混在众人里面，同上大堂，在一旁站立，专候那没记性的县长来审没记性的官司。

隔了一会子，县长穿了礼服，升坐大堂。自有衙役人等把今天的三起官司写在簿子上面，送给县长过目。县长便吩咐传第一起官司的原告上来问话，于是衙役们把三太太同她女儿王娘子一齐传到大堂上问话。

县长道："你们母女俩且把告状的缘故说与本官知晓。"

王娘子道："告禀县长大人知晓，奴家的丈夫王仁卿，向来和奴和睦，不料今天他变了心，娶了一个和奴家一般年纪的做他的小老婆。奴家不甘心，所以到县长大人台前来告状。"

县长又指着三太太道："你呢？"

三太太禀告道："好叫县长大人知晓，老妇人的女婿王仁卿，向来夫妻和好，相亲相爱，自从本月初三夜离家出门，老妇人的女儿吩咐他买一只木梳回家，谁料他讨了一个小老婆回来。俗语说：若要家不和，讨个小老婆。为这缘故，所以女儿和女婿打起官司来了。"

县长道："你女婿所娶的小老婆，面貌美不美呢？"

三太太道："女婿所讨的婆娘，是个老婆子，她的年纪和老妇人差不多，但是她的面貌比鬼还丑。"

县长拈着短须道："这倒稀奇，他要讨小，不讨一个美娇娘，讨了一个丑婆子，算什么呢？传这讨小的王仁卿上来问话。"

衙役们便把王仁卿唤到县长台前来问话。

县长道:"王仁卿,你好没道理,家中有了年轻的妻子,去讨什么小老婆,便是要讨小老婆,也该讨一个年轻貌美胜似你妻房的做你的小老婆,为什么讨了一个比你岳母还丑的老婆子呢?你既然老的丑的都不管,为什么不把你岳母三太太做了你的小老婆呢?"

说到这里,引得两旁听审的人一齐哄堂大笑。

王仁卿便把那天举头望明月,低头看水牌,想着了妻房托买的东西,好容易在异乡人手里买到一个明月,自己不敢照面,特地捧到家里,献给妻房,谁料闹出这一场祸来,有头有尾,不慌不忙,一一告禀县长知晓。县长很奇怪地说道:"王仁卿,瞧不出你这般的好记性,隔夜的事都会记得清清楚楚,一些没有遗忘,本县长实在佩服你,本县长实在不如你。你可知道,本县长的记性现在太不行了,隔夜的事,只有隔夜明白,到了来日,便如隔了一世。说也笑话,今天走进上房,见了太太,竟是相逢不相识起来。本县长向她深深一揖,请问她尊姓大名,她见了本县长,也是很惊异地喝问道:'你是什么样人,敢来闯我县长太太的上房?'幸亏房中的婢女捧了两个铅照来对证,一个是县长铅照,太太看看铅照看看我,才知我是她的丈夫;一个是太太的铅照,本县长看看铅照又看看太太,才知她是本县长的夫人……"

县长向着被告的谈起家常细事,谈个不休,惹得原告三太太母女等得不耐烦起来,都高喊着:"县长怎么只管讲家常不审官司呢?"

县长点头道:"不错,不错,我果然在堂上审官司,不该谈起自己的家常细事。"

又指着王仁卿道:"你是谁呢?我讲了家常,便忘却你的姓名了。"

王仁卿道:"小人是王仁卿。"

县长点头道:"不错,不错,你是被告王仁卿,你再把你的口供向本县长重说一遍。"

王仁卿见遇没记性的县长，无可奈何，只好把方才的口供一是一、二是二，向县长重述了一遍。

县长道："这真奇极了，原告说你讨了小老婆，你只说是买了一个明月，难道小老婆便是明月，明月便是小老婆吗？快把这奇怪东西呈与本县长过目，若是明月，送它上天去，若是小老婆，留她在上房伺候本县长。"

三太太已把那圆镜子捧在手中，送到县长案前道："县长大人请看，里面这个丑得鬼一般的贼婆子，便是女婿王仁卿所娶的小老婆。"说时，还把一只手指给县长看道，"便是这个丑婆子呀！"

里面的影像也在那里指指点点。三太太骂道："不知厉害的贼婆子，你在公堂上还敢这般地没规矩吗？我向你指指点点，你也敢向我指指点点吗？县长大人啊，这贼婆子真不是个东西，请你打她三百下皮条、二百下巴掌。"

县长道："不用多说，且把这东西放在本县长的案上，本县长自有道理。"

三太太把镜子呈放在公案上面。县长喃喃自语道："究竟是什么东西呢？是明月，送它上天去，是小老婆，留她在上房伺候本县长。"

于是县长捧着这面圆镜子，向着里面一看，不看还好，看了时，便不禁勃然大怒道："你是谁呢？擅敢穿了礼服闯到公堂上来呢？哦！本县长明白了，看你这般打扮，是个绅士模样，你可是替王仁卿来到这里说情的吗？你太放肆了，本县长面前，岂是可以说情的吗？嘿！再也休想，再也休想！"

县长连说再也休想，把自己的头连连摇动，但是镜中的影像也是连连地把头摇动。县长见了，益发怒火直冒了，一手执着镜子，一手摸着短须，连声痛骂道："该死，该死！浑蛋，浑蛋！你这人不像人、鬼不像鬼的东西，也配留着八字髭须吗？也配穿着体面礼服

吗？该死，该死！浑蛋，浑蛋！我摸胡须，你也敢摸胡须吗？你可
是在我面前摆起架子来吗？似你这般衣冠禽兽，惯到衙门里来运动，
简直是个不要脸的东西。"

九 谁是六十三岁的计老老

县长对着镜子骂不绝口。张姓三兄弟见了，都是笑得直不起腰来。三太太母女又催着县长快快判断，不要专和人家相骂。

县长点头道："不错，不错，我可以判断了。"又看着镜中道，"你也在里面点头吗？你休得意，要你的好看了。"

立时吩咐衙役："把这东西纳入牢监里去，永远监禁。王仁卿快向丈母娘和妻子面前服礼赔罪。"

第一起官司总算勉强完结，这面圆镜子合该倒霉，永远抛弃在监牢里面，再无得见天日的日子。谁叫它照人照得太清澈呢？王仁卿本来是个软弱的男子，叫他服礼赔罪，他便当着大众，向丈母娘和妻子服礼叩头。

三太太道："只要你不再把那丑鬼一般的贼婆子牵引进门便好了。"

王娘子道："你也服罪了吗？只要你不再把那三分像人、七分像鬼的贱妇人牵引进门便好了。"

第一起官司审毕，接着便是第二起计老老和方望山相争的事了。两个人都要抢做原告，都不肯做被告。彼此一把胸脯，扭到县长的分案前面。县长把他们喝止了，看着名单上的年岁，一个六十三岁的计老老，一个二十一岁的方望山。

县长问那白发的道："你是六十三岁的计老老吗？"

白发人道："我不是六十三岁的计老老，我是二十一岁的方望山。"

县长道："奇人，奇人，二十一岁的青年，怎么头发都花白了呢？"

白发人道："这个问题，我可不知晓，要问我的父母，只为我出世的时候，头发便是花白的。"

县长道："你既不是六十三岁的计老老，谁是六十三岁的计老老呢？"

白发人指那年轻人道："他便是六十三岁的计老老。"

县长奇怪道："真是诧异的事，老的返少，少的返老了。少年，你可是六十三岁的计老老吗？"

年轻的连连摇首道："县长，我不是六十三岁的计老老，我是二十一岁的方望山。"

县长拍案大怒道："你也不是六十三岁的计老老，他也不是六十三岁的计老老，谁是六十三岁的计老老呢？难道本县长便是六十三岁的计老老吗？"

说到这里，县长忽又自己疑惑起来，连问左右的差人道："本县长有些记忆不清了，本县长可是他们所说的六十三岁计老老吗？"

差人们都说："老爷是我们的县长，不是六十三岁的计老老。"

县长道："本县长也觉得自己不姓计，不是六十三岁的计老老。但是，计老老躲到哪里去了呢？"

年轻的指着白发人道："他便是计老老，他在龙泉池和我同时洗澡，彼此误穿了衣服，因此我成了计老老，他成了方望山。后来有人证明了，我愿和他把衣服调正了，我做我的方望山，他做他的计老老。谁料他存了歹心，他要做他的方望山，不肯做他的计老老，以至有了两个方望山，一个假方望山是他，一个真方望山是我。"

县长摇头道："白发的计老老，你太胡闹了，怎么穿错了衣服，便冒认为方望山呢？"

白发人道："县长大人，你休听这年轻的胡说，他是的的确确六十三岁计老老，他虽然上了年纪，而面貌一些不老，只为他的年纪都活在狗身上。"

县长审了半天，依旧审不清楚，便吩咐衙役："把这一老一少都押在看守所里，待本县长吃饱了人参，再来审问他们的谁真谁假。"

衙役们奉了县长命令，便把一老一少押入看守所里去管押。这第二起官司，总算审过了，接着又审第三起官司。

十　破了头出了气

　　这失去了自己的张阿七，告状在先，只为他和衙门中人不大认识，所以挨到第三起方才审问。

　　衙役传呼张阿七上堂，张阿七挂着鼻涕眼泪来见县长，口称："青天大人，快替张阿七申冤，把失踪而去不知死活存亡的张阿七寻取回来，那么张阿七便感恩不尽了。"

　　县长奇怪道："告状的是谁？"

　　张阿七道："小人张阿七。"

　　县长道："失踪的又是谁呢？"

　　张阿七道："也是小人张阿七。"

　　县长道："胡闹，张阿七既会告状，便是张阿七不曾失去啊！"

　　张阿七道："青天大人有所不知，告状的是张阿七，失去的也是张阿七，只为告状的张阿七寻不见了失去的张阿七，一时没法，来到青天大人面前来告状，叩求青天大人念着告状张阿七的苦恼，把失去的张阿七查取回来，交付我告状的张阿七，那么两个张阿七凑成了一个张阿七，水牌上的六件东西，一件都不会欠缺。"

　　县长怒道："什么告状的张阿七、失去的张阿七，难道姓名相同，同时有两个张阿七吗？"

　　张阿七道："并非姓名相同在一个时候有两个张阿七，只为告状的张阿七便是失去的张阿七，今天告状的张阿七起身，只道张阿七不曾失去，后来摸了头颅，不见了蓬头的张阿七，只摸着了一个光滑的和尚头，才知蓬头张阿七走失了。现在告状的张阿七其实便是失去的张阿七，但是，表面上不相同，告状的是和尚头张阿七，失去的是蓬头张阿七，叩求青天大人替告状的和尚头张阿七查明失去的蓬头张阿七啊。"

说罢，把和尚头在地上叩求不停。

县长被他缠昏了，吩咐他把详细情形依实供来。张阿七怎敢怠慢，便把游方和尚赖债不还，用着铁链条锁着和尚进城告状，谁料今天起身，水牌上所写的"水牌包裹我，雨伞链条僧"的六件东西里面，件件不缺，只缺少了一个蓬头张阿七，他把这详细情形一一告禀县长知晓。

县长搔头摸耳，隔了一会子，才想出一个办法道："张阿七，你要查出一个失踪的张阿七，本县长慢慢替你查来，现在先把那赖债的贼秃替你办一下子，使你出一口气，你愿意吗？"

张阿七道："若得青天大人替张阿七出一口气，感恩不尽。"

县长便吩咐把他扯下重重地打一顿皮鞭子。衙役不由分说，把张阿七拖到堂下，准备鞭打。

张阿七喊将起来道："青天大人，不要打，不要打，小人是张阿七啊！"

县长道："你究竟是张阿七，还是和尚？"

张阿七道："摸摸小人的头，是和尚，看看小人的身体，是张阿七。"

县长笑道："那么有了一个办法了，只打你的和尚头，不打你的张阿七身体就是了。"

于是，县长吩咐衙役："只打他的头颅，不打他的身体，好叫和尚吃亏，张阿七出气。"

衙役拖下张阿七，一顿痛打，待到打毕，张阿七早已血流满面，向着县长哀哀地哭道："小人的头都打破了。"

县长笑道："你的头虽然破了，你这一口气却已出了。"

三起案件审完以后，县长正待退堂，忽地外面来了两位本地乡绅，陪着一个不相识的老者前来拜望县官。两旁观众都在指指点点，私相告语。这个老头儿究竟是谁？唯有张姓三兄弟见了老者，异常快活，知道他就是何老大。

张阅世性急，要动员招呼何伯伯。张涉世拉着他的衣角道："大哥且慢，看何伯伯到来做什么，再去招呼他不迟。"

县长忙问两位绅士："同来的老者是谁？"

绅士道："这位是漂洋过海的何老大，他每次前来游历，总带着许多鸡心，在我们健忘国里畅销。现在他又带来五十包鸡心，已在城内城外销去了四十九包，所余一包，我们为着县长那边的鸡心早已吃完，每审官司的时候，未免有些前说后忘，所以买了一包鸡心，前来孝敬县长。"

说罢，打开了纸包，取出两个鸡心，先叫县长尝尝味儿。县长吃了两个鸡心，一时恍然大悟，恢复了以前的记性。知道方才所审的三起案件都是错误，他便重行坐起堂来，把三件案再审一遍。审到第一案，他便向三太太母女再三开导："你女婿所买的是一面镜子，并不是小老婆，休得和他胡闹。"三太太母女连声答应而去。

又把第二案的计老老、方望山从看守所中提将出来，吩咐衙役把他们的衣服和水牌重行调正了，于是，白发的便是计老老，年轻的便是方望山，大家都不会缠错了。又把计老老骂了一顿，骂他不该将错就错，希望冒充少年，看想人家的娇妻。计老老认罪而去，方望山谢恩而归。

这第二案审清了，又审第三案。把张阿七唤来，开导他："并没有失去本身，只不过被和尚把你的头发剃去，把铁链套在你的颈里，他却脱身而走了。本县长把你误打了一顿，实在对你不起，现在赏给你吃一个鸡心，好叫你在一个月内会有记性。"于是，从纸包里取出一个鸡心，赏与张阿七吃。

张阿七吃了这好东西，宛比"猪八戒吃人生果——第一遭"。鸡心吃入肚里，恢复自己的记性，知道逃走的是和尚，不是自己。忙向两旁观看，却见那个逃走的和尚也在旁边看审，他便奔将过去，把和尚扭住了，把链条套上和尚的颈项，大喊道："青天大人，和尚在这里了。"

　　于是县长喝退张阿七，把和尚押入看守所里。这三起案件，一齐都审明白了。

　　张姓三兄弟才敢去与何老大相见。从这天起，三兄弟陪着何老大在健忘国中游历了三天，方才下舟而去，又去干他们的漂洋过海生活了。

图书在版编目（CIP）数据

茶寮小史·鸳鸯小印 / 程瞻庐著. — 北京：中国
文史出版社,2019.3

（民国通俗小说典藏文库·程瞻庐卷）

ISBN 978 - 7 - 5205 - 0918 - 3

Ⅰ. ①茶… Ⅱ. ①程… Ⅲ. ①中篇小说 - 小说集 - 中
国 - 现代 Ⅳ. ①I246.5

中国版本图书馆 CIP 数据核字（2018）第 272228 号

点　　校：清寒树　旷　野
责任编辑：牟国煜

出版发行：**中国文史出版社**

社　　址：北京市海淀区西八里庄 69 号院　邮编：100142

电　　话：010 - 81136606　81136602　81136603　81136605（发行部）

传　　真：010 - 81136655

印　　装：廊坊市海涛印刷有限公司

经　　销：全国新华书店

开　　本：720×1020　1/16

印　　张：17.75　　字数：231 千字

版　　次：2019 年 3 月第 1 版

印　　次：2019 年 3 月第 1 次印刷

定　　价：59.80 元